JULES
VERNE
BEST
COLLEC
TION

쥘 베른 베스트 컬렉션

*

신비의 섬 1

김석희 옮김

L'Île mystérieuse

열림원

그들에게 사이러스 스미스는 하나의 소우주였고,
모든 학문과 지식을 합친 존재였다!
산업이 발달한 도시에서 사이러스가 없는 상태로 살기보다는
무인도에서 사이러스와 함께 사는 편이 낫다.
그들에게 누군가가 화산이 분출하여 이 땅이 사라져버린다는
말을 전하러 온다 해도, 그들은 태연히 이렇게 대답할 것이다.
"사이러스가 여기 있소. 그를 만나주시오!"

|차례| 1권

제1부 하늘에서 떨어진 조난자들

1. 1865년의 폭풍─공중에서 들려온 외침 소리─회오리바람에 실려가는 기구─찢어진 공기 주머니─망망대해─다섯 명의 탑승자─바구니 안에서─수평선 너머─드라마의 결말 ...11

2. 남북전쟁의 에피소드─사이러스 스미스─기디언 스필렛─흑인 네브─선원 펜크로프─소년 하버트─예기치 않은 제안─밤 열 시의 집결─폭풍 속의 출발 ...22

3. 오후 다섯 시─실종된 인물─네브의 절망─북쪽 수색─작은 섬─슬프고 불안한 밤─아침 안개─네브, 헤엄쳐 건너다─육지를 바라보다─수로를 건너다 ...39

4. 돌맛조개─강어귀─침니─탐색을 계속하다─초록 숲─땔나무를 모으다─절벽 위에서─뗏목─해안으로 돌아가다 ...51

5. 침니 정비─불의 문제─성냥갑─해안 수색─기자와 네브의 귀환─단 하나뿐인 성냥개비─타오르는 불─지상에서의 첫날 밤 ...66

6. 조난자들의 소지품 목록─아무것도 없다─헝겊을 태우다─숲으로 나가다─상록수 숲─달아나는 벌잡이새─야수의 발자국─비단새─뇌조─기발한 낚시 ...80

7. 네브가 돌아오지 않는다─기자, 생각에 잠기다─저녁식사─다가오는 악천후의 밤─무서운 폭풍─한밤중의 출발─비바람과의 싸움─침니에서 12킬로미터 떨어진 곳 ...94

8. 사이러스는 살아 있는가?─네브의 이야기─해결할 수 없는 문제─사이러스의 첫마디─확인된 발자국─침니로 돌아가다 ...110

9. 사이러스가 있다─펜크로프의 시도─나무를 문지르다─섬이냐 대륙이냐?─사이러스의 계획─태평양의 어느 지점인가?─숲 속에서─해송─카피바라 사냥─연기 ...125

10. 사이러스의 발명품─사이러스가 걱정하는 문제─산을 향해 출발─숲─화산성 토지─수계─산양─첫 번째 고원─야영─산꼭대기 ...142

11. 원뿔형 산꼭대기─분화구 안쪽─주위는 온통 바다─육지가 보이지 않는다─연안 풍경─수로와 산의 모양─섬에 누군가가 살고 있을까?─지명 붙이기─'링컨 섬' ...157

12. 회중시계 조정—만족한 펜크로프—수상한 연기—'붉은 내'—링컨 섬의 식물—동물—흑뇌조—캥거루를 추적하다—아구티—그랜트 호수—침니로 돌아가다 ...173

13. 토비가 몸에 지니고 있던 것—활과 화살의 제조—벽돌공장—질그릇 가마—여러 가지 주방용품—첫 번째 찌개—향쑥—남십자성—중요한 천체 관찰 ...189

14. 암벽의 높이를 재다—닮은삼각형 정리의 응용—섬의 위도—북부 탐험—굴 번식지—장래 계획—링컨 섬의 위치 ...205

15. 겨울을 나기로 결정하다—'구원 섬' 탐험—바다표범 사냥—풀무를 만들다—코알라—제철 작업—어떻게 강철을 만들 것인가 ...220

16. 주거 문제가 다시 제기되다—펜크로프의 기발한 생각—호수 북쪽을 탐험하다—고원의 북쪽 끝—뱀—호수의 끝—토비의 불안—호수를 헤엄치는 토비—수중전—듀공 ...234

17. 호수에 대한 조사—길을 안내하는 물줄기—사이러스의 계획—듀공의 지방—황철광—황산철—글리세린 제조법—비누—초석—황산—질산—새로 생긴 폭포 ...248

18. 자신만만해진 펜크로프—호수의 배수구—지하로 내려가다—암벽 속의 길—중앙 동굴—아래 우물—곡괭이를 휘두르다—귀로 ...264

19. 사이러스 스미스의 계획—그래닛 하우스의 정면—줄사다리—펜크로프의 꿈—토끼 서식지—새 집을 위해 물을 끌어들이다—그래닛 하우스의 창문에서 바라본 전망 ...278

20. 우기—바다표범 사냥—양초 만들기—그래닛 하우스의 실내 작업—두 개의 작은 다리—굴 번식지—하버트가 주머니에서 발견한 것 ...293

21. 영하의 추위—남동부 늪지대 탐험—쿨페오 여우—바다 풍경—태평양의 미래에 대한 대화—적충류의 끊임없는 노동—지구는 어떻게 될까?—사냥—혹부리오리 늪 ...305

22. 덫—여우—페커리—북서풍으로 바뀌다—눈보라—바구니 만들기—가장 혹독한 추위—단풍당을 만들다—수수께끼의 우물—탐험 계획—납으로 만든 총알 ...318

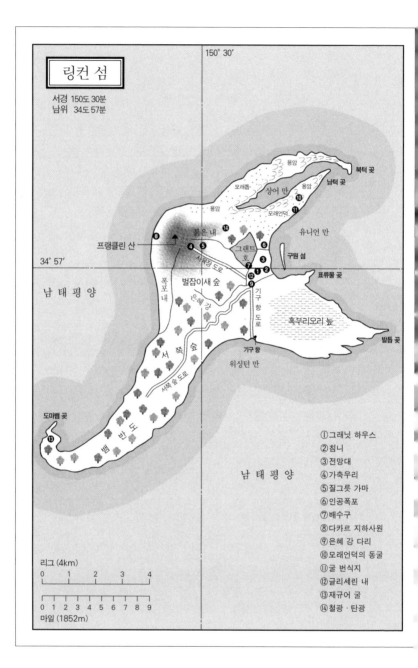

링컨 섬

서경 150도 30분
남위 34도 57분

150° 30′

북턱 곶
남턱 곶
용암
상어 만
모래톱
용암
용암
모래언덕
유니언 만

프랭클린 산
붉은 내
그랜트
호

34° 57′

남 태 평 양

폭포 내
은혜 강

벌잡이새 숲

사류장 도로

구원 섬
표류물 곶

기구항 도로

흑부리오리 늪

발톱 곶

서 쪽 숲

서쪽 숲 도로

기구 항
위싱턴 만

도마뱀 곶

뱀 반 도

남 태 평 양

리그 (4km)
0 1 2 3 4

0 1 2 3 4 5 6 7 8 9
마일 (1852m)

① 그래닛 하우스
② 침니
③ 전망대
④ 가축우리
⑤ 질그릇 가마
⑥ 인공폭포
⑦ 배수구
⑧ 다카르 지하사원
⑨ 은혜 강 다리
⑩ 모래언덕의 동굴
⑪ 굴 번식지
⑫ 글리세린 내
⑬ 재규어 굴
⑭ 철광 · 탄광

제 1부
하늘에서 떨어진 조난자들

1

1865년의 폭풍―공중에서 들려온 외침 소라―회오리바람에 실려
가는 기구―찢어진 공기주머니―망망대해―다섯 명의 탑승자―
바구니 안에서―수평선 너머―드라마의 결말

"올라가고 있나?"

"아니, 거꾸로 내려가고 있습니다!"

"상황은 더 안 좋습니다, 사이러스 씨. 떨어지고 있어요!"

"그럼 모래주머니를 내던져!"

"이게 마지막 모래주머니예요!"

"이젠 어때? 올라가기 시작했나?"

"그래도 안 됩니다!"

"파도가 밀려오는 소리가 나는데?"

"밑은 바다야!"

"100미터도 안 남은 것 같아요!"

이때 힘찬 목소리가 대기를 뚫고 울려 퍼졌다.

"무거운 건 다 내던져! 전부 다! 그 다음은 하늘에 운을 맡길
수밖에!"

1865년 3월 23일 오후 네 시경, 태평양의 드넓은 바다 상공에

서 큰 소리로 오간 것은 그런 말들이었다.

그해 춘분 무렵, 무서운 북동풍이 갑자기 휘몰아친 것은 누구나 기억하고 있을 것이다. 이때 기압계는 710밀리미터까지 내려갔다. 이것이야말로 폭풍이었다. 폭풍은 멈출 줄 모르고 3월 18일부터 26일까지 계속 날뛰었다. 아메리카와 유럽과 아시아는 이 폭풍으로 엄청난 피해를 입었다. 폭풍은 적도를 비스듬히 돌파하면서 북위 35도에서 남위 40도에 이르는 광대한 지역을 휩쓸었다. 가옥들이 쓰러지고, 나무들은 뿌리째 뽑히고, 연안지역은 해일처럼 덮쳐오는 높은 파도에 씻기고, 많은 배가 해안으로 밀려 올라왔다. '선박협회'의 조사에 따르면 피해를 입은 배가 수백 척에 이르렀다. 폭풍이 지나간 곳에는 모든 것이 쓰러지고 모든 것이 부서지고, 수천 명이 지상에서 짓눌리거나 파도에 휩쓸려 물고기 밥이 되었다. 이 무서운 폭풍이 맹위를 떨치며 지나간 뒤에 남은 자국은 위와 같았다. 그것은 쿠바의 아바나와 과들루프 섬을 파괴한 1810년 10월 25일의 허리케인이나 1825년 7월 26일의 폭풍을 능가할 만큼 큰 재해를 가져왔다.

지상과 해상에서 수많은 참사가 일어나고 있을 때, 바람이 거세게 휘몰아치는 공중에서도 무시무시한 드라마가 펼쳐지는 중이었다.

열기구 하나가 회오리바람의 정점에 올라앉은 공처럼 공기기둥의 선회운동에 말려들어 시속 150킬로미터의 속도로 공중을 이동하고 있었던 것이다. 기구 자체도 하늘의 소용돌이에 휘말려든 것처럼 빙글빙글 돌고 있었다.

이 기구의 가스 배출구 밑에서 흔들리고 있는 바구니에는 다섯 사람이 타고 있었다. 하지만 그들의 모습은 아래 해수면에 감돌고 있는 안개처럼 짙은 수증기에 싸여 잘 보이지 않았다.

무서운 바람에 번롱당하고 있는 이 기구는 어디에서 왔을까? 세계의 어느 지점에서 날아왔을까? 물론 폭풍이 한창일 때 출발할 수는 없었을 것이다. 그런데 폭풍은 벌써 닷새 동안이나 계속되었고, 그 첫 조짐이 나타난 것은 3월 18일이었다. 그렇다면 이 기구는 아주 멀리서 왔다고 생각해야 마땅할 것이다. 기구의 이동거리가 하루에 3000킬로미터를 밑돈다고는 생각할 수 없지 않은가?

어쨌거나 바구니에 타고 있는 다섯 사람은 기구가 출발한 이후 어떤 경로를 밟고 있는지 짐작할 방법이 전혀 없었다. 판단을 내릴 단서가 전혀 없었기 때문이다.

그들은 맹렬한 폭풍의 중심을 지나고 있는데도 그 격렬함을 느끼지 못하는 기묘한 사태가 일어나고 있는 것 같았다. 그들은 이동하면서 빙글빙글 돌고 있었지만, 그렇게 선회하는 것도, 수평으로 이동하고 있는 것도 느끼지 못했다. 바구니 밑에 두꺼운 층을 이루고 있는 짙은 안개를 꿰뚫어볼 수는 없었다. 주위는 온통 짙은 안개였다. 너무나 두꺼운 구름층에 둘러싸여 있어서 지금이 낮인지 밤인지도 알 수 없을 정도였다. 이 광대한 어둠 속에 있으면 어떤 빛의 반영도 보이지 않고, 인간이 사는 지상에서 나는 소리도, 드넓은 바다의 파도가 으르렁대는 소리도 들릴 리가 없었다. 그만큼 기구는 높은 상공을 날고 있었다. 하지만 기구가 급강하했기 때문에 드디어 그들은 자신들이 파도 위에서 위험에 노출되어 있다는 것을 알게 되었다.

그래도 탄약과 무기와 식량 같은 무거운 것들을 내버렸기 때문에 기구는 다시 대기의 상층부인 1400미터 높이까지 올라갔다. 바구니에 탄 사람들은 밑에 바다가 펼쳐져 있는 것을 알았기 때문에, 밑으로 내려가기보다는 상공에 있는 편이 덜 위험하다고 생각하고, 아무리 쓸모있는 물건이라도 주저 없이 바구니 밖으로 내던졌다. 그리고 나락 같은 바다 위에서 그들을 떠받쳐주고 있는 기구의 영혼이라고 해야 할 가스를 더 이상 줄이지 않으려고 애썼다.

심약한 사람은 이러다 죽는 게 아닌가 생각할 정도의 불안 속에서 밤이 지나고 날이 밝았다. 날이 밝아질수록 폭풍은 기세가 약해지는 기미를 보였다. 3월 24일 오전 0시 무렵부터 폭풍이 가라앉을 징후가 있었다. 새벽에 구름은 뿔뿔이 흩어져 하늘 높이 올라갔다. 몇 시간 뒤에는 돌개바람도 끝자락이 넓어지면서 형태가 무너져버렸다. 바람도 '강풍'으로 바뀌었다. 기류의 속도가 반으로 줄어든 것이다. 아직은 뱃사람들이 '왕바람'이라고 부를 정도의 강풍이었지만, 그래도 악천후에서 벗어나는 자연의 회복력은 대단했다.

열한 시경, 아래쪽에 보이는 대기가 한결 밝아지기 시작했다. 폭풍이 지나간 뒤에는 공기가 아직 습기를 머금고 있어도 맑고 깨끗해지는 현상이 보이고 피부에 느껴지기도 하는데, 그렇게 맑은 공기로 바뀌어 있었다. 폭풍은 서쪽으로 물러갔다기보다 아무래도 소멸해버린 것 같았다. 인도양에서는 이따금 일어나는 현상이지만, 아마 이 폭풍의 에너지도 돌개바람이 붕괴한 뒤에 전기를 머금은 대기층으로 흘러가 소멸했을 것이다.

하지만 이 무렵 기구가 다시금 천천히, 끊임없이 아래로 내려가고 있는 것이 확인되었다. 기구는 조금씩 오그라들고 있는 것 같았다. 공기주머니는 점점 느슨해져, 둥근 공 모양에서 길쭉한 달걀 모양으로 바뀌어가고 있었다.

정오 무렵, 기구는 해상 600미터 지점을 날아가고 있었다. 기구의 용적은 1700입방미터다. 이렇게 큰 부피 덕분에 기구는 하늘 높이 날아오르든 수평 방향으로 이동하든 간에 오랫동안 공중에 머물 수 있었던 것이다.

이때 기구에 타고 있는 사람들은 바구니를 무겁게 하는 마지막 물건을 내던졌다. 이제까지 남겨둔 식량에서부터 주머니에 넣어둔 자질구레한 연장까지 모두 내던졌다. 한 사람이 기구의 그물밧줄이 모여 있는 곳까지 올라가서 기구 밑에 달린 가스 호스를 꽉 졸라맸다.

이제는 더 이상 기구의 고도를 높이 유지할 수 없다. 아무리 봐도 가스가 부족하다!

그렇다면 기구에 탄 사람들도 이것으로 끝장이다!

실제로 눈 아래 펼쳐져 있는 것은 대륙도 아니고 섬도 아니었다. 아무리 둘러봐도 착륙할 수 있는 곳은 하나도 없었고, 닻을 고정시킬 수 있는 단단한 지표면도 없었다.

보이는 것은 그저 드넓은 바다, 바다뿐이었다. 파도가 아직도 맹렬한 기세로 서로 부딪치고 있었다! 높은 하늘에 있기 때문에 반경 60킬로미터가 넘는 곳까지 바라보이지만, 어디까지나 바다가 펼쳐져 있을 뿐이다! 이 망망대해는 폭풍에 무자비하게 얻어맞고 매질당하고 머리를 흩뜨린 파도의 행렬처럼 보이고, 하얗게 거품 이는 물마루가 커다란 그물을 쳐놓은 것처럼 넓게 퍼져 보인다! 한 뼘의 땅도, 한 척의 배도 보이지 않는다!

그래서 어떻게든 기구가 바다에 삼켜지는 것을 피하기 위해 낙하를 막아야 했다. 바구니에 탄 사람들이 열심히 하고 있는 것은 물론 이 긴급한 작업이었다. 하지만 그 수고에도 불구하고 기구는 풍향에 따라 북동쪽에서 남서쪽으로 맹렬히 이동하면서도 여전히 아래로 내려가고 있었다.

바구니에 탄 불운한 사람들은 끔찍한 상황에 놓여 있었다! 이제 그들은 분명 기구의 지배자가 아니었다. 어떤 시도도 허사였다. 공기주머니는 점점 오그라들고 있었다. 가스가 새어나가는 것을 막을 수 없었다. 낙하속도도 눈에 띄게 빨라져서, 오후 한 시경에 바구니는 해수면에서 200미터밖에 떨어지지 않은 곳까지 내려가 있었다.

물론 이것은 가스 유출을 막지 못한 탓이었다. 가스는 공기주머니의 찢어진 틈새에서 멋대로 새어나가고 있었다.

바구니 안에 있는 것을 모두 내버린 덕에 기구가 공중에 떠 있는 시간을 몇 시간 늘릴 수는 있었지만, 그것은 피할 수 없는 파국을 잠시 늦추었을 뿐이다. 밤이 오기 전에 육지가 나타나지 않으면 바구니에 탄 사람들은 결국 기구와 함께 바다 속으로 가라앉아버릴 게 뻔했다.

이때 그들은 아직 남아 있던 마지막 수단을 취했다. 기구에 탄 사람들은 물론 기력이 넘치고 죽음을 직관할 수 있는 사람들이었다. 그들의 입에서 우는소리가 새어나온 적은 한 번도 없었다. 다들 마지막 순간까지 싸우고, 낙하를 늦추기 위해 전력을 다하기로 결심하고 있었다. 고리버들로 짠 바구니는 상자 같은 모양이지만, 물에 뜨도록 만들어져 있지는 않았다. 바다에 떨어지면 수면에 떠 있을 가능성은 전혀 없었다.

오후 두 시, 기구는 해수면에서 130미터 상공에 떠 있었다.

이때 남자답게 우렁찬 목소리가 울려 퍼졌다.

"전부 다 버렸나?"

공포 때문에 마음이 흔들리거나 하지는 않을 남자의 목소리다. 그러자 역시 기백이 넘치는 목소리가 대답했다.

"아직 금화가 많이 남아 있습니다!"

곧 묵직해 보이는 자루가 바다로 사라졌다.

"어떤가? 다시 올라가기 시작했나?"

"약간. 하지만 또 금방 내려갑니다!"

"또 뭐 버릴 건 없나?"

"없습니다!"

"아니, 있어! 바구니!"

"그물을 잡아! 바구니를 바다에 떨어뜨려!"

그랬다. 그것이 기구를 가볍게 하는 마지막 방법이었다. 기구를 둘러싼 그물과 바구니를 연결하고 있는 밧줄이 잘리자, 계속 떨어지고 있던 기구는 다시 600미터나 올라갔다.

다섯 사람은 그물밧줄이 모여 있는 곳까지 기어 올라가, 그물코를 움켜잡고 깊이를 알 수 없는 바다를 내려다보았다.

기구가 얼마나 균형감각을 갖추고 있는지는 잘 알려져 있다. 아주 작은 것만 내버려도 기구는 수직 방향으로 이동한다. 공중에 뜨는 기구는 정확하기 이를 데 없는 천칭 같은 움직임을 보인다. 따라서 상당히 무거운 물건을 내버리면 기구는 갑자기 쑥 올라간다. 그런 사태가 지금 일어난 것이다.

하지만 상공으로 올라가 잠시 균형을 잡았나 했더니 기구는 또다시 낙하하기 시작했다. 찢어진 틈새로 가스가 새어나가고 있지만, 찢어진 곳을 수선할 수도 없었다.

기구에 타고 있는 사람들은 할 수 있는 일을 다 했다. 아무리 애를 써도 자신을 구할 도리가 없었다. 이제는 하늘에 운을 맡길 수밖에 없었다.

오후 네 시, 기구는 어느덧 해수면에서 150미터 떨어진 곳까지 내려와 있었다.

이때 개 짖는 소리가 높이 울려 퍼졌다. 개 한 마리가 사람들과 함께 기구에 타고 있다가 이제 주인 곁에서 밧줄의 그물코에 매달려 있었다.

"토비가 뭔가를 발견했다!" 한 사람이 외쳤다.

그 직후에 힘찬 목소리가 울려 퍼졌다.

"육지다! 땅이야!"

기구는 바람에 날려 남서쪽으로 이동하여 새벽부터 벌써 수백 킬로미터나 되는 먼 거리를 날고 있었는데, 지금 바로 그쪽 방향에 육지가 보이기 시작한 것이다.

하지만 그 육지는 바람이 불어가는 쪽으로 아직 50킬로미터나 떨어져 있었다. 풍향만 바뀌지 않으면 그곳에 이르는 데 한 시간도 걸리지 않을 것이다. 앞으로 한 시간! 하지만 기구는 그 전에 남아 있는 가스를 모두 토해버리지 않을까?

그것이 문제였다. 무슨 수를 써서라도 육지에 도달해야 한다. 그 육지가 확실히 보이기 시작했다. 섬인지 대륙인지는 알 수 없었다. 폭풍이 그들을 지구의 어디까지 데려왔는지, 기구에 매달려 있는 사람들은 짐작도 가지 않았다. 하지만 그 육지에 사람이 살고 있든 아니든, 그 육지가 그들을 환영하든 않든, 어떻게든 그곳에 착륙해야 한다!

그런데 네 시 반에 기구는 자신을 지탱하지 못하게 되었다. 기구는 해수면을 스치듯 날고 있었다. 거대한 물마루가 벌써 몇 번이나 늘어진 그물밧줄을 적시고 있었다. 더욱 무거워진 기구는 날개에 납덩이를 매단 새처럼 절반밖에 몸을 일으키지 못했다.

30분이 지났다. 이제 육지까지는 1킬로미터밖에 남지 않았지만, 기구는 진이 다 빠져서 힘없이 축 늘어지고 커다란 주름이 잡혔다. 가스는 조금밖에 남아 있지 않았다. 기구는 그물밧줄에 매달려 있는 사람들을 들어올리지 못하게 되었다. 이윽고 그들은 반쯤 바다에 잠긴 채 거친 파도에 부딪혔다. 이때 공기주머니가 갑자기 푹 꺼지고 거기에 바람이 맹렬히 몰아쳤기 때문에, 기구는 순풍을 받은 돛단배처럼 달리기 시작했다. 어쩌면 해안에 도착할 수 있을지도 모른다!

그런데 육지에서 400미터 떨어진 곳에 이르렀을 때 무서운 외침 소리가 네 사람의 입에서 동시에 터져 나왔다. 이제 일어날 수 없을 것처럼 보이던 기구가 맹렬한 파도에 부딪혔기 때문에 뜻밖에 또다시 날아오른 것이다. 무거운 납덩이라도 내던진 것처럼 기구는 갑자기 500미터 상공으로 날아올랐다. 이 높은 곳에서 바람의 소용돌이에 휘말린 기구는 곧장 해안으로 날아가지 않고 육지와 거의 나란히 흘러갔다. 하지만 2분 뒤에는 육지에 비스듬히 접근했고, 결국 파도가 밀려오지 않는 모래밭에 착륙했다.

밧줄에 매달려 있던 사람들은 서로 도와 그물코에서 몸을 떼어냈다. 사람들을 내려놓고 가벼워진 기구는 또다시 바람을 받아 날아올랐다. 그리고 다친 새가 잠시 숨을 돌린 것처럼 하늘 높이 사라졌다.

바구니에는 다섯 사람과 개 한 마리가 타고 있었는데, 모래톱에 내던져진 것은 네 사람뿐이었다.

한 사람은 아무리 생각해도 아까 큰 파도가 덮쳐왔을 때 휩쓸

기구는 마침내 모래밭에 착륙했다

린 게 분명했다. 그 때문에 기구가 가벼워져서 상공으로 날아올랐다가 몇 분 뒤에 다시 모래톱으로 내려온 것이다.

네 명의 조난자(그들을 이렇게 불러도 좋을 것이다)는 땅을 밟자마자 실종된 동료를 생각해내고 저마다 소리를 질렀다.

"헤엄을 쳐서라도 여기까지 오려고 할 겁니다! 도와주러 갑시다! 살려냅시다!"

2

남북전쟁의 에피소드—사이러스 스미스—기디언 스필렛—

흑인 네브—선원 펜크로프—소년 하버트—예기치 않은 제안—

밤 열 시의 집결—폭풍 속의 출발

폭풍이 이 해안에 데려온 사람들은 기구를 전문으로 타는 사람도 아니고 공중 탐험가도 아니었다. 그들은 이 요상한 날씨 속에서 무모하게도 탈출을 기도한 전쟁 포로들이었다. 이제 죽을 수밖에 없다고 생각한 적이 얼마나 많았던가! 찢어진 기구가 상공에서 어둠 속으로 추락할 뻔한 적은 또 얼마나 많았던가! 그래도 신이 그들에게 기묘한 운명을 주었기 때문에, 그들은 율리시스 그랜트* 장군의 북군에 포위된 리치먼드를 탈출한 뒤, 3월 24일에 그 버지니아 주의 주도에서만 1만 1200킬로미터나 떨어진 지점에 내려온 것이다. 그 무시무시한 남북전쟁 당시 리치먼드는 남부연합**의 거점이 된 도시였다. 그곳에서 날아오른 기

---

* 율리시스 그랜트1822~1885_남북전쟁 당시 북군 총사령관. 쥘 베른이 이 책을 쓸 당시(1874)에는 미국 대통령(1869~1877).

** 남부연합_미국 남북전쟁 때 노예제의 존속을 주장하는 남부의 11개 주가 합중국을 탈퇴하여 결성한 국가(1861~1865). 수도는 리치먼드.

구는 닷새 동안이나 여행을 계속했다.

이 포로들의 탈출—흔히 있는 파국을 맞았을지도 모르는 탈출이 얼마나 특이한 상황에서 이루어졌는지, 그것을 지금부터 이야기하겠다.

1865년 2월, 그랜트 장군은 리치먼드를 점령하기 위해 몇 번이나 기습 공격을 시도했지만 성공하지 못했다. 그 작전에서 장군의 부하 장교 몇 명이 남군의 포로가 되어 리치먼드 시내에 감금되었다. 포로 신세가 된 사람들 가운데 걸출한 인물이 하나 있었는데, 그는 북군 사령부 소속인 사이러스* 스미스였다.

사이러스 스미스는 매사추세츠 주 출신으로, 못하는 게 없고 모르는 게 없는 만물박사였다. 미국 정부는 전쟁 동안 철도를 관리하고 지휘하는 일을 그에게 맡겼다. 전략상 철도의 역할은 아주 중요했다.

그는 전형적인 북부 미국인으로 깡마른 체격에 뼈가 앙상했다. 나이는 마흔다섯 살쯤 되었지만, 짧은 머리도 짙은 콧수염도 벌써 반백이 되어 있었다. 용모는 '옛날 화폐에서 볼 수 있는' 단정한 얼굴이었고, 메달에 새겨지기에 어울리는 얼굴이었다. 불타는 듯한 눈빛과 꽉 다문 입술은 사관학교 선생 같은 용모였다. 일개 병사에서 첫 걸음을 내디디려 한 장군처럼 우선 망치와 곡괭이 사용법부터 배우려 한 기술자였다. 그래서 창의력이 풍부한 동시에 손재주가 더없이 뛰어났다. 근육도 단단했다. 사색가인 동시에 행동가이고, 정력이 넘치고, 무슨 일이든 쉽게 해치우고, 불운을 아무렇지도 않게 여기는 고집스러운 기백도 갖추고

* 사이러스Cyrus_ 키루스의 영어식 발음. 페르시아 제국을 건설한 키루스 대왕(기원전 576?~529)이 유명하다.

있었다. 교양이 풍부하고 현실 감각이 뛰어나고 재치가 있는 남자 사이러스 스미스는 참으로 훌륭한 인격의 소유자였다. 어떤 상황에서도 자제력을 잃지 않았고, 무언가를 성취하는 데 필요한 세 가지 조건, 즉 활동적인 정신과 육체, 열렬한 소망, 불굴의 의지를 모두 갖추고 있었다. 따라서 그에게 좌우명이 있다면, 그것은 17세기 영국 왕 윌리엄 3세의 좌우명인 '나는 성공할 가망이 없어도 일을 시작할 수 있고, 성공하지 않아도 끈질기게 노력할 수 있다'와 같았을 게 분명하다.

사이러스 스미스는 용기의 화신이기도 했다. 남북전쟁 당시 그는 여러 전투에 참가했다. 일리노이 주에서 자원입대하여 그랜트 장군 휘하에 들어간 뒤, 퍼두커와 벨몬트, 피츠버그 랜딩, 코린스 포위전, 기브슨 요새, 블랙 강, 채터누가, 윌더니스, 포토맥 강을 비롯한 여러 곳에서 용감하게 싸웠다. "전사한 부하의 수는 헤아리지 않는다!"는 그랜트 장군의 부하답게 싸웠다. 스미스는 그랜트 장군이 부하로 헤아려주지도 않는 전사자가 될 뻔한 적이 수없이 많았다. 하지만 죽음을 피할 수 없다고 여겨진 전투에서도 그는 언제나 행운을 얻었다. 리치먼드 전투에서 부상을 입고 포로가 될 때까지는 그랬다.

사이러스 스미스와 같은 날 또 한 사람의 중요 인물이 남군의 포로가 되었다. 〈뉴욕 헤럴드〉 특파원인 기디언* 스필렛이라는 남자였다. 그는 북군에 종군하여 전황을 보도하는 임무를 띠고 있었다.

---

* 기디언Gideon _ 기드온의 영어식 발음. 기드온은 구약성서에 나오는 이스라엘의 판관이자 용감한 전사.

기디언 스필렛은 스탠리*로 대표되는 영국 또는 미국의 탁월한 신문기자들 가운데 하나였다. 이들은 정확한 정보를 파악하고 그것을 되도록 신속하게 신문사에 보내기 위해서는 어떤 위험도 아랑곳하지 않았다. 〈뉴욕 헤럴드〉 같은 미국의 큰 신문은 막강한 힘을 갖고 있고, 특파원은 그 신문사의 얼굴이나 마찬가지였다. 기디언 스필렛은 그런 특파원들 중에서도 제일급 기자로서 눈에 띄는 존재였다.

비범하고 정력적인 그는 무슨 일에나 빠르게 대처하고 여러 가지 독창적인 것을 생각해냈다. 병사이자 예술가로서 세계를 뛰어다녔고, 조언할 때는 열심히, 행동으로 옮길 때는 단호하게 일을 처리했다. 우선 자신을 위해, 다음에는 신문사를 위해 모든 것을 알려고 애썼고, 그런 경우에는 고생도 피로도 위험도 안중에 두지 않았다. 호기심과 보도의 영웅이고, 아직 발표되지 않은 것, 미지의 것, 불가능한 것에 도전하는 영웅이었다. 빗발치는 총알 속에서 기사를 쓰고 포탄 밑에서 '보도하는' 대담무쌍한 관찰자였다. 이런 기자에게는 어떤 위험도 행운으로 바뀌어버린다.

한 손에는 권총, 또 한 손에는 수첩을 들고 모든 전투의 최전선에 있었지만, 산탄 때문에 연필이 떨린 적은 없었다. 보고할 만한 일도 없는데 말만 잘하는 사람들처럼 언제나 전보를 치지도 않았다. 그의 전보는 항상 짧고 분명하고 평이하고 핵심을 밝혀주었다. 게다가 그는 유머 감각도 갖추고 있었다. 블랙 강 전투 때는, 싸움이 끝나면 그 결과를 즉각 본사에 알릴 수 있도록 전신국 창구를 확보해두기 위해 두 시간 동안이나 《성경》을 제1장부터

* 헨리 모턴 스탠리1841~1904_ 아프리카 탐험가로 유명한 미국의 신문기자.

기디언 스필렛

전보로 계속 보낸 적도 있었다. 〈뉴욕 헤럴드〉는 전보 요금으로 2천 달러를 지출했지만, 덕분에 특종으로 뉴스를 손에 넣을 수 있었다.

기디언 스필렛은 키가 훤칠한 남자였다. 나이는 마흔 살 정도. 붉은색에 가까운 금빛 볼수염이 얼굴을 둘러싸고 있었다. 눈은 부드럽지만 활기차고 신속해서, 시야에 들어오는 것은 아무리 작고 사소한 것이라도 재빨리 포착할 수 있었다. 몸은 단단하게 단련되고, 쇠를 찬물에 담가 튼튼한 철봉을 만들듯 어떤 환경도 견뎌냈다.

10년 전부터 기디언 스필렛은 〈뉴욕 헤럴드〉의 인기있는 기자였고, 기사와 스케치로 그 신문을 활기차게 장식했다. 글을 잘 쓸 뿐만 아니라 그림도 잘 그렸다. 포로로 붙잡혔을 때 그는 전투 상황을 기사로 쓰는 동시에 스케치로 묘사하고 있었다. 그의 수첩에 적힌 마지막 구절은 '남군 병사 하나가 총으로 나를 겨누고 있다……'였다. 하지만 스필렛을 노린 총알은 빗나갔다. 여느 때와 마찬가지로 그는 또다시 긁힌 상처 하나 입지 않고 그 위험한 전투에서 살아남았다.

사이러스 스미스와 기디언 스필렛은 서로 이름만 알고 있을 뿐 전부터 아는 사이는 아니었지만, 둘 다 포로가 되어 리치먼드로 이송되었다. 사이러스의 상처는 곧 아물었지만, 이 상처를 치료하고 있을 무렵 스필렛 기자와 알게 되었다. 두 사람은 의기투합했고 서로 존경하는 사이가 되었다. 이윽고 두 사람은 자나깨나 단 하나의 목적만을 염두에 두게 되었다. 탈출하여 그랜트 장군의 군대로 돌아가 다시 북군을 위해 싸우는 것이었다.

그래서 두 미국인은 모든 기회를 이용하기로 했다. 그런데 시내에서는 자유롭게 행동할 수 있었지만, 리치먼드는 방비가 아주 단단해서 탈출하기는 어려울 것 같았다.

그럭저럭하는 동안 사이러스 스미스의 하인이 주인을 찾아왔다. 사이러스에게 생사를 바치고 있던 하인이었다. 이 용감한 사내는 사이러스의 영지에서 흑인 노예의 자식으로 태어났지만, 이론적으로나 심정적으로나 노예폐지론자인 사이러스 스미스는 오래전에 그를 자유의 몸으로 해방시켜주었다. 하지만 이 흑인은 자유의 몸이 된 뒤에도 주인 곁을 떠나려고 하지 않았다. 주인을 위해서라면 죽어도 좋다고 생각할 만큼 사이러스를 존경하고 흠모했다. 서른 살의 이 젊은이는 건강하고 민첩하고 재주도 많고 영리한 데다 성격이 온순하고 차분했다. 때로는 지나치게 고지식한 면도 있었지만, 언제나 상냥하고 남을 배려할 줄 아는 선량한 인물이었다. 그는 네부카드네자르*라는 긴 이름을 갖고 있었지만, 줄여서 '네브'라는 애칭으로 부르지 않으면 대답하지 않았다.

네브는 주인이 포로가 된 것을 알자 주저 없이 매사추세츠를 떠나 리치먼드 바로 옆까지 왔다. 그리고 온갖 책략과 지혜를 발휘하고 몇 번이나 목숨을 잃을 위험을 무릅쓴 끝에 마침내 포위된 도시에 잠입할 수 있었다. 하인을 만났을 때 사이러스 스미스가 얼마나 기뻐했고, 주인을 다시 보았을 때 네브가 얼마나 감격했는지는 필설로 형언하기 힘들다.

그런데 네브는 어떻게든 리치먼드 시내에 들어올 수는 있었지

---

* 네부카드네자르Nebuchadnezzar_ 신(新)바빌로니아 왕국의 군주 네부카드네자르 대왕 (기원전 605~562)이 유명하다.

만 도시에서 밖으로 나가기는 무척 어려웠다. 북군 포로들은 철저히 감시당하고 있었기 때문이다. 성공할 가망이 높은 탈출을 기도하려면 특별한 기회가 필요했다. 하지만 그런 기회는 오지도 않았을뿐더러, 기회를 만들어내기도 쉽지 않았다.

그러는 동안에도 그랜트 장군의 북군은 정력적으로 작전을 펴고 있었다. 하지만 피터즈버그* 전투를 승리로 이끌기 위해서는 많은 희생을 치러야 했다. 그랜트 장군의 군대는 리치먼드 앞에서 버틀러 장군의 부대와 합류했지만, 그래도 아무 성과를 거두지 못했다. 그래서 조만간 북군 포로가 해방되는 상황은 기대할 수도, 예측할 수도 없었다. 스필렛 기자는 따분한 포로생활 속에서 재미난 기사를 쓸 수 없기 때문에, 무료함을 더는 견딜 수 없었다. 그의 생각은 오직 하나, 무슨 수를 써서라도 리치먼드를 탈출하는 것이었다. 그는 몇 번이나 탈출 계획을 실행에 옮겨보았지만, 넘을 수 없는 장애물이 매번 계획을 방해했다.

그동안에도 포위전은 계속되고 있었다. 북군 포로들은 그랜트 장군의 군대로 돌아가려고 탈출을 벼르고 있었지만, 한편 포위되어 있는 남군 병사들 중에도 밖에 있는 아군 부대로 돌아가기 위해 시내에서 빠져나가고 싶어하는 자들이 적지 않았는데, 그들 가운데 조너선 포스터라는 과격파가 있었다. 북군 포로는 물론 시내를 떠날 수 없었지만, 남군 병사들도 사실 시내를 떠날 수 없었다. 도시가 북군에 포위되어 있었기 때문이다. 리치먼드의 남군 사령관은 리 장군과 연락이 끊긴 지 오래였다. 하지만 하루라도 빨리 아군의 지원을 받으려면 리치먼드의 상황을 알려야

* 피터즈버그_ 버지니아 주 남동부에 있는 도시.

했다. 이때 조너선 포스터라는 남자가 기구를 타고 포위망을 벗어나 남군 진영에 도달하는 방법을 생각해냈다.

리치먼드의 남군 사령관은 이 계획을 허가했다. 기구가 제작되어 조너선 포스터의 손에 넘겨졌다. 기구에는 다섯 사람이 올라타게 되었다. 착륙할 때 몸을 지키기 위해 무기도 싣고, 공중 여행이 길어질 경우에 대비하여 식량도 실었다.

기구에 타는 날은 3월 18일로 결정되었다. 출발은 야간에 이루어질 예정이었다. 북서풍이 평소대로 불면 기구에 탄 남군 병사들은 리 장군의 사령부에 도착할 수 있을 것이다.

그런데 이 북서풍은 여느 때의 산들바람이 아니었다. 3월 18일이 되자마자 바람이 폭풍으로 바뀔 조짐이 보였다. 이윽고 폭풍의 기세가 거세졌기 때문에 포스터는 출발을 미룰 수밖에 없었다. 위험을 뻔히 알면서, 기구와 거기에 탈 사람들을 거칠게 휘몰아치는 바람 한복판으로 날아오르게 할 수는 없었기 때문이다.

기구는 리치먼드의 중앙광장에서 가스를 가득 채운 채 바람이 가라앉으면 곧바로 날아오를 준비를 갖추고 있었다. 기상 상황이 바뀌지 않는 것을 보고 포스터 일행은 점점 초조해졌다.

3월 18일과 19일은 폭풍에 아무 변화도 일어나지 않은 채 지나갔다. 지상에 묶인 기구는 돌풍이 불면 땅바닥에 누워버리기 때문에, 그것을 똑바로 유지하기도 어려워졌다.

19일부터 20일에 걸친 밤이 지나갔지만, 아침에 폭풍은 더욱 격렬하게 휘몰아치고 있었다. 출발은 도저히 불가능했다.

그날 리치먼드의 어느 거리에서 사이러스 스미스에게 생판 모르는 남자가 말을 걸어왔다. 펜크로프라는 이름의 선원이었고,

나이는 30대 중반으로 보였다. 체격은 실팍하고 얼굴은 검게 그을렸고 활기찬 눈을 자주 깜박거리고 있었지만 호감이 가는 사내였다.

펜크로프는 북부 출신 미국인으로 전 세계의 바다를 돌아다녔고, 모험이라면 날개 없는 두발짐승인 인간에게 일어날 수 있는 신기한 일을 모조리 경험한 사람이었다. 그래서 무엇이든 해보려고 하는 적극적인 인물이고, 어떤 일에도 놀라지 않는 사람이라는 것은 굳이 말할 필요도 없을 것이다. 그해 초에 펜크로프는 하버트 브라운이라는 열다섯 살 소년에게 볼일이 있어서 리치먼드를 찾아왔다. 뉴저지 출신인 하버트는 펜크로프를 고용한 선장의 아들이었지만, 지금은 고아가 되어 있었다. 선원은 이 소년을 피붙이처럼 아끼고 있었다. 펜크로프는 첫 번째 포위작전이 벌어지기 전에 도시를 떠날 수 없었기 때문에 불행하게도 리치먼드에 발이 묶여버렸다. 그 역시 무슨 수를 써서라도 도시를 탈출할 생각밖에 없었다. 그는 사이러스 스미스에 대한 평판을 듣고 있었다. 그리고 결단력이 풍부한 이 인물이 얼마나 가슴 졸이며 이를 갈고 있는지도 알고 있었다. 그래서 그날 펜크로프는 주저 없이 사이러스에게 접근하여 다짜고짜 이렇게 말했다.

"스미스 씨, 리치먼드에는 이제 진저리가 났겠지요?"

사이러스는 말을 걸어온 사내를 지그시 바라보았다. 사내가 작은 소리로 덧붙였다.

"스미스 씨, 탈출하고 싶지 않으신가요?"

"그게 언제요?" 사이러스가 열띤 어조로 되물었다. 이 말은 무심코 나온 게 분명했다. 그는 말을 걸어온 낯선 사내를 아직 제대로 관찰하지도 않았기 때문이다.

"스미스 씨, 탈출하고 싶지 않으신가요?"

하지만 상대를 날카로운 눈으로 바라본 그는 눈앞에 있는 사내가 정직하고 성실한 인간이라는 것을 의심할 수 없게 되었다.

"당신은 누구요?" 사이러스가 퉁명스럽게 물었다.

펜크로프는 자신을 소개했다.

"알았소. 그런데 어떤 방법으로 탈출하자는 거요?"

"방법을 궁리하고 자실 것도 없습니다. 광장에 묶여 있는 기구를 이용하는 겁니다. 그 기구는 우리를 위해 일부러 그곳에 놓아둔 것처럼 보일 정도라니까요."

선원은 끝까지 말할 필요도 없었다. 그 말만 듣고도 사이러스는 모든 것을 알아차렸다. 그는 펜크로프의 팔을 움켜잡고 자기 숙소로 데려갔다.

여기서 선원은 계획을 털어놓았다. 사실 계획은 아주 간단하다. 목숨을 걸고 실행하기만 하면 되니까. 폭풍이 거세게 휘몰아치고 있는 것은 사실이지만, 당신처럼 숙련되고 용감한 기술자라면 기구를 잘 조종할 수 있을 것이다. 나도 기구 조종법만 알고 있다면 주저 없이 떠났을 것이다. 물론 하버트도 데려갈 것이다. 나는 지금까지 온갖 고난을 겪었기 때문에, 이 정도 폭풍에는 놀라지도 않는다.

사이러스는 선원의 이야기에 조용히 귀를 기울이고 있었지만, 그 눈은 반짝반짝 빛나고 있었다. 마침내 기회가 왔다. 사이러스는 눈을 멀쩡히 뜨고 그 기회를 놓칠 사람이 아니었다. 계획은 위험하기 짝이 없지만, 그렇기 때문에 성공할 가능성이 높다. 감시하는 사람이 있지만, 밤이 되면 기구에 접근하여 바구니에 잠입할 수 있다. 그런 다음 기구를 묶어놓은 밧줄을 자르기만 하면 된다! 물론 죽을지도 모르지만, 성공할지도 모른다. 그리고 이 폭풍이…… 그렇다. 이 폭풍이 오지 않았다면 기구는 벌써 날아올 랐을 것이다. 그렇다면 그렇게 바라던 기회는 이제 다시는 오지 않을지도 모른다!

"나는 혼자가 아니오!" 사이러스가 마침내 말했다.

"그럼 몇 명을 데려갈 작정이십니까?" 선원이 물었다.

"두 사람. 내 친구인 스필렛과 하인인 네브요."

"그럼 셋이군요. 거기에 하버트와 내가 타면 다섯인가? 그 기 구는 6인승일 텐데……."

"좋소. 모두 함께 떠납시다!"

이 '모두'에는 신문기자도 포함되어 있었다. 물론 스필렛은 망 설이며 꽁무니를 뺄 남자가 아니었다. 계획을 듣고는 그도 무조 건 찬성했다. 이렇게 간단한 계획을 지금까지 생각하지 못한 것 을 오히려 이상하게 생각했다. 네브는 주인이 가는 곳이라면 어 디든 따라가는 하인이었다.

"그럼 오늘 밤에 다섯 사람이 구경꾼 같은 얼굴로 그 기구 근 처를 어슬렁거리기로 합시다."

펜크로프가 말했다.

"오늘 밤 열 시."

사이러스가 받았다. 그러고는 마치 축배라도 드는 것처럼 한 손을 치켜들면서 조용히 외쳤다.

"우리가 떠날 때까지 이 폭풍이 멎지 않기를!"

펜크로프는 사이러스와 헤어져 하버트 소년이 있는 숙소로 돌 아갔다. 이 용감한 소년은 선원의 계획을 미리 알고 있었다. 펜크 로프의 제의에 사이러스 스미스는 뭐라고 할까. 하버트는 궁금 해서 불안한 마음으로 기다리고 있었다.

이렇게 뜻을 굳힌 다섯 남자는 휘몰아치는 폭풍 속에서 하늘로 날아오를 작정이었다!

폭풍은 가라앉지 않았다. 조너선 포스터와 동료들은 그 약한 바구니를 타고 폭풍과 맞서는 것은 생각해보지도 않았다.

낮 동안에는 날씨가 지독했다. 사이러스는 한 가지만 걱정하고 있었다. 땅에 묶여 있는 기구가 바람 때문에 옆으로 쓰러져 여기저기 찢어져버리지나 않을까 하는 걱정이었다. 사이러스는 몇 시간 동안이나 인적이 끊긴 광장을 돌아다니며 기구를 감시하고 있었다. 펜크로프도 주머니에 두 손을 찔러 넣고 사이러스와 마찬가지로 돌아다니고 있었다. 남아도는 시간을 어떻게 보내야 할지 모르는 사람처럼 일부러 하품을 하기도 했지만, 역시 기구가 찢어지지는 않을까, 밧줄을 끊고 하늘로 날아가버리지는 않을까 걱정하고 있었다.

밤이 왔다. 칠흑 같은 어둠이 찾아왔다. 짙은 안개가 땅바닥을 기는 구름처럼 흐르고 있었다. 진눈깨비가 내렸다. 추웠다. 리치먼드 전체에 무거운 안개가 덮쳐왔다. 맹렬한 폭풍 때문에 도시를 포위하고 있는 군대와 포위당해 있는 군대 사이에 휴전 상태가 생겨난 것 같았고, 대포도 허리케인의 무시무시한 바람 소리 앞에서 침묵을 지키려는 듯싶었다. 거리에 인적이 끊겼다. 광장 한복판에서 몸부림치고 있는 기구를 이 지독한 날씨 속에서 일부러 감시할 필요는 없다고, 누구나 다 그렇게 생각하고 있었다. 모든 것이 포로들의 탈출을 도와주고 있었다. 하지만 거칠게 날뛰는 이 폭풍 속에서 하늘을 여행한다면…….

'불쾌한 바람이 몰려왔군!' 바람에 날아갈 뻔한 모자를 주먹으로 누르면서 펜크로프는 생각했다. '하지만 상관없어. 결국에

는 잘될 거야!'

아홉 시 반, 사이러스 스미스와 동료들은 여기저기에서 광장으로 몰래 들어왔다. 가스등이 바람에 꺼져버렸기 때문에 광장은 짙은 어둠에 싸여 있었다. 땅바닥에 거의 누워버린 거대한 기구도 보이지 않았다. 기구가 날아가지 않도록 기구를 덮은 그물 밧줄 끝에 모래주머니가 몇 개나 묶여 있었다. 그와는 별도로 판석에 박아넣은 쇠고리에 꿴 굵은 밧줄에는 바구니가 묶여 있고, 그 밧줄의 한쪽 끝은 바구니 안까지 뻗어 있었다.

다섯 사람은 바구니 근처에서 만났다. 다른 사람은 아무도 알아차리지 못했지만, 너무 어두워서 그들끼리도 서로 얼굴을 알아볼 수 없을 정도였다.

사이러스 스미스, 기디언 스필렛, 네브와 하버트가 말 한마디 없이 바구니에 타는 동안, 펜크로프는 사이러스의 지시에 따라 모래주머니를 차례로 떼어냈다. 그 일은 눈 깜짝할 사이에 끝났고, 선원은 곧 동료들 곁으로 돌아왔다.

기구는 이제 굵은 밧줄에 묶여 있을 뿐이었다. 사이러스 스미스가 출발 명령만 내리면 된다.

이때 개 한 마리가 바구니 안으로 뛰어들었다. 사이러스가 기르는 토비라는 개였다. 토비는 쇠사슬을 끊고 주인을 따라온 것이다. 사이러스는 중량 초과를 우려하여 불쌍하게도 개를 도로 쫓아 보내려고 했다.

"괜찮습니다! 개 한 마리 정도 늘어나도 상관없어요!"

펜크로프가 모래주머니 두 개를 바구니에서 내버리며 말했다.

그리고 선원은 굵은 밧줄을 풀었다. 그러자 기구는 비스듬히 날아올랐다. 바구니는 굴뚝 두 개에 부딪쳐 그것들을 쓰러뜨린

다섯 사람은 바구니 근처에서 만났다

뒤 하늘로 사라졌다.

　폭풍은 맹렬한 기세로 거칠게 날뛰고 있었다. 사이러스도 그 날 밤이 새기 전에 아래로 내려갈 수 있으리라고는 생각지 않았 다. 그런데 날이 밝아도 짙은 안개가 아래 세상의 풍경을 시야에 서 차단하고 있었다. 닷새 뒤에야 겨우 구름장에 틈새가 보이고, 눈 아래 드넓은 바다가 보였다. 기구는 무서운 속도로 바람을 타 고 날아온 것이다!

　3월 20일 출발한 다섯 남자 가운데 네 명이 3월 24일 고국에서 9600킬로미터나 떨어진 인적 없는 해안에 어떻게 내던져졌는지 는 아시는 바와 같다.[*]

　실종된 인물, 네 명의 생존자가 구조하러 달려간 인물은 자연 스럽게 지도자로 추대된 만물박사 사이러스 스미스였다!

---

[*] 〔원주〕 4월 5일 리치먼드는 그랜트 장군에게 점령되었고, 남부 독립파의 저항은 진압되었다. 남군의 리 장군은 서쪽으로 퇴각하고 연방 통일파(북군)가 승리를 거두 었다.

3

오후 다섯 시—실종된 인물—네브의 절망— 북쪽 수색—작은 섬—
슬프고 불안한 밤—아침 안개—네브, 헤엄쳐 건너다—
육지를 바라보다—수로를 건너다

사이러스 스미스는 찢어진 그물코 사이로 파도에 휩쓸렸다.
그의 개 토비도 사라졌다. 이 충견은 주인을 구하려고 바다에 뛰
어든 게 분명했다.

"가세!" 신문기자 스필렛이 외쳤다.

네 남자—스필렛, 하버트, 펜크로프, 네브—는 피곤해서 녹초
가 된 것도 잊고 수색을 시작했다.

네브는 가장 사랑하는 사람을 잃었다는 생각에 가엾게도 분노
와 절망의 눈물을 흘리고 있었다.

사이러스가 사라진 뒤 다른 일행이 땅으로 내려갈 때까지 2분
도 지나지 않았다. 그래서 사람들은 아직 그를 구할 수 있다는 희
망을 품고 있었다.

"찾읍시다! 꼭 찾아야 해요!" 네브가 외쳤다.

"걱정 말게, 네브. 틀림없이 찾을 수 있을 거야." 스필렛이 대
답했다.

"살아 있을까요?"

"살아 있고말고."

"스미스 씨는 헤엄을 칠 줄 알겠지?" 펜크로프가 물었다.

"그럼요." 네브가 대답했다. "토비도 있고요!"

펜크로프는 으르렁거리는 파도 소리를 들으면서 고개를 끄덕였다.

사이러스가 사라진 것은 해안 북쪽, 그들이 착륙한 곳에서 800미터쯤 떨어진 해상이었다. 따라서 사이러스는 그 800미터 거리만 헤엄치면 가장 가까운 해안에 도달할 수 있을 터였다.

벌써 여섯 시가 다 되어가고 있었다. 안개가 끼기 시작하여 아주 어두운 밤을 맞고 있었다. 하늘에서 떨어진 조난자들은 지리적 위치도 짐작할 수 없는 낯선 곳의 동해안을 북쪽으로 걸어갔다. 그들은 돌멩이가 섞인 모래밭을 지나갔다. 식물은 전혀 자라지 않는 것 같았다. 지형은 기복이 많고 울퉁불퉁한 데다 군데군데 작은 구덩이가 파여 있어서 걷기가 무척 힘들었다. 그 구덩이에서는 금방 날아오를 수 없는 커다란 새가 나와서 사방팔방으로 달아났지만, 어두워서 잘 보이지는 않았다. 그보다 재빠른 새들은 무리지어 날아올라 구름처럼 날아갔다. 펜크로프는 그것이 갈매기나 재갈매기일 거라고 생각했지만, 그 날카로운 울음소리는 파도 소리와 경쟁할 만큼 요란했다.

이따금 그들은 걸음을 멈추고 큰 소리로 외쳐보고, 바다 쪽에서 응답 소리가 들리지 않나 하고 귀를 세웠다. 그들이 사이러스가 헤엄쳐간 곳으로 다가가고 있다면, 설령 그 만물박사가 자기 위치를 알리는 신호를 보내지 않는다 해도 토비가 짖는 소리는 들려올 거라고 생각했다. 그런데 으르렁거리는 파도 소리와 부서지는 파도 소리 말고는 아무 소리도 들리지 않았다. 그래서 네 사람은 다시 앞으로 걸음을 옮기면서, 아무리 작은 바위 틈새도 빠짐없이 조사했다.

네 사람이 20분쯤 걸었을 때, 거품 이는 파도가 갑자기 그들의 앞길을 가로막았다. 앞에는 이제 육지가 없었다. 돌출한 곶 끝에 도달한 것이다. 그곳에서는 파도가 사납게 날뛰며 부서지고 있었다.

"곶이군." 펜크로프가 말했다. "곶을 돌아 반대쪽으로 돌아가면 진짜 육지에 닿을 수 있을 겁니다."

"하지만 나리가 저기 있다면 어떡하죠?" 네브가 바다를 가리키면서 말했다. 어둠 속에서 큰 파도가 하얗게 보였다.

"좋아. 그럼 불러보세!"

모두 입을 모아 힘껏 소리를 질렀지만 아무 응답도 없었다. 그들은 바람이 조금 가라앉기를 기다렸다가 다시 한 번 불러보았다. 하지만 여전히 대답은 없었다.

그들은 곶 반대편의 모래와 자갈이 섞인 땅을 지나서 돌아가기로 했다. 하지만 펜크로프는 그쪽 해안이 깎아지른 듯 가파르고 땅이 치솟아 있는 것을 알아차렸다. 그래서 상당히 길게 이어져 있는 비탈을 이대로 계속 올라가면 해안 절벽이 나올 거라고 생각했다. 벼랑 꼭대기가 어둠 속에서 어렴풋이 보였다. 이쪽 바닷가에는 새들도 거의 없었다. 넘실대는 너울도 적고 파도 소리도 잔잔했다. 놀랍게도 그렇게 거칠었던 파도가 가라앉았다. 바위에 부딪혀 부서지는 파도 소리도 거의 들려오지 않는다. 아마 곶 이쪽은 반원을 그리고 있는 후미이고, 뾰족한 곶 끝이 난바다에서 밀려오는 큰 파도를 막아주고 있는 모양이다.

모두 입을 모아 힘껏 소리를 질렀다

하지만 이쪽으로 계속 가면 사이러스가 도달했을지도 모르는 해안과는 반대편인 남쪽으로 가게 된다. 2킬로미터를 더 걸어가도 해안선은 곡선을 그리며 북쪽으로 돌아갈 기미를 전혀 보이지 않았다. 그래도 아까 돌아온 곳은 진짜 육지와 연결되어 있을 게 분명하다. 조난자들은 피곤했지만 여전히 씩씩하게 걷고 있었다. 북쪽으로 방향을 되돌려줄 전환점이 나타나기를 기대하면서……

그렇게 3킬로미터쯤 걸은 뒤 그들은 말할 수 없이 절망했다. 또다시 바다가 앞을 가로막았고, 자신들은 미끄러운 바위로 이루어진 높은 곳 위에 있음을 알았기 때문이다.

"여기는 섬이야!"

선원의 지적은 옳았다. 그들은 대륙은커녕 섬이라고도 말할 수 없는 작은 섬에 내던져진 것이다. 이 섬은 세로가 3킬로미터도 안 되고 물론 가로 너비도 그렇게 대단한 거리는 아니었다.

돌투성이에다 식물도 자라지 않고 몇 종의 바닷새만 살고 있는 이 황량한 섬은 커다란 군도 가운데 하나일까? 그렇게 단언할 수는 없었다. 기구에 타고 있을 때 그들은 안개를 뚫고 육지를 언뜻 보았지만, 그 넓이를 충분히 확인하지는 못했다. 그래도 평소에 어둠도 꿰뚫어볼 수 있을 만큼 시력이 좋은 펜크로프는 이때 서쪽에 어렴풋이 검은 덩어리가 보인다고 생각했다. 아무래도 높은 언덕 같았다.

하지만 어둠 속에서는 이 작은 섬이 지리적으로 어떤 위치에 자리잡고 있는지, 외딴 섬인지 아니면 복잡한 군도에 속해 있는 섬인지 확인할 수가 없었다. 바다에 둘러싸여 있는 이상, 섬 밖으로 나갈 수도 없다. 사이러스 스미스를 수색하는 일은 이튿날로

미룰 수밖에 없었다. 유감스럽게도 사이러스의 생존을 알려주는 목소리는 전혀 들려오지 않았기 때문이다.

"사이러스가 침묵하고 있다고 해서 죽은 건 아니야." 스필렛이 말했다. "다쳐서 정신을 잃었기 때문에 지금은 대답할 수 없을 뿐인지도 몰라. 체념하면 안 돼."

그리고 스필렛은 섬 어딘가에서 불을 피우자고 제안했다. 그러면 사이러스에게 보내는 신호로 도움이 될지도 모른다. 그런데 나무도 마른 풀도 보이지 않았다. 모래와 돌멩이 말고는 아무것도 없었다.

네브와 동료들이 얼마나 걱정했는지는 말할 필요도 없을 것이다. 그 용감한 사이러스 스미스에게 강한 호감과 존경심을 품고 있었다. 어둠에 싸인 지금, 그를 구조할 수 없는 것은 분명했다. 날이 새기를 기다릴 수밖에 없었다. 사이러스는 혼자서 무사히 살아남아, 벌써 해안 어딘가에 피난해 있을까! 아니면 영원히 절망일까!

길고 괴로운 시간이 흘러갔다. 추위도 지독했다. 그들은 몹시 괴로웠을 텐데, 그 추위도 거의 느끼지 못했다. 그들은 휴식을 취할 생각도 하지 않았다. 지도자를 위해 자기 자신을 잊어버리고, 언제나 희망을 가지려고 애쓰면서 이 불모의 작은 섬을 오락가락했다. 그리고 언제나 북쪽의 그 곳으로 되돌아가곤 했다. 그 곳이 비극의 현장에 더 가깝다고 여겨졌기 때문이다. 네 사람은 귀를 기울이고 소리를 지르고 사이러스의 응답 소리를 들으려고 애썼다. 그들의 목소리는 멀리까지 들릴 터였다. 그 무렵에는 하늘에도 조용함이 가득 차고, 파도가 가라앉으면서 바다도 조용해졌기 때문이다.

네브의 외침 소리가 메아리처럼 들린 적이 딱 한 번 있었다. 하버트 소년은 그것을 펜크로프에게 알린 뒤에 이렇게 말했다.

"그건 서쪽으로 상당히 가까운 곳에 산이 있기 때문일 거예요."

선원은 그렇다고 고개를 끄덕였다. 애당초 내 눈이 잘못 볼 리가 없어. 내가 조금이라도 육지를 보았다면, 육지는 틀림없이 거기에 있는 거야.

하지만 그 메아리도 네브의 외침 소리에 딱 한 번 응답했을 뿐이다. 섬 동쪽에 펼쳐진 끝없는 어둠은 여전히 침묵을 지키고 있었다.

그래도 하늘은 조금씩 맑아졌다. 자정 무렵에는 별이 몇 개 빛나기 시작했다. 사이러스가 동료들과 함께 이 자리에 있었다면, 그 별들이 북반구에서 볼 수 있는 별이 아니라는 점을 지적했을 것이다. 확실히 북극성은 이 낯선 하늘에 나타나지 않았고, 천정(天頂)의 별자리도 북아메리카에서 평소에 볼 수 있는 것과는 달랐다. 게다가 이때는 남십자성이 남극에서 빛나고 있었다.

밤이 지났다. 3월 25일 아침 다섯 시경, 하늘의 빛깔이 조금씩 변하기 시작했다. 수평선은 아직 어두웠지만, 새벽의 첫 햇살과 함께 해수면에서 하얀 안개가 피어올랐기 때문에 시야는 10미터 정도밖에 되지 않았다. 안개는 커다란 소용돌이를 그리며 퍼져나갔고 천천히 이동해갔다.

곤란하게 됐다. 주위를 둘러보아도 아무것도 보이지 않았다. 네브와 스필렛이 바다 쪽을 바라보고 있는 동안, 펜크로프와 하버트는 서쪽에서 산의 모습을 찾았다.

"산은 안 보이지만, 그래도 산이 있다는 느낌이 들어. 산은 있어. 분명히 있어. 그건 이곳이 리치먼드가 아닌 것과 마찬가지로 확실해." 펜크로프가 말했다.

안개는 곧 걷힐 터였다. 이것은 하늘이 맑게 갤 때 자주 나타나는 안개일 뿐이었다. 태양이 안개의 상층을 따뜻하게 덥히고, 그 열기가 섬 위에까지 내려오고 있었다.

실제로 해가 뜬 지 45분이 지난 여섯 시 반쯤 안개는 차츰 걷히기 시작했다. 상공의 안개는 아직 짙었지만 아래쪽에서는 사라지기 시작했다. 이윽고 섬 전체가 마치 구름에서 내려온 것처럼 모습을 나타냈고, 이어서 주변 바다가 모습을 드러냈다. 동쪽에는 바다가 끝없이 펼쳐져 있었지만 서쪽에는 높고 험한 산비탈이 보였다.

육지가 있었다! 그것은 구원이었다. 적어도 일시적인 위안은 되었다. 섬과 육지 해안 사이에는 너비가 800미터쯤 되는 수로가 있었고, 빠른 조류가 소리를 내며 흐르고 있었다.

그러는 동안 그들 가운데 하나가 동료들의 의견도 묻지 않고 오직 마음속의 목소리에 따라 말없이 그 조류 속으로 뛰어들었다. 그것은 네브였다. 네브는 서둘러 육지 해안으로 건너가 북쪽으로 가려 하고 있었다. 아무도 그를 말리지 못했다. 펜크로프가 불러 세우려 했지만 소용이 없었다. 스필렛은 네브를 따라가려고 했다.

그때 펜크로프가 달려와서 물었다.

"이 수로를 건널 작정인가요?"

"그렇다네." 스필렛이 대답했다.

"그렇다면 좀 기다려주세요. 내 말을 믿고. 스미스 씨를 구하는 건 네브만으로도 충분합니다. 모두 이 수로에 뛰어들면 조류에 휩쓸려 난바다로 떠내려갈 위험이 있어요. 물살이 아주 세니까요. 내 생각이 맞다면 이건 썰물입니다. 보세요. 모래톱이 나왔지요. 그러니까 조금만 기다리기로 합시다. 물이 빠지면 걸어서 건널 수 있는 곳도 발견될지 모릅니다."

"자네 말이 옳아." 스필렛이 대답했다. "가능하면 뿔뿔이 흩어지지 않는 편이 좋고……."

그동안 네브는 열심히 조류와 싸우고 있었다. 비스듬히 헤엄쳐 흐름을 이겨내려고 애쓰고 있었다. 물을 헤친 손을 위로 뻗을 때마다 검은 어깨가 드러났다. 맹렬한 속도로 조류에 떠내려가고 있지만, 그래도 네브는 맞은편 해안에 다가갔다. 섬과 육지 사이에 끼여 있는 800미터 너비의 수로를 네브는 30분 넘게 걸려서 건너갔다. 그리고 출발점 맞은편에 해당하는 해안에서 수백 미터나 떨어진 곳에 겨우 상륙했다.

네브는 높은 화강암 절벽 아래 서서 몸을 마구 흔들어 물을 털어냈다. 그런 다음 바다 쪽으로 돌출한 바위 저편으로 달려가서 모습을 감추었다. 그 바위는 섬의 북쪽 끝과 평행선을 그리고 있었다.

작은 섬에 남은 동료들은 네브의 대담한 행동을 걱정 어린 눈으로 지켜보았다. 네브가 시야에서 사라지자 그들은 이제 곧 피난처를 찾게 될 그 육지에 눈길을 던지면서 주위 모래밭에 흩어져 있는 조개를 잡아먹었다. 맛없는 식사였지만, 그래도 식사임에는 틀림없었다.

맞은편 해안은 넓은 만으로 되어 있고, 그 물굽이의 양쪽은 뾰족한 곳으로 끝나 있었다. 식물은 전혀 보이지 않는 황량한 풍경이었다. 그 곳까지의 해안은 변화무쌍한 선을 그리고 있고, 높은 화강암 절벽이 병풍처럼 곶의 앞을 가로막고 있었다. 반대편인 북쪽의 만은 입을 넓게 벌리고, 좀더 둥그스름한 해안선을 그리고 있었다. 해안선은 남서쪽에서 북동쪽으로 뻗어가다가 역시 가느다란 곶으로 끝났다. 만 전체는 활처럼 원호를 그리고 있었고, 두 곶 사이의 거리는 10여 킬로미터쯤 되어 보였다. 800미터 너비의 수로를 사이에 두고 육지 해안과 떨어져 있는 이 작은 섬은 덩치 큰 고래 같았다. 섬의 가로 너비는 400미터도 안 되었다.

섬 정면에 보이는 해안은 모래밭으로 되어 있었다. 검은 바위들도 드문드문 흩어져 있어서, 썰물 때문에 조금씩 모습을 드러내고 있었다. 모래밭 뒤에는 화강암 절벽이 커튼처럼 시야를 가로막고 있었다.

절벽은 깎아지른 듯 가파르고, 100미터 가까운 높이의 꼭대기는 변화가 풍부했다. 암벽은 이렇게 5킬로미터쯤 이어져 있었지만, 오른쪽은 마치 인공적으로 싹둑 잘라버린 것처럼 벽면이 깎인 채 끝나 있었다. 그와는 반대로 왼쪽은 곶에서 떨어진 곳에서는 불규칙한 형태를 이루고, 프리즘 같은 광채를 띠고 있었다. 암벽은 바위가 겹겹이 쌓여 있거나 부스러져 떨어지고 있었지만, 그것이 경사를 이루면서 내려가 차츰 남쪽 곶의 바위와 어우러졌다.

암벽 위에 펼쳐진 고원에는 나무 한 그루 자라고 있지 않았다. 그것은 탁자 모양의 들판이어서 희망봉의 케이프타운을 내려다보는 테이블 산과 비슷했지만, 규모는 테이블 산보다 훨씬 작았다. 그리고 적어도 이곳 작은 섬에서는 수목이 보이지 않았다. 하지만 오른쪽 암벽의 깎인 벽면 뒤에는 초록빛 나무들이 보이고 있었다. 큰 나무들이 잡다하게 늘어서 있는 것이 분명히 보이고,

그 나무들은 눈길이 끝나는 곳까지 이어져 있는 것 같았다. 암벽이 울퉁불퉁 이어져 있는 것을 보고 쓸쓸함을 맛본 눈에 이 나무들의 초록빛은 기쁨을 안겨주었다.

마지막으로 배경, 즉 고원 너머에 북서쪽으로 10킬로미터 이상 떨어진 지점에서 무언가가 햇빛을 받아 하얗게 빛나고 있었다. 그것은 멀리 떨어진 산꼭대기에 쌓인 눈이었다.

이 육지가 단순한 섬인지 아니면 대륙의 일부인지는 알 수 없었다. 하지만 왼쪽에 겹겹이 포개져 있는 바위를 지질학자가 보았다면 주저 없이 화성암이라고 지적했을 것이다. 분명히 깊은 지층에서 일어난 작용으로 생겨난 바위였기 때문이다.

기디언 스필렛, 펜크로프, 하버트는 주의 깊게 눈앞의 육지를 관찰했다. 그들은 아마 몇 년 동안이나 저곳에서 살게 될지도 모른다. 이 육지가 선박 항로에 해당하지 않는다면, 저곳에서 살다 죽게 될지도 모른다!

"아저씨는 어떻게 생각하세요?" 하버트가 펜크로프에게 이렇게 물었다.

"글쎄." 선원이 대답했다. "어떤 곳이든 그렇지만, 좋은 곳과 나쁜 곳이 있어. 이제 곧 알게 되겠지. 물이 빠지고 있으니까, 세 시간만 지나면 저쪽으로 건너가자. 저쪽으로 가면 어떻게든 힘을 내서 스미스 씨를 찾아내야지!"

펜크로프의 예상은 틀림이 없었다. 세 시간 뒤, 물이 빠져 수로 바닥의 모래가 모습을 드러냈다. 섬과 육지 해안 사이에는 좁은 수로가 남아 있을 뿐이니까 쉽게 건널 수 있을 터였다.

그래서 열 시쯤 스필렛과 펜크로프와 하버트는 옷을 벗어 머리에 이고 수로 속으로 발을 들여놓았다. 수심이 1.5미터를 넘는 곳은 없었다. 그래도 하버트한테는 깊은 물이었지만, 그는 물고기처럼 쓱쓱 헤엄을 쳐서 멋지게 건넜다. 세 사람 다 별로 고생하지 않고 건너편 해안에 닿았다. 햇볕을 받아 당장 몸을 말린 세 사람은 옷을 다시 입고, 이제 어떻게 할지를 의논하기 시작했다.

4

돌맛조개—강어귀—침니—탐색을 계속하다—초록숲—
땔나무를 모으다—절벽 위에서—뗏목—해안으로 돌아가다

신문기자 스필렛은 반드시 여기로 돌아올 테니까 기다리고 있
으라고 선원 펜크로프에게 말했다. 그러고는 잠시도 꾸물거리지
않고 몇 시간 전에 흑인 네브가 달려간 방향으로 해안을 달리기
시작했다. 그는 순식간에 벼랑 모퉁이를 돌아 사라졌다. 한시라
도 빨리 사이러스 스미스의 소식을 알고 싶었던 것이다.

하버트 소년도 스필렛을 따라가고 싶어 좀이 쑤셨다. 하지만
펜크로프가 말렸다.

"여기 있는 게 좋아, 하버트. 우리 둘이 야영을 준비해야 되고,
조개보다 먹을 만한 식량이 있는지 조사해봐야 돼. 그들도 돌아
오면 음식을 먹고 기운을 차려야 하니까. 각자 자기 일에 힘쓰기
로 하자."

"알았어요, 아저씨."

"좋아. 잘될 거야. 우리도 방침을 정해놓고 일을 하기로 하자.
다들 피곤하고 춥고 배가 고파. 그러니까 쉴 곳과 땔나무와 식량

을 찾아야 돼. 숲에는 나무가 있고 둥지에는 새알이 있으니까, 어디 쉴 만한 장소만 찾으면 돼."

그러자 하버트가 대답했다.

"그럼 저는 이 암벽 어딘가에 동굴이 있는지 찾아볼게요. 우리모두 들어갈 만한 동굴을 꼭 찾아내겠어요!"

"그래. 그럼, 출발."

이리하여 두 사람은 암벽을 따라서, 썰물로 모습을 드러낸 넓은 모래밭을 걷기 시작했다. 하지만 그들은 북쪽으로 가지 않고남쪽으로 내려갔다. 펜크로프는 그들이 상륙한 지점에서 남쪽으로 200미터쯤 내려간 곳에 절벽이 끊겨 있는 것을 보았다. 절벽이 끊겨 있는 이곳은 강이나 시내의 어귀가 분명하다고 펜크로프는 생각했다. 그런데 음료수로 쓸 수 있는 강물 근처에 거처를정하는 것은 중요한 일이고, 사이러스가 바닷물의 흐름 때문에거기로 떠내려왔을 가능성도 없지 않았다.

전에도 말했듯이 암벽은 100미터 가까운 높이로 솟아 있었지만, 어디에도 틈새는 없었다. 바닷물이 밀려오는 암벽 기슭에도거처로 삼을 만한 틈새는 전혀 보이지 않았다. 그것은 아주 단단한 화강암으로 이루어진 수직 절벽이어서 파도에도 침식되지 않았다. 암벽 위쪽에서는 많은 물새들이 날아다니고 있었다. 부리가 길고 가늘고 뾰족한 유금류*가 특히 눈에 많이 띄었다. 그 새들은 아주 시끄러운 울음소리를 냈고, 사람을 보아도 별로 무서워하는 기색이 없었다. 자신들만의 생활을 인간에게 방해받는

---

* 유금류游禽類_ 물갈퀴가 있어서 잠수를 잘 하고 헤엄을 잘 치며, 무리를 지어 하천·호수·바다 등지에 서식하는 새. 기러기·갈매기·오리·농병아리·바다제비·펭귄 등이 여기에 속한다.

것은 아마 이번이 처음이겠지만⋯⋯.

펜크로프는 이런 유금류들 속에 도둑갈매기가 섞여 있는 것을 보았다. 큰 갈매기의 일종인 도둑갈매기는 똥을 먹는다고 해서 똥갈매기라고 불리기도 한다. 화강암이 우묵하게 파인 곳에 둥지를 만드는 대식가인 작은 갈매기도 날아다니고 있었다. 무리지어 나는 이 새들을 겨냥하여 방아쇠를 당기면 한꺼번에 많은 새를 떨어뜨릴 수 있을 것이다. 하지만 방아쇠를 당기려면 총이 있어야 하는데, 펜크로프도 하버트도 총 따위는 갖고 있지 않았다. 그리고 갈매기도 도둑갈매기도 먹을 수 있는 새는 아니다. 갈매기는 알도 맛이 없다.

그동안 왼쪽 해안을 한 걸음 앞서 걷고 있던 하버트가 바위에 해조류가 붙어 있는 것을 발견하고 펜크로프에게 알려주었다. 몇 시간 뒤에는 다시 바닷물이 밀려와 바위를 덮어버릴 것이다. 그 바위에 달라붙은 미끈미끈한 해초 사이에 조개류가 다닥다닥 달라붙어 있었다. 배고픈 사람이라면 결코 무시할 수 없는 식량이다. 하버트가 부르자 펜크로프는 서둘러 달려왔다.

"아니, 홍합이잖아!" 선원이 외쳤다. "새알은 구할 수 없지만, 이 조개가 그걸 벌충해줄 거야."

"홍합이 아니에요." 바위에 달라붙어 있는 조개를 주의 깊게 살펴보고 있던 하버트가 대답했다. "이건 돌맛조개예요."

"먹을 수 있는 거야?"

"물론이죠."

"그럼 어디 한번 먹어볼까."

펜크로프는 하버트의 판단을 믿었다. 소년은 박물학에 타고난 재능이 있는 데다 줄곧 그 학문에 열중해 있었다. 보스턴의 뛰어

"먹을 수 있는 거야?"

난 선생들에게 배우라는 아버지의 권유를 받고 소년은 박물학의 길을 나아가게 되었다. 영리하고 공부에 열심인 그는 선생들의 귀여움을 받았다. 박물학에 천부적 재능을 타고난 이 소년은 앞으로도 자주 그 재능의 도움을 받게 될 것이고, 지금도 펜크로프에게 올바른 조개 이름을 가르쳐주었던 것이다.

돌맛조개는 포도송이처럼 바위에 달라붙어 있는 길쭉한 조개다. 아무리 단단한 바윗돌에도 구멍을 뚫어버리는 천공성 패류에 속하는데, 껍데기 양쪽 끝이 둥글게 되어 있는 점이 보통 홍합에서는 볼 수 없는 특징이다.

펜크로프와 하버트는 햇볕을 받아 반쯤 벌어져 있는 돌맛조개를 잔뜩 먹었다. 굴을 먹듯 먹었지만, 돌맛조개는 강한 후추 맛이 났기 때문에 실제로 후추나 향신료가 없는 것을 아쉬워할 필요는 전혀 없었다.

이것으로 시장기는 일단 가라앉았지만, 천연 향신료가 들어 있는 조개를 먹었기 때문에 갈증은 더욱 심해졌다. 이렇게 되면 아무래도 먹을 물을 찾아내야 한다. 이렇게 변화가 많고 기복이 풍부한 곳에 마실 물이 없다고는 생각할 수 없었다. 펜크로프와 하버트는 앞으로 무슨 일이 닥칠지 모르니까, 거기에 대비하여 돌맛조개를 잔뜩 잡아가기로 했다. 두 사람은 주머니와 손수건에 조개를 담고, 다시 높은 절벽 아래로 돌아갔다.

200미터쯤 걸어가자 암벽이 끊긴 곳에 이르렀다. 펜크로프는 그곳에 수량이 풍부한 강물이 흐르고 있을 거라는 예감이 들었다. 그곳은 무언가 강력한 지각작용으로 절벽이 둘로 쪼개진 듯한 느낌이었다. 앞쪽은 V자 모양으로 되어 있고, 뒤쪽은 도끼날처럼 상당한 예각으로 되어 있었다. 거기에는 역시 강이 있었고 너비도 30미터 정도나 되었지만, 양쪽 둔치는 기껏해야 5미터 정도밖에 되지 않았다. 이 강은 두 개의 암벽 사이를 거의 똑바로 흐르고 있었고, 절벽의 높이는 강어귀에서 상류로 갈수록 점점 낮아지고 있었다. 강은 800미터 앞에서 갑자기 왼쪽으로 구부러져 숲 속으로 사라졌다.

"여기에 물이 있고, 저쪽에 땔감으로 쓸 만한 나무가 있어!" 펜크로프가 말했다. "하버트! 이렇게 되면 부족한 건 거처뿐이야."

강물은 맑고 깨끗했다. 펜크로프는 지금 같은 썰물 때, 즉 바닷물이 빠졌을 때는 강물이 민물인 것을 확인했다. 이 중요한 사실이 분명해진 뒤, 하버트는 은신처가 될 만한 동굴을 찾아보았지만 눈에 띄지 않았다. 암벽은 어디나 미끄럽고 밋밋하고 수직으로 깎아지른 듯 솟아 있었다.

그런데 썰물이 지면서 드러난 강어귀의 모래밭 저쪽에 무너져 내린 듯한 바위들이 산을 이루고 있었다. 이것이 동굴을 만드는 것은 아니지만, 화강암이 많은 곳에서는 자주 볼 수 있는 것으로 흔히 '침니'* 라고 불린다.

펜크로프와 하버트는 바위 사이를 지나 안쪽으로 들어가보았다. 모래가 깔린 통로가 있고, 햇빛도 들어왔다. 바위 틈새로 햇빛이 비쳐들고 있었기 때문이다. 바위 몇 개는 기적적이라고 말할 수밖에 없는 형태로 균형을 유지하고 있었다. 그런데 햇빛과 함께 바람도 들어오고 있었다. 터널을 빠져나가는 찬바람처럼 외부의 추위를 실어왔다. 그래도 통로의 일부를 막고 돌멩이와 모래를 구멍에 채워 넣으면 이 침니도 사람이 살 수 있을 거라고

* 침니_ 굴뚝처럼 세로로 갈라진 바위 틈새.

'침니'

펜크로프는 생각했다. 그것을 도면으로 나타내면 숫자 '8'의 형태가 된다. 그런데 이 숫자의 위쪽 고리에 해당하는 곳에서 남풍과 서풍이 들어오니까, 이 부분을 떼어내고 차단해버리면 침니의 아래쪽 부분을 잘 이용할 수 있을 터였다.

"꽤 힘든 일이 되겠군." 펜크로프가 말했다. "스미스 씨를 찾을 수 있다면, 그 사람은 이 미로를 잘 활용할 텐데."

"그분을 다시 만날 수 있을 거예요." 하버트가 소리쳤다. "그리고 그 아저씨가 왔을 때, 여기가 일단은 견딜 수 있는 거처라고 생각하게 해야 돼요. 왼쪽 통로에 화덕을 만들고 연기가 빠져나갈 구멍을 뚫으면 사람이 살 수 있게 될 거예요."

"그래. 이 침니(펜크로프는 임시 거처를 그렇게 불렀다)를 사람이 살 수 있게 만들자꾸나. 하지만 우선 땔나무를 모아야 해. 저 틈새를 막는 데에도 나무가 도움이 될 거야. 악마 같은 바람이 틈새로 들어와서 나팔 같은 소리를 내고 있으니까 말이다!"

하버트와 펜크로프는 침니를 떠나 암벽 모퉁이를 돌아서 강의 왼쪽 기슭을 거슬러 올라가기 시작했다. 강물은 물살이 상당히 빠르고, 마른 나무 따위가 떠내려가고 있었다. 만조가 되면 바닷물이 상당히 상류까지 강물을 되밀 게 분명했다. 그래서 펜크로프는 이 밀물과 썰물을 이용하여 무거운 물건을 나를 수 있을 거라고 생각했다.

15분쯤 걸어가자 두 사람은 강이 왼쪽으로 갑자기 굽이져 있는 곳에 이르렀다. 그 지점에서 강은 나무가 자라는 숲 속으로 들어갔다. 아직 추운 계절인데도 나무들은 싱싱한 초록색 잎을 달고 있었다. 그것은 그 나무가 침엽수였기 때문이다. 침엽수는 북방에서 열대까지 지구상의 어느 지역에서나 널리 자라고 있다.

박물학에 정통한 하버트는 특히 히말라야삼나무(개잎갈나무)가 섞여 있는 것을 알아차렸다. 물론 히말라야 지방에서 많이 볼 수 있는 종류이고, 그 나무에서는 아주 좋은 향기가 난다. 이런 아름드리나무들 사이에서 색깔 짙은 양산을 커다랗게 펼친 소나무들도 자라고 있었다. 펜크로프는 높이 자란 풀 사이를 걷고 있었지만, 마른 나뭇가지가 발밑에 밟히고 있는 것을 알았다. 화약이라도 밟은 것처럼 바직바직하는 소리가 났기 때문이다.

"하버트, 이 나무의 이름은 모르겠지만, 이걸 '불에 타는 나무'로 분류할 수는 있어. 지금은 이런 분류법으로 나무를 골라야 돼!"

"땔나무를 모읍시다!" 하버트는 당장 일에 착수했다.

땔나무를 모으는 것은 간단했다. 나뭇가지를 자를 필요도 없었다. 마른나무가 얼마든지 발밑에 있었기 때문이다. 땔나무는 충분할 것 같지만, 그것을 운반할 수단을 생각해내야 했다. 이 나무는 잘 말랐으니까 금방 불에 타버릴 것이다. 따라서 마른나무를 침니로 잔뜩 가지고 돌아갈 필요가 있었다. 하지만 남자 둘이 짊어진다 해도 그렇게 많이 나를 수는 없다. 하버트가 그 점을 지적했다.

"그건 그래." 펜크로프가 대답했다. "하지만 방법이 있을 거야. 무슨 일을 하든지 간에 방법은 반드시 있어! 수레나 배가 있으면 간단할 텐데 말이야."

"강이 있잖아요."

"그래. 강은 저절로 흐르는 길 자체니까. 뗏목도 그래서 발명된 거야."

"하지만 곤란하게도 이 강은 지금 우리가 돌아갈 방향과는 반대쪽으로 흐르기 시작했어요. 밀물이 들어오고 있어요."

"썰물이 들어서 물이 빠지기를 기다리면 돼. 땔나무를 침니로 나르는 일은 썰물이 맡아서 해줄 거야. 그러니 뗏목을 만들어두는 게 좋겠다."

선원은 앞장서서 강이 굽이져 있는 숲 가장자리로 걸어갔다. 두 사람은 각자 힘에 따라 마른나무를 다발로 묶어서 등에 짊어졌다. 강기슭에도 마른나무와 삭정이가 잔뜩 널려 있었다. 주위의 잡초밭에는 아마 지금까지 사람이 발을 들여놓은 적도 없을 것이다. 펜크로프는 곧 뗏목을 만들기 시작했다.

강둑이 불쑥 튀어나가 강물의 흐름을 막고 소용돌이를 만들고 있는 곳이 있었기 때문에, 선원과 소년은 굵은 나뭇가지를 마른 덩굴로 묶어서 거기에 띄웠다. 이렇게 뗏목이 만들어졌고, 지금까지 모은 땔나무가 그 위에 차례로 쌓였다. 이것을 등에 짊어지고 가려면 남자 스무 명은 필요했을 것이다. 한 시간 만에 일은 끝났고, 뗏목은 강변에 묶였다. 뗏목을 띄우려면 조수의 흐름이 바뀌기를 기다려야 했다.

그때까지는 아직 몇 시간이 남아 있었다. 그 남은 시간을 때울 필요가 있었다. 펜크로프와 하버트는 같은 생각을 품고, 암벽 위 고원으로 올라가기로 했다. 좀더 널찍한 곳에서 이 일대를 살펴보려는 것이다.

강이 굽이진 곳에서 150미터쯤 안쪽에서 암벽 가장자리의 바위가 무너져 내려, 숲과 맞닿은 경계까지 완만한 비탈을 이룬 곳이 있었다. 마치 천연 계단 같았다. 하버트와 펜크로프는 그곳을 올라가기 시작했다. 다릿심이 센 덕에 두 사람은 곧 암벽 위에 이르러, 강어귀를 바로 내려다볼 수 있는 곳으로 갔다.

여기서 두 사람은 우선 바다 쪽으로 시선을 돌렸다. 그 무서운 상황 속에서 건너온 바다! 사이러스 스미스의 비극이 일어난 해안 북쪽을 그들은 두근거리는 가슴으로 응시했다. 사이러스는 그 언저리에서 실종되었다. 사람이 붙잡을 수 있는 기구의 잔해 같은 것이 바다에 떠 있지 않을까 하고 그들은 시선을 그곳에 집중시켰다.

아무것도 없었다! 바다는 드넓은 물의 사막에 불과했다. 해안에도 사람은 전혀 보이지 않았다. 스필렛의 모습도, 네브의 모습도 보이지 않았다. 하지만 그것은 둘 다 눈에 보이지 않을 만큼 멀리 떨어진 곳에 갔기 때문일 것이다.

하버트가 외치듯이 말했다.

"저는 왠지, 사이러스 씨처럼 씩씩한 분이 보통사람처럼 물에 빠져 죽었을 리는 없다는 생각이 들어요. 그분은 틀림없이 어느 해변에 상륙했을 거예요. 그렇죠, 아저씨?"

선원은 슬픈 얼굴로 고개를 끄덕였다. 사이러스 스미스를 다시 만날 수 있다고는 생각지 않았다. 하지만 하버트에게 조금이라도 희망을 주려고 이렇게 말했다.

"틀림없이 그럴 거야. 다른 사람이라면 도저히 이겨낼 수 없는 곤경도 충분히 뚫고 나갈 수 있는 사람이니까!"

그러는 동안에도 펜크로프는 최대한의 주의를 기울여 해안을 바라보고 있었다. 눈 아래에는 모래밭이 펼쳐져 있었지만, 그 모래밭은 강어귀 오른쪽에 늘어서 있는 암초로 바다와 차단되어 있었다. 그 바위들은 아직 해수면에 얼굴을 내밀고 있었지만, 파도 사이에 드러누운 악어 떼와 비슷해 보였다. 띠 모양으로 늘어선 암초 너머에서는 햇빛을 받은 바다가 반짝반짝 빛나고 있었다. 남쪽은 불쑥 튀어나간 곳이 시야를 가로막고 있어서, 육지가 남쪽으로 계속 이어져 있는지 아니면 남동쪽이나 남서쪽으로 구부러져 있는지 알 수가 없었다. 어느 쪽으로든 구부러졌다면, 눈 아래 해안은 아주 길게 뻗은 반도의 일부라는 이야기가 된다. 만 북쪽은 해안선이 곡선을 그리면서 저 멀리 북쪽 끝까지 이어져 있었다. 이쪽 연안은 토지가 낮고 평평하고 암벽도 없었다. 썰물이 졌는지, 넓은 모래밭이 드러나 있었다.

펜크로프와 하버트는 그곳에서 서쪽을 바라보았다. 우선 눈을 머리에 인 산꼭대기가 눈에 들어왔다. 산은 10킬로미터쯤 앞에 솟아 있었다. 해안에서 3킬로미터쯤 떨어진 곳에서 산기슭까지 드넓은 숲이 이어져 있었다. 상록수가 있어서 커다란 초록빛 판이 놓여 있는 것 같았다. 그 숲 가장자리에서 해안까지 이어진 고원에도 초록빛 나무가 여기저기에 점점이 박혀 있었다. 왼쪽에서는 이따금 숲 속의 빈터를 흐르는 강물이 반짝이는 것이 보였다. 강은 상당히 구불구불하고, 산의 지맥 쪽으로 거슬러 올라가고 있는 것 같았다. 강은 그 골짜기에서 발원했을 것이다. 뗏목을 묶어둔 곳에서는 강이 높은 암벽 사이를 지나 개어귀 쪽으로 흐르기 시작했다. 그런데 강 왼쪽 암벽은 매끈매끈하고 깎아지른 듯 가팔랐지만, 오른쪽 암벽은 반대로 조금씩 낮아져가고 있었다. 암벽은 외떨어진 바위가 되고, 바위는 돌이 되고, 돌은 모래가 되어 곶 끝까지 이어져 있었다.

"여기도 섬인가?" 선원이 중얼거렸다.

"어쨌든 상당히 큰 섬인가 봐요!" 소년이 대답했다.

"아무리 커도 섬은 섬일 뿐이야!" 펜크로프가 말했다.

하지만 이 중대한 의문에는 아직 대답할 수가 없었다. 그 의문을 풀려면 다른 기회를 기다려야 한다. 하지만 섬이든 대륙이든 이곳은 땅이 비옥해 보였다. 보기에는 살기가 좋을 것 같았고, 자원이 풍부해 보였다.

"적어도 그 점은 다행이군." 펜크로프가 의견을 말했다. "이런 불행한 처지에서도 하느님께 감사해야 돼."

"하느님께 찬송!" 하버트가 대답했다. 소년의 경건한 마음은 만물의 창조주인 하느님에 대한 고마움으로 가득 차 있었다.

오랫동안 펜크로프와 하버트는 운명의 손으로 내던져진 이곳을 관찰했다. 하지만 이렇게 간단한 조사를 한 것만으로는 장차 무슨 일이 기다리고 있을지 예측하기가 어려웠다.

그후 두 사람은 화강암 고원의 남쪽 능선을 따라 길을 되짚어 갔다. 그곳에는 정말로 기기묘묘한 형태의 변화무쌍한 바위들이 꽃장식처럼 길게 이어져 있었다. 바위의 우묵한 곳에는 수백 마리의 새가 둥지를 틀고 있었다. 하버트가 바위 위를 뛰어다니자 그 새들이 무리지어 일제히 날아올랐다.

"아니! 이 새들은 재갈매기도 아니고 보통 갈매기도 아니에요!" 소년이 외쳤다.

"그럼 도대체 무슨 새지? 비둘기 같은데!"

"숲비둘기나 양비둘기예요. 날개에 검은 띠가 두 줄 있고, 꼬리가 몸에 붙어 있는 부분이 하얗고, 날개 색깔이 회색을 띤 푸른색이니까요. 양비둘기는 고기도 맛있지만, 알도 아주 맛있을 거예요. 둥지에 조금이라도 알이 있으면 좋겠는데!"

"새끼로 바뀔 틈을 주지 마. 오믈렛이 되어 태어난다면 별문제지만!" 펜크로프가 쾌활하게 대꾸했다.

"하지만 무슨 도구로 오믈렛을 만들죠? 그 모자라도 사용할

"도대체 무슨 새지?"

작정인가요?"

"아니, 나는 모자로 오믈렛을 만들 수 있는 마법사가 아니야. 반숙 만드는 정도로 참아두자. 너무 단단하게 삶아진 것은 내가 다 처리해주마."

펜크로프와 소년은 화강암 구멍을 주의 깊게 조사했다. 그러자 역시 여기저기 구멍에서 알이 발견되었다. 알을 스무 개쯤 모아서 선원의 손수건으로 싼 뒤, 썰물 때가 가까워졌기 때문에 두 사람은 강 쪽으로 내려갔다.

하버트와 펜크로프가 물굽이에 다다른 것은 오후 한 시였다. 강물의 흐름은 벌써 바뀌어 있었다. 이 썰물을 이용하여 뗏목을 강어귀로 운반해야 한다. 펜크로프는 이 뗏목을 자연의 흐름에 맡겨 멋대로 떠내려가게 할 생각은 없었고, 자기가 뗏목에 타고 직접 조종할 생각도 없었다. 그런데 굵은 밧줄이나 가느다란 밧줄이라면 선원이 당혹스러워할 리가 없다. 펜크로프는 마른덩굴로 7~8미터 길이의 밧줄을 재빨리 엮어냈다. 이 덩굴밧줄을 뗏목 뒤에 묶고, 펜크로프가 한쪽 끝을 손에 쥐었다. 하버트는 긴 막대기로 뗏목을 밀어내어 강물의 흐름에 실었다.

많은 나뭇가지를 실은 뗏목은 강변을 걸어가는 선원의 조종을 받으면서 강을 따라 내려갔다. 강변은 깎아지른 벼랑이어서 뗏목이 강변으로 올라올 염려는 없었다. 이리하여 두 시가 되기 전에 뗏목은 침니 바로 옆 강어귀에 이르렀다.

5

침니 정비—불의 문제—성냥갑—해안 수색—기자와 네브의 귀환—
단 하나뿐인 성냥개비—타오르는 불—지상에서의 첫날밤

뗏목에서 땔나무를 내리자, 펜크로프는 우선 침니를 사람이
살 수 있는 상태로 만들어야 한다고 생각했다. 외풍이 들어오는
통로를 막아야 한다.

모래와 돌, 뒤엉킨 가지와 나뭇잎, 축축한 진흙 따위를 이용하
여 남풍이 들어오는 '8' 자 통로를 꽉 틀어막고, 위쪽의 둥근 공
간도 차단했다. 좁고 구불구불한 통로가 측면에 뚫려 있었지만,
이곳도 개조되었다. 연기를 밖으로 내보내고 화덕의 통풍을 좋
게 하려는 것이다. 이리하여 침니는 서너 개의 방—들짐승도 좋
아하지 않을 이런 소굴 같은 곳을 방이라고 부를 수 있다면 말이
지만—으로 나뉘었다. 하지만 그곳은 습기도 차지 않고, 한가운
데에 있는 제일 큰 방에서는 일어설 수도 있었다. 바닥도 고운 모
래로 덮여 있었고, 요컨대 더 나은 거처가 발견될 때까지 임시 피
난처로 지낼 만했다.

일을 하면서 하버트와 펜크로프는 이야기를 나누었다.

"어쩌면 스필렛 씨가 여기보다 나은 거처를 발견하지 않았을까요?"

"그럴지도 모르지. 하지만 확실치 않으니까 우리도 준비를 해두어야 돼. 거처는 많이 있을수록 좋으니까."

"그런데 왜 빨리 스미스 씨를 데리고 돌아오지 않을까요? 두 사람이 스미스 씨를 발견해주면, 우리가 할 일은 하늘에 감사하는 것뿐인데."

"그 사람은 진정한 사나이였어!" 펜크로프가 중얼거리듯이 말했다.

"였다고요? 아니 그럼, 스미스 씨를 다시는 만날 수 없을 거라고 생각하세요?"

"제발 그렇게 되지 않기를!" 선원이 대답했다.

침니를 거처로 바꾸는 일은 금방 끝났고, 펜크로프는 크게 만족하여 말했다.

"이젠 사람들이 돌아와도 돼. 훌륭한 거처라고 생각해줄 거야."

남은 일은 화덕을 만들고 식사를 준비하는 것뿐이었지만, 사실 이것은 간단하고 쉬운 일이었다. 넓고 평평한 돌 몇 개를 왼쪽의 첫 번째 통로 안쪽에 놓았다. 바위 측면에 남겨둔 좁은 환기용 구멍이 있는 곳이다. 연기가 밖으로 열을 내보내지는 않으니까 내부 온도를 적당히 유지할 수 있을 것이다. 땔나무는 방 하나에 쌓아두었다. 펜크로프는 땔나무 몇 개에 잔가지를 섞어서 화덕의 돌 속에 집어넣었다.

선원이 이 일을 하고 있을 때 하버트가 그에게 성냥이 있느냐고 물었다.

"물론이지." 펜크로프가 대답했다. "정말 다행이야. 성냥이나 부싯깃이 없으면 아주 곤란해져!"

"우리도 마른나무 두 개를 마찰시키면 미개인들처럼 불을 피울 수 있을까요?"

"한번 해보렴. 팔이 뻐근해지는 게 고작일 테니!"

"하지만 그렇게 불을 피우는 건 아주 간단한 방법이고, 태평양의 섬사람들 사이에서는 흔히 있는 일이에요."

"그렇지 않다고는 말하지 않겠지만, 미개인들은 불을 피우는 법을 잘 알고 있거나 특수한 나무를 사용하고 있을 거야. 나도 그렇게 불을 피워보려고 한 적이 벌써 몇 번 있었지만 한 번도 성공한 적이 없어! 그래서 성냥이 더 마음에 들어! 그런데 성냥이 어디 있더라?"

펜크로프는 언제나 갖고 다니는 성냥갑을 꺼내려고 윗옷을 뒤졌다. 그는 담배를 무척 좋아했다. 하지만 성냥갑은 보이지 않았다. 그는 바지주머니를 뒤졌지만, 놀랍게도 성냥갑은 어디에도 없었다.

"나는 정말 얼빠진 바보야! 아니, 얼빠진 정도가 아니야!" 그는 하버트를 바라보면서 말했다. "성냥갑을 주머니에서 떨어뜨렸나 봐. 잃어버렸어. 하지만 하버트, 네가 부싯돌이나 뭔가 불을 피울 수 있는 도구를 갖고 있다면?"

"갖고 있지 않아요, 아저씨!"

선원은 머리를 북북 긁적이면서 밖으로 나갔다. 소년도 그 뒤를 따라갔다.

두 사람은 모래밭, 바위틈, 강변을 열심히 찾았지만 허사였다. 성냥갑은 구리로 만들어졌으니까 놓칠 리가 없다.

"아저씨, 바구니에 타고 있을 때 성냥갑을 버린 거 아니에요?"

"아니야. 그런 짓은 하지 않았어. 하지만 막판에는 하도 심하게 흔들렸으니까, 성냥갑처럼 작은 물건은 그때 사라져버렸을지도 모르지. 담배 파이프도 떨어뜨렸으니까. 지랄 같은 성냥갑 같으니라고! 도대체 어디로 가버렸지?"

"썰물이 져서 바닷물이 빠졌으니까, 우리가 상륙한 곳까지 서둘러 가봐요."

성냥갑을 떨어뜨렸다면, 만조 때 파도에 휩쓸려 자갈 사이에 파묻혀버렸을 테니까 찾아내기 어렵다. 하지만 그런 상황도 생각해서 어떻게든 찾아내는 편이 좋다. 하버트와 펜크로프는 전날 밤 상륙한 지점으로 서둘러 돌아갔다. 침니에서 200미터쯤 떨어진 곳이다.

두 사람은 그곳의 자갈 사이나 바위의 우묵한 곳을 열심히 찾아보았지만 소용이 없었다. 이곳에 성냥갑을 떨어뜨렸다 해도 파도에 휩쓸려간 게 분명했다. 물이 빠지자 선원은 바위틈도 샅샅이 들여다보았지만 아무것도 발견하지 못했다. 성냥이 없는 것은 이런 상황에서는 중대한 손실, 지금 당장은 돌이킬 수 없는 손실이었다.

펜크로프는 실망감을 감추려 하지 않았다. 이마에 깊은 주름을 잡은 채 한마디도 하지 않았다. 그런 펜크로프를 위로하려고 하버트가 말했다.

"성냥을 찾아도 바닷물에 젖어버렸을 테니까 쓸모가 없을 거예요."

"그렇지 않아. 성냥은 꽉 닫힌 구리상자에 들어 있었어! 하지만 어떡하면 좋지?"

"불을 피울 방법이 있을 거예요. 우리는 모르더라도, 스미스 씨나 스필렛 씨는 알고 있을 거예요."

"그래. 하지만 지금 당장은 불이 없으니까, 사람들이 돌아와도 초라한 식탁밖에 차릴 수 없어."

그러자 하버트가 활기차게 말했다.

"그 사람들이 부싯깃이나 성냥을 갖고 있을지도 모르잖아요."

"아니야." 선원은 고개를 저으면서 대답했다. "네브와 스미스 씨는 담배를 피우지 않아. 스필렛 씨도 성냥갑보다는 수첩을 소중히 간수해두는 사람일 거야!"

하버트는 대꾸하지 않았다. 성냥이 없다는 것은 물론 유감스러운 일이다. 그런데 소년은 어떤 방법으로든 불을 피울 수 있을 거라고 생각했다. 펜크로프는 그보다 훨씬 경험이 많고 이것저것 걱정하는 남자는 아니었지만, 하버트처럼 생각하지 않았다. 하지만 어쨌든 그들이 취해야 할 방침은 하나밖에 없었다. 네브와 스필렛이 돌아오기를 기다리는 것이다. 하지만 모두를 위해 새알을 삶아두려던 계획은 포기할 수밖에 없었다. 조개를 날로 먹는 식사는 남들에게도 자신에게도 밝은 전망을 보여주지 않는다고 펜크로프는 생각했다.

침니로 돌아가기 전에 선원과 소년은 불을 피우지 못할 경우를 생각하여 다시 돌맛조개를 주워 모았다. 그러고는 말없이 귀로에 올랐다.

펜크로프는 땅바닥을 열심히 내려다보면서 여전히 보이지 않는 성냥갑을 찾고 있었다. 그는 강어귀에서 뗏목을 묶어둔 물굽이까지 왼쪽 기슭을 따라 거슬러 올라갔다. 대지로 돌아가서 사방팔방을 돌아다니고, 숲 가장자리로 내려가 풀숲도 뒤졌다. 하지만 모두 헛수고였다.

저녁 다섯 시에 하버트와 펜크로프는 침니로 돌아갔다. 통로의 가장 어두운 구석까지도 샅샅이 찾아본 것은 물론이다. 성냥갑을 찾는 것은 역시 체념할 수밖에 없었다.

여섯 시쯤 태양이 서쪽 언덕 너머로 사라졌을 때, 해변을 오락가락하고 있던 하버트가 네브와 스필렛이 돌아온 것을 알렸다.

돌아온 것은 두 사람뿐이었다. 소년은 뭐라 말할 수 없는 기분으로 가슴이 옥죄이는 것을 느꼈다. 선원의 예감은 틀림없었다. 그들은 사이러스 스미스를 찾아내지 못한 것이다!

스필렛은 돌아오자마자 한마디도 하지 않고 바위에 주저앉았다. 지치고 배가 고파 죽을 지경이어서 한마디도 말할 기력이 없었던 것이다.

빨갛게 충혈된 네브의 눈은 그가 얼마나 울었는지를 여실히 보여주고 있었다. 지금도 억누를 수 없는 눈물이 넘쳐흘러, 그가 얼마나 절망하고 상심해 있는지를 보여주었다.

이윽고 스필렛이 사이러스 스미스를 찾기 위해 어떤 수색을 시도했는지 설명하기 시작했다. 네브와 그는 10킬로미터가 넘는 해안을 찾아다녔다. 마지막에서 두 번째로 기구가 강하(사이러스와 개 토비가 실종되기 직전)한 지점보다 훨씬 멀리까지 돌아다닌 것이다. 바닷가에는 인적이 없었다. 어떤 발자국도, 어떤 흔적도 없었다. 새로 뒤집힌 듯한 돌멩이도, 모래 위의 작은 실마리도, 해안을 걸어간 것으로 여겨지는 발자국도 전혀 보이지 않았다. 이 근처 바닷가에는 아무도 발을 들여놓지 않은 게 분명했다. 해안만이 아니라 바다 위에도 사람의 모습은 없었다. 그렇다면 사이러스는 해안에서 수백 미터 떨어진 난바다에서 최후를 맞았

스필렛은 한마디도 하지 않고 바위에 주저앉았다

을 것이다.

이때 네브가 벌떡 일어나더니, 절대 희망을 버릴 수 없다는 마음을 드러낸 목소리로 외쳤다.

"아니에요! 나리는 죽지 않았어요! 아니에요! 그렇지 않아요! 나리만은 절대로! 당치도 않아요! 저나 다른 사람이라면 죽을지도 몰라요! 하지만 나리한테는 그런 일이 일어날 리가 없어요! 나리는 어떤 어려움도 뚫고 나갈 수 있는 분이세요!"

그후 네브는 힘이 빠져서 그냥 이렇게 중얼거렸다.

"아아! 이젠 나도 끝났어!"

하버트가 달려왔다.

"네브! 스미스 씨는 찾을 수 있어요! 하느님이 구해주실 거예요! 하지만 지금은 당신도 배가 고플 거예요. 식사를 해요. 조금이라도 먹어요!"

소년은 조개를 두 손으로 떠서 네브에게 내밀었다. 빈약하고 초라한 식사였다!

네브는 몇 시간 전부터 아무것도 먹지 않았지만 조개를 사양했다. 주인이 없으면 그는 살아갈 수 없었고, 이젠 살고 싶지도 않았다.

스필렛은 걸신들린 듯이 조개를 먹은 다음, 바위 아래 모래밭에 드러누웠다. 그도 지쳐 있었지만 냉정했다.

그때 하버트가 다가가서 손을 잡고 말했다.

"아저씨, 우리는 여기보다 편안한 거처를 찾아냈어요. 벌써 밤이 되었으니까 거기 가서 주무세요! 생각은 내일 다시 하기로 하고……"

기자는 일어나서 소년의 안내를 받아 침니로 향했다.

이때 펜크로프가 스필렛에게 다가가서 심드렁한 어조로 혹시 성냥을 갖고 있느냐고 물었다.

스필렛은 걸음을 멈추고 주머니를 뒤졌지만 아무것도 없었다.

"갖고 있었는데 전부 내버린 모양이야."

선원이 이번에는 네브를 불러 같은 질문을 했지만, 같은 대답밖에 돌아오지 않았다.

"제기랄!" 펜크로프가 외쳤다. 아무래도 소리를 지르지 않을 수 없었을 것이다.

그 말을 듣고 스필렛이 펜크로프 옆으로 다가갔다.

"성냥이 없나?"

"한 개비도 없어요. 그래서 불을 피울 수가 없어요!"

"아아! 나리가 계시면 간단히 불을 피워주실 텐데!" 네브가 외쳤다.

네 명의 조난자는 꼼짝도 않고 얼굴을 서로 바라보았지만, 불안감을 감추지 못했다. 하버트가 먼저 침묵을 깨고 말했다.

"스필렛 아저씨는 담배를 피우시죠? 언제나 성냥을 갖고 있었어요. 잘 찾아보지 않은 게 아닐까요? 다시 한 번 찾아보세요! 한 개비만 있으면 되니까!"

기자는 다시 바지와 조끼와 코트 주머니를 뒤졌다. 그리고 마침내 조끼 안감 속에 들어가 있던 작은 나무토막을 찾아냈다. 그의 손가락은 헝겊 위에서 이 작은 나무토막을 잡아내기는 했지만, 그것을 꺼낼 수가 없었다. 그것은 성냥개비가 분명했고, 한 개비밖에 없으니까 끝에 달린 '인'이 떨어지지 않게 꺼내야 했던 것이다.

"제가 해볼까요?" 소년이 말했다.

소년은 아주 교묘하게 그 작은 나무토막을 온전하게 꺼내는 데 성공했다. 이 하찮아 보이는 작은 나무토막이 조난자들에게는 참으로 귀중한 물건이었다! 성냥개비는 무사했다.

"성냥이다!" 펜크로프가 외쳤다. "성냥을 가득 실은 배가 도착한 기분이야!"

선원은 성냥을 손에 들고 앞장서서 침니로 들어갔다.

이렇게 작은 성냥개비는 보통 집에서는 신경도 쓰지 않고 마구 써대는 하찮은 것이지만, 여기서는 세심한 주의를 기울여 사용해야 했다. 선원은 성냥이 젖지 않은 것을 확인한 뒤, 이렇게 말했다.

"종이가 필요한데."

"여기 있네." 스필렛이 대답했다. 그리고 잠깐 망설인 뒤에 수첩을 한 장 찢었다.

펜크로프는 기자가 내민 쪽지를 받아들고 화덕 앞에 쭈그리고 앉았다. 그리고 마른 풀과 마른 나뭇잎, 마른 이끼를 움켜쥐더니 그것을 땔나무 밑에 놓았다. 공기가 들어가기 쉽도록, 그리고 땔나무에 금방 불이 붙도록 불쏘시개를 늘어놓았다.

이어서 펜크로프는 바람이 세차게 부는 날 파이프에 불을 붙이는 사람이 하듯 종이를 원뿔 모양으로 뭉쳐서 마른 이끼 사이에 끼워 넣었다. 그런 다음 까칠까칠한 돌멩이를 집어 들고, 돌멩이에 묻은 오물을 꼼꼼히 닦아냈다. 심장이 두근거렸지만, 숨을 멈추고 조용히 성냥개비를 그 돌멩이에 그어댔다.

처음에 켰을 때는 아무 일도 일어나지 않았다. 펜크로프는 성냥개비의 '인'이 떨어질까 두려워 세게 켜지 못했던 것이다.

"안 돼. 못하겠어. 손이 떨려서……" 펜크로프가 말했다. "성냥개비에 불이 붙을 것 같지도 않고…… 못하겠어…… 성냥개비를 켜고 싶지 않아!"

그러고는 일어나서 하버트에게 대신 해달라고 부탁했다.

물론 소년도 지금까지 이렇게 긴장한 적은 없었다. 심장이 격렬하게 고동치고 있었다. 하늘의 불을 훔치러 가는 프로메테우스*도 이만큼 긴장하지는 않았을 것이다! 하지만 소년은 주저하지 않고 재빨리 성냥개비를 돌멩이에 그었다. 쉬익 하는 작은 소리가 나더니 푸르스름한 불꽃과 함께 코를 찌르는 연기도 피어올랐다. 하버트는 불꽃이 커지도록 성냥개비를 위로 향하게 하고, 원뿔 모양의 종이 속에 그것을 집어넣었다. 2~3초 뒤에 종이는 활활 타올랐고, 마른 이끼에도 곧 불이 옮겨 붙었다.

곧이어 마른 나뭇가지도 빠직빠직 소리를 내면서 타기 시작했고, 선원의 강한 입김에 기세를 얻은 불길이 어둠 속으로 퍼져갔다.

"휴우." 펜크로프는 일어나면서 큰 소리로 말했다. "이렇게 가슴이 떨린 것은 난생처음이야."

평평한 돌로 만든 화덕 속에서 불이 타오르고 있는 것은 실로 고마운 일이었다. 연기는 좁은 관을 통해 굴뚝으로 쑥쑥 빠져나갔다. 이윽고 기분 좋은 온기가 번져갔다.

이 불을 꺼뜨리지 않도록 조심하고, 재 밑에는 언제나 불씨가 꺼지지 않게 해야 한다. 하지만 그것은 마음을 써서 주의하면 되는 일이다. 땔나무는 부족하지 않고, 땔나무가 떨어질 것 같으면

---

* 프로메테우스_ 그리스 신화에 나오는 인물. 제우스 신이 숨겨둔 불을 훔쳐 인간에게 준 죄로 코카서스의 바위에 묶여 날마다 독수리에게 간을 쪼아 먹히는 고통을 당하다가 헤라클레스에게 구조되었다.

"이렇게 가슴이 떨린 것은 난생처음이야!"

언제든지 보충할 수 있기 때문이다.

펜크로프는 우선 이 화덕을 이용하기로 마음먹고, 돌맛조개보다 영양가 있는 저녁식사를 준비하기 시작했다. 하버트가 새알을 스무 개쯤 가져왔다. 스필렛은 침니 구석에 앉아 말없이 이 광경을 지켜보고 있었다. 그의 마음은 세 가지 문제를 생각하느라 긴장해 있었다. 사이러스는 살아 있을까? 살아 있다면 어디에 있을까? 추락한 뒤에도 살아남았다면, 자신의 생존을 지금까지 알려오지 않는 것을 어떻게 생각하면 좋은가? 네브는 바닷가를 헤매 다니고 있었다. 그는 이제 넋이 나가버린 빈껍데기에 불과했다.

펜크로프는 새알 조리법을 예순 가지나 알고 있었지만, 지금은 선택할 여지가 없었다. 뜨거운 재 속에 새알을 묻고, 약한 불로 단단하게 구울 수밖에 없었다.

이 요리는 몇 분 만에 완성되었기 때문에, 펜크로프는 스필렛에게 저녁식사를 하라고 말했다. 미지의 해안에서 조난자들이 먹는 최초의 식사였다. 구운 새알은 맛이 괜찮았다. 새알은 인간에게 필요한 영양분을 뭐든지 포함하고 있기 때문에, 이 불운한 사람들도 새알을 먹자 기분이 한결 좋아지고 기운을 되찾은 것 같았다.

아아! 이 식사에 동료 한 사람이 빠지지만 않았다면! 바위가 겹겹이 쌓인 이 바위산 밑의 마른 모래 위에서 타닥타닥 소리를 내며 타오르는 불 앞에 리치먼드를 탈출한 다섯 사람이 모두 모여 있었다면 몇 번이라도 신에게 감사 기도를 드렸을 텐데! 하지만 슬프게도 이 자리에는 재능과 학식이 가장 많고 누구나 두말없이 지도자로 인정하는 사이러스 스미스가 없었다. 그리고 그의 육신은 아직 무덤조차 못 찾고 있었다!

이렇게 3월 25일 낮이 지나고 어느새 밤이 되었다. 밖에서는 바람 소리와 해안에 밀려오는 파도 소리가 났다. 돌멩이가 파도에 밀려 올라오거나 되밀려가면서 둔탁한 소리를 내며 구르고 있었다.

스필렛은 이날 일어난 사건(육지가 처음 보였을 때의 일, 사이러스 스미스가 실종된 일, 해안을 수색한 일, 성냥을 찾기 위한 소동 따위)을 수첩에 대충 적은 뒤, 어두운 통로 구석으로 물러갔다. 피로 때문에 그는 곧 잠이 들어 지친 몸을 쉴 수 있었다.

하버트도 곧 잠들었다. 펜크로프는 반쯤 눈을 뜬 채 망을 보면서, 화덕 옆에서 밤을 보내며 불이 꺼지지 않도록 계속 땔나무를 집어넣었다.

조난자들 가운데 한 사람만 휴식을 취하지 않았다. 슬픔에 잠겨 희망을 잃어버린 네브. 동료들이 좀 쉬라고 권했지만, 그는 밤새도록 주인의 이름을 부르면서 해변을 헤매 다녔다.

6

조난자들의 소지품 목록—아무것도 없다—헝겊을태우다—
숲으로 나가다—상록수 숲—달아나는 벌잡이새—
야수의 발자국—비단새—뇌조—기발한 낚시

무인도로 보이는 섬 해안에 하늘에서 떨어진 조난자들의 소지
품 목록을 작성한다면, 그 작업은 금방 끝날 것이다.

그들은 재난을 당했을 때 몸에 걸친 옷을 제하고는 아무것도
갖고 있지 않았기 때문이다. 물론 기디언 스필렛이 깜박 잊고 버
리지 않은 수첩과 손목시계는 신고해두어야 한다. 하지만 단 하
나의 무기도, 단 하나의 도구도, 단 하나의 주머니칼도 없었다.
바구니에 탄 사람들은 조금이라도 기구를 가볍게 하기 위해 모
든 것을 밖으로 내던져버렸기 때문이다.

다니엘 디포나 비스*의 소설 주인공, 나아가서는 후안페르난
데스 제도나 오클랜드 제도**에서 조난한 셀커크나 레이날 같은

---

* 다니엘 디포1660~1731_ 영국의 소설가. 《로빈슨 크루소》로 문학사에 이름을 남겼다.
요한 다피트 비스1743~1818_ 스위스의 목사 · 작가. 자녀들을 위해 《스위스의 로빈슨》
을 썼는데, 목사 일가족이 남해의 고도에 표착하여 고난의 10년을 보낸 뒤 구조의 기
회가 오지만, 두 아들만 고국으로 보내고 목사 부부와 다른 두 아들은 지상낙원을 건
설하기 위해 섬에 남는다는 내용이다.

사람들도 이렇게 극단적인 궁핍 상태에 놓여 있지는 않았다. 그들은 좌초한 배에서 씨앗과 가축, 도구와 탄약 등 풍부한 물자를 꺼냈고, 해안에 떠밀려온 표착물 덕분에 생활에 필요한 최소한의 것을 보충할 수 있었다. 그들은 자연 앞에서 처음부터 완전히 무방비 상태는 아니었다. 그런데 지금 이곳에는 도구도 용구도 전혀 없었다. 아무것도 없는 곳에서 모든 것을 새로 만들어내야 했다.

하다못해 사이러스 스미스만이라도 함께 있었다면 희망의 빛이 꺼지지는 않았을 것이다. 하지만 슬프게도 사이러스 스미스와의 재회는 기대할 수 없었다. 조난자들은 자신을 믿을 수밖에 없었고, 신앙이 두터운 자를 버리지 않는 신에게 의지할 수밖에 없었다.

하지만 그들은 이곳이 어느 대륙에 속해 있는지, 사람은 살고 있는지, 이 연안이 무인도의 해안에 불과한지 어떤지도 모른 채 이 바닷가에 거처를 정할 수밖에 없었다.

그것은 해결해야 할 중요한 문제였다. 게다가 되도록 빨리 해결하지 않으면 안 된다. 그 문제가 해결되면 어떤 방책을 취해야 할지도 분명해질 것이다. 하지만 탐험하러 나가는 것은 며칠 뒤로 미루는 편이 좋다는 게 펜크로프의 의견이었다. 무엇보다 식량을 준비해야 했고, 새알이나 조개만이 아니라 좀더 먹을 만한 식량을 구할 필요가 있었다. 탐험하러 나가는 사람은 오랫동안

** 후안페르난데스 제도_ 남태평양 칠레 중부 앞바다에 있는 화산섬. 《로빈슨 크루소》의 모델이 된 스코틀랜드의 선원 셀커크는 이 섬에서 4년 4개월 동안 혼자 지냈다고 한다. 오클랜드 제도_ 뉴질랜드 남쪽 320km 해역에 있는 화산섬. 조난자인 F.E. 레이날이 이 섬에서 20개월 동안 지낸 뒤 그 경험을 책으로 발표했다.

피로를 견뎌야 하고, 몸을 쉴 수 있는 피난처도 없으니까 무엇보다 먼저 체력을 회복해두어야 한다.

침니는 그래도 당분간은 만족할 만한 피난처였다. 불은 활활 타오르고 있었고, 불씨를 꺼뜨리지 않는 것도 어렵지 않았다. 지금 상태로는 조개나 새알도 바위틈이나 바닷가에 잔뜩 있다. 암벽 위를 떼지어 날아다니는 비둘기도 몽둥이로 후려치거나 돌을 던져 잡을 수 있을 것이다. 가까운 숲에는 식용 열매가 달린 나무도 있을지 모른다. 그리고 무엇보다 이곳에는 마실 수 있는 물이 있었다. 그래서 그들은 며칠 동안 이 침니에 머물면서 연안지대나 내륙을 탐험할 준비를 해두기로 결정했다.

이 계획은 특히 네브의 마음에 들었다. 네브는 자신의 생각과 예감을 고집스레 믿고 있었기 때문에, 비극의 무대가 된 이 해안 근처를 떠나고 싶지 않았다. 네브는 사이러스 스미스를 잃었다고는 믿지 않았고, 믿으려 하지도 않았다. 그만한 인물이 해안에서 별로 멀지 않은 곳에서 그렇게 간단히 파도에 휩쓸려 익사하다니. 아무리 생각해도 있을 수 없는 일이다! 주인의 시신이 파도에 떠밀려 해안으로 올라오지 않는 한, 주인의 시신을 눈으로 확인하고 손으로 만져보지 않는 한, 네브는 주인의 죽음을 믿지 않을 것이다. 이 생각은 네브의 고집스러운 마음에 전에 없이 강하게 뿌리를 내리고 있었다.

그것은 아마 환상에 불과할 것이다. 하지만 존경할 만한 환상이라고 펜크로프는 생각하고, 굳이 네브의 생각을 무시하거나 뭉개려고 하지 않았다. 펜크로프는 벌써 희망을 버리고 있었다. 사이러스 스미스는 실제로 파도에 휩쓸려 익사한 게 분명하다. 하지만 일부러 네브와 언쟁을 벌일 필요는 없다. 네브는 주인이 죽은 곳을 떠나지 못하는 개나 마찬가지다. 주인이 죽었다면 바로 그 뒤를 따라가려 할 만큼 그의 고통은 컸다.

3월 26일 아침, 날이 밝자마자 네브는 해안 북쪽으로 떠났다. 스미스를 삼켰을지도 모르는 바다 근처로 돌아간 것이다.

그날 아침식사도 새알과 조개뿐이었다. 하버트는 바위의 우묵한 곳에 고였던 바닷물이 증발하면서 소금이 생겨나 있는 것을 발견했다. 아무것도 없는 상황에서 소금을 발견한 것은 아주 귀중했다.

식사가 끝나자 펜크로프는 함께 숲에 가보지 않겠느냐고 스필렛에게 물었다. 펜크로프는 하버트와 함께 사냥을 하러 갈 작정이었다. 하지만 잘 생각해보니 누군가가 침니를 지키고 있을 필요가 있었다. 불이 꺼지지 않도록 지켜야 하고, 있을 수 없는 일이지만 네브가 도움을 청해올 경우도 생각해두어야 한다. 결국 기자인 스필렛이 남게 되었다.

"사냥하러 가자, 하버트." 펜크로프가 말했다. "도중에 총알 대용품을 찾아내고, 숲에서 총을 대신할 나뭇가지를 꺾기로 하자."

그런데 출발할 때가 되어 하버트가 부싯깃이 없으니까 부싯깃을 대신할 만한 것을 만드는 게 좋겠다고 말했다.

"뭐가 좋을까?"

"헝겊을 태우면 돼요. 필요하면 그게 부싯깃 대용품이 될 거예요."

선원은 소년의 의견이 그럴듯하다고 생각했다. 하지만 그러려면 손수건을 희생해야 하는 것이 문제였다. 그래도 그럴 만한 가치는 있는 일이다. 펜크로프의 커다란 체크무늬 손수건은 이윽고 불에 타서 눌은 넝마처럼 되어버렸다. 불을 옮겨 붙이기 위한 이 헝겊은 바람과 습기를 피하기 위해 가운뎃방 작은 바위틈에 놓여졌다.

아침 아홉 시가 되어 있었다. 날씨가 수상하고, 바람이 남동쪽에서 불고 있었다. 하버트와 펜크로프는 침니 모퉁이를 돌아 바위 꼭대기로 피어오르는 연기를 바라본 뒤, 강 왼쪽 기슭을 따라 올라갔다.

숲에 이르자 펜크로프는 단단한 나뭇가지를 두 개 꺾어서 몽둥이로 사용하기로 했다. 하버트는 그 몽둥이 끝을 돌로 깎아서 뾰족하게 했다. 아아! 지금 칼을 얻을 수 있다면, 대신 무엇이라도 주고 싶은 심정이었다. 그후 두 사냥꾼은 강둑을 따라 풀숲 속을 나아갔다. 물줄기가 남서쪽으로 굽이져 있는 지점에서 강은 조금씩 폭이 좁아지고 있었다. 양쪽 기슭의 강바닥은 깊이 파여 있고, 나무들이 양쪽에서 아치처럼 그 위를 덮고 있었다.

펜크로프는 길을 거스르지 않고 강의 흐름을 따라가기로 했다. 그러면 반드시 출발점으로 돌아갈 수 있을 터였다. 하지만 강둑을 걷는 데에도 여러 가지 장애가 있었다. 이쪽에는 낭창낭창한 나뭇가지가 수면까지 몸을 기울이고 있는가 하면, 저쪽에는 덩굴과 가시나무가 있어서 몽둥이로 쳐내야 했다. 하버트는 새끼고양이처럼 재빠르게 나뭇가지 사이로 들어가 숲 속으로 사라져버릴 때가 종종 있었다. 하지만 펜크로프는 곧 소년을 되불러, 둘이 떨어지지 않도록 하자고 주의를 주었다.

그러는 동안에도 펜크로프는 주변 지형과 자연을 유심히 관찰하고 있었다. 강 왼쪽은 땅이 평탄하지만 내륙 쪽은 조금 높았다. 지면은 군데군데 축축하게 젖어 있어서 늪지대처럼 보이는 곳도 있었다. 땅 밑에는 가느다란 물줄기가 그물처럼 얽혀 있고, 그 물이 지하 단층에서 강 쪽으로 흐르고 있는 게 분명하다. 또 이따금 나무가 우거진 수풀 속을 개울이 흐르고 있었지만, 그런 개울은 쉽게 건널 수 있었다.

건너편인 오른쪽 기슭은 왼쪽보다 기복이 풍부한 것 같았다. 강둑은 수직으로 떨어지고, 골짜기 바닥을 강물이 흐르고 있었다. 눈앞의 언덕은 계단 모양으로 위까지 이어진 나무에 덮여 장막처럼 시야를 가리고 있었다. 이 오른쪽 기슭을 걸었다면 좀처럼 앞으로 나아가지 못했을 것이다. 강둑이 가파른 내리막으로 비탈져 있어서, 수면으로 가지를 내뻗은 나무들이 뿌리로 겨우 몸을 지탱하고 있었기 때문이다.

이미 둘러본 해안과 마찬가지로 이 숲에도 사람이 발을 들여놓은 흔적이 전혀 없었다. 펜크로프가 발견한 것은 네발짐승의 발자국뿐이었다. 생긴 지 얼마 안 된 발자국인데, 무슨 동물인지는 알 수 없었다. 확실한 것은 맹수의 발자국도 남아 있다는 것이었다(하버트도 같은 생각이었다). 따라서 방심은 금물이다. 하지만 나무줄기에 도끼 자국 따위는 없었고, 불을 끈 흔적이나 사람이 걸어 다닌 흔적도 전혀 없었다. 이것은 기뻐해야 할 일인지도 모른다. 태평양 한복판에 있는 이곳에 사람이 나타나는 것은 반가운 일이 아니라 무서운 일인지도 모르기 때문이다.

점점 걷기가 어려워졌기 때문에 하버트와 펜크로프는 말수가 줄어들고, 아주 천천히 앞으로 나아갔다. 한 시간을 걸었는데도 1킬로미터 남짓밖에 전진하지 못했다. 그때까지 잡은 사냥감은 아무것도 없었다. 새 몇 마리가 나뭇가지 사이에서 지저귀며 날아다니고 있었지만, 사람에게 익숙한 기색은 보이지 않았다. 마치 본능적으로 인간을 두려워하고 있는 듯했다. 하버트는 숲 속

펜크로프가 발견한 것은 네발짐승의 발자국뿐이었다

늪지대에 있는 새들 속에서 부리가 길고 날카로운 새 한 마리를 발견했다. 몸매가 물총새와 비슷했다. 하지만 날개 색깔이 칙칙하고 금속 같은 광택을 띠고 있는 점이 물총새와 달랐다.

"벌잡이새가 분명해요." 하버트는 새 곁으로 다가가려고 했다.

"저 새가 얌전히 있어만 준다면 꼬치구이를 맛볼 수 있을 텐데 말이야!" 선원이 대꾸했다.

소년은 교묘하게 돌멩이를 던졌다. 돌은 새의 날갯죽지에 맞았지만 치명상을 입히지는 못했다. 벌잡이새는 온힘을 다해 날아올라 눈 깜짝할 사이에 사라져버렸다.

"내 솜씨가 너무 서툴렀어요!" 하버트가 분해서 말했다.

"아니야. 돌멩이는 제대로 맞았잖아. 그건 좀처럼 맞히기 힘들어. 너무 분하게 생각하지 마. 나중에 잡으면 돼!"

탐험은 계속되었다. 두 사냥꾼이 앞으로 나아갈수록 나무는 드물어졌지만, 나무 자체는 점점 거목이 되었다. 그래도 식용 열매가 달린 나무는 없었다. 펜크로프는 그 귀중한 야자나무를 찾았지만 허사였다. 야자나무는 가정생활에서도 여러 가지로 이용되고 있는데, 그 분포지역이 북반구에서는 북위 40도까지, 남반구에서는 남위 35도까지로 한정되어 있다. 그런데 이 숲에는 이미 하버트가 발견한 히말라야삼나무, 아메리카 대륙 북서 해안에 자라는 더글러스소나무, 높이가 50미터나 되는 멋진 전나무 같은 침엽수밖에 없었다.

이때 날개 색깔이 아름답고 비단벌레 색깔의 긴 꼬리를 가진 작은 새가 일제히 날아올라 나뭇가지 사이로 뿔뿔이 달아났다. 빠지기 쉬운 깃털이 흩날려 작은 솜털처럼 땅을 덮었다. 하버트는 그 깃털을 몇 개 주워서 자세히 조사한 뒤에 이렇게 말했다.

"비단새예요."

"우리는 먹을 수 있는 뿔닭이나 뇌조가 더 좋아. 비단새도 먹을 수 있다면 별문제지만."

"먹을 수 있는 정도가 아니라, 아주 맛있어요. 그리고 쉽게 접근할 수 있으니까. 몽둥이로 때리면 금방 잡을 수 있을 거예요."

선원과 소년은 숲 속으로 살며시 들어가, 낮은 나뭇가지에 비단새가 잔뜩 앉아 있는 나무 밑에 이르렀다. 작은 새들은 그렇게 앉아서 먹이인 곤충을 기다리고 있었다. 깃털에 덮인 발이 몸을 지탱해주는 적당한 나뭇가지를 꽉 움켜잡고 있었다.

두 사냥꾼은 걸음을 멈추고, 손에 든 몽둥이를 낫처럼 휘둘러 나뭇가지에 나란히 앉아 있는 비단새들을 옆으로 후려쳤다. 새들은 날아오르는 것도 잊고, 바보처럼 몽둥이에 맞아 떨어졌다. 백 마리쯤 되는 비단새가 땅바닥에 후두둑 떨어졌을 때에야 비로소 다른 새들은 날아가버렸다.

"잘됐어!" 펜크로프가 말했다. "우리 같은 사냥꾼도 잡을 수 있는 사냥감이 있다니! 이런 사냥감이라면 맨손으로도 잡을 수 있겠다!"

선원은 참새구이를 할 때처럼 가늘고 부드러운 나뭇가지에 비단새를 줄줄이 꿰었다. 그리고 다시 탐험이 계속되었다. 물줄기가 곡선을 그리면서 남쪽으로 구부러지고 있는 것이 보였다. 하지만 그 굽이는 그대로 남쪽으로 이어지지 않을 것이다. 강은 북서쪽 산에서 발원할 테고, 중앙에 솟아 있는 산봉우리의 경사면을 덮고 있는 눈이 녹아서 이 강으로 흘러들고 있을 것이기 때문이다.

이 탐험의 중요한 목적은 되도록 많은 식량을 침니로 갖고 돌아가는 것이다. 아직 그 목표가 달성되었다고는 말하기 어려웠다. 그래서 펜크로프는 열심히 사냥감을 쫓아다녔고, 어떤 사냥감(그 정체를 분간할 겨를도 없었지만)이 풀숲으로 도망쳐 들어가면 욕설을 내뱉곤 했다. 하다못해 토비라도 있다면 좋으련만! 하지만 토비는 주인과 함께 사라졌고, 아마 주인과 함께 죽었을 것이다!

오후 세 시경, 다른 새떼가 나무 사이로 나타났다 숨었다 하고 있었다. 새들은 향긋한 나무열매를 쪼아 먹고 있었다. 그때 갑자기 트럼펫 같은 소리가 숲 속에 울려 퍼졌다. 이 묘한 팡파르는 미국에서 '뇌조'라고 부르는 들꿩이 낸 소리였다. 이윽고 날개가 황갈색이고 꼬리가 갈색인 새 한 쌍이 눈에 들어왔다. 한 마리는 두 날개 끝이 뾰족하고 목에 장식 깃털이 있었다. 하버트는 그것을 보고 수컷임을 분간할 수 있었다.

펜크로프는 이 들꿩을 반드시 잡아야 한다고 생각했다. 암탉처럼 통통하고, 고기는 꿩과 마찬가지로 귀하게 여겨진다. 하지만 이 새는 잡기가 어려웠다. 사람이 접근하는 것을 절대로 허용하지 않기 때문이다. 몇 번이나 다가가려고 했지만 뇌조를 놀라게 했을 뿐 헛수고로 끝났기 때문에, 선원은 소년에게 이렇게 말했다.

"날아다니는 새를 잡는 것은 아무래도 무리야. 그러니 낚시 요령으로 잡을 수밖에 없어."

"잉어를 낚는 것처럼 말인가요?" 하버트는 이 제안에 놀라서 소리를 질렀다.

"그래, 잉어를 낚는 것처럼." 선원은 진지하게 대답했다.

펜크로프는 풀숲에 뇌조 둥지가 대여섯 군데 있다는 것을 알아차렸다. 둥지에는 각각 두세 개의 알이 들어 있었다. 그 둥지는 건드리지 않도록 조심해야 한다. 반드시 어미새가 둥지로 돌아오기 때문이다. 그래서 펜크로프는 그 둥지 주위에 낚싯줄을 쳐놓기로 했다. 낚싯줄을 올가미로 사용하는 것이 아니라 낚싯바늘을 달아서 쓰려는 것이다. 그는 둥지에서 조금 떨어진 곳으로 하버트를 데려갔다. 그리고 아이작 월턴*의 제자에게 어울리는 주의를 기울여 색다른 도구를 준비했다. 하버트는 잘 될까 의심하면서도 눈을 반짝이며 그 일을 재미있다는 듯이 지켜보았다.

낚싯줄로는 가느다란 덩굴이 선택되었다. 그것을 하나씩 연결하여 5~6미터 길이의 줄을 만들었다. 그리고 아까시나무에서 끝이 구부러진 단단하고 굵은 가시를 떼어, 낚싯바늘 대신 그것을 덩굴 끝에 잡아맸다. 미끼로는 땅을 기어다니는 붉고 커다란 벌레를 사용했다.

준비가 끝나자 펜크로프는 풀숲으로 들어가 몸을 숨기고 낚싯바늘이 달린 낚싯줄 끝을 뇌조 둥지 옆에 놓아두었다. 그러고는 낚싯줄의 한쪽 끝을 쥐고 하버트와 함께 커다란 나무 뒤에 숨었다. 두 사람은 끈질기게 기다렸다. 미리 말해두지만, 사실 하버트는 펜크로프의 발상이 성공하리라고 기대하지 않았다.

30분이 지난 뒤, 펜크로프가 예상한 대로 뇌조 몇 쌍이 둥지로 돌아왔다. 새들은 팔짝팔짝 뛰어다니거나 땅바닥을 콕콕 쪼면서, 사냥꾼이 숨어 있는 것을 전혀 눈치채지 못했다. 그리고 두 사람은 뇌조가 냄새를 맡지 못하도록 바람이 불어가는 쪽에 숨어 있었다.

---

* 아이작 월턴1593~1683_ 영국의 수필가. 낚시에 관한 에세이로 유명하다.

물론 하버트는 숨을 죽이고 흥미진진하게 지켜보고 있었다. 펜크로프는 눈을 크게 뜨고 입을 벌리고, 뇌조 고기를 맛보려는 것처럼 입을 쑥 내밀고, 숨도 제대로 쉬지 못하는 것 같았다.

그동안 뇌조는 별로 신경 쓰는 기색도 없이 낚싯바늘 사이를 돌아다니고 있었다. 펜크로프가 낚싯줄을 조금씩 잡아당기자, 미끼인 벌레가 살아 있는 것처럼 꿈틀거렸다.

펜크로프는 그때 강에서 물고기를 낚지 못하는 어부보다 훨씬 더 가슴을 졸이며 기다리고 있었을 것이다.

꿈틀거리는 미끼는 이윽고 뇌조의 눈길을 끌었고, 낚싯바늘은 새의 부리에 공격당했다. 식욕이 왕성한 뇌조 세 마리가 미끼와 낚싯바늘을 한꺼번에 삼켰다. 펜크로프는 잽싸게 낚싯줄을 잡아채서 낚싯바늘이 박히게 했다. 새가 날개를 퍼덕거렸기 때문에 그들은 뇌조가 낚싯바늘에 걸려든 것을 알았다.

"만세!" 펜크로프는 소리를 지르고 방금 잡은 사냥감에 덤벼들었다.

하버트도 손뼉을 치며 기뻐했다. 어쨌든 낚싯줄로 새를 잡는 것은 난생처음 보았다. 하지만 펜크로프는 전에도 여러 번 이런 방법을 써봤고, 또 그게 자기가 창안한 방법도 아니라고 겸손하게 인정했다. 그리고 이렇게 덧붙였다.

"어쨌든 이런 처지에 놓여 있으면 온갖 상황에 맞닥뜨릴 각오를 해둘 필요가 있어."

그들은 뇌조의 발을 한데 모아서 묶었다. 펜크로프는 빈손으로 돌아가지 않게 된 것을 기뻐했다. 해가 기울기 시작했기 때문에 그들은 슬슬 거처로 돌아갈 때가 되었다고 생각했다.

돌아가는 방향은 강이 확실히 알려주고 있었다. 물줄기를 따

"만세!"

라 내려가기만 하면 되었다. 여섯 시쯤 하버트와 펜크로프는 지친 발걸음을 옮기며 침니로 돌아갔다.

7

네브가 돌아오지 않는다—기자, 생각에 잠기다—저녁식사—
다가오는 악천후의 밤—무서운 폭풍—한밤중의 출발—
비바람과의 싸움—침니에서 12킬로미터 떨어진 곳

기디언 스필렛은 팔짱을 끼고 해변에 선 채 바다를 바라보고
있었다. 동쪽 수평선은 하늘 쪽으로 뭉게뭉게 올라가는 먹구름
과 하나가 되어 있었다. 벌써 바람은 거세졌고, 해가 지면서 기온
도 내려가기 시작했다. 하늘 전체가 거칠어지고, 돌풍이 일어날
조짐이 뚜렷이 나타나 있었다.

하버트는 침니 안으로 들어가고, 펜크로프는 스필렛에게 다가
갔다. 하지만 스필렛은 무언가에 마음을 빼앗기고 있는 듯, 펜크
로프가 다가온 것도 알아차리지 못했다.

"불쾌한 밤이 될 것 같군요, 스필렛 씨!" 펜크로프가 말했다.
"바다제비*가 좋아할 만한 비바람이 몰아칠 것 같아요!"

그제야 기자는 고개를 돌려 펜크로프를 바라보았다. 스필렛이
맨 처음 한 말은 이런 것이었다.

* [원주] 바다제비_ 특히 폭풍을 좋아하는 바닷새.

"스미스 씨를 휩쓸어간 파도가 바구니에 부딪쳤을 때, 기구는 해안에서 얼마나 떨어져 있었나?"

이런 질문을 받으리라고는 전혀 예상치 못했다. 그래서 펜크로프는 잠깐 생각한 뒤에 대답했다.

"기껏해야 2케이블 정도일 겁니다."

"1케이블은 거리가 어느 정도지?" 스필렛이 다시 물었다.

"약 120길이니까 200미터쯤 됩니다."

"그러면 스미스 씨는 해안에서 겨우 400미터 떨어진 곳에서 실종되었다는 건가?"

"그런 셈이죠."

"스미스 씨의 개도?"

"그렇습니다."

"내가 이상하게 생각하는 것은…… 스미스 씨가 죽었다면 토비도 죽었을 텐데, 개도 주인도 시체가 해안으로 밀려오지 않는다는 걸세."

"바다가 저렇게 거칠면 놀랄 일도 아니지요. 조류의 흐름 때문에 훨씬 먼 해안으로 실려갔는지도 모릅니다."

"그러면 자네는 스미스 씨가 파도에 휩쓸려 죽었다고 생각하나?"

"그렇습니다."

"나는 자네처럼 경험이 많지는 않지만, 스미스 씨와 토비가 살았든 죽었든 간에 둘 다 깨끗이 사라졌다는 게 아무래도 납득이 가질 않아. 이런 일이 있을 수 있나 싶어."

"나도 그렇게 생각하고 싶습니다, 스필렛 씨. 하지만 이제 살아 있기는 힘들지 않을까 생각합니다."

선원은 그렇게 말하고 침니로 돌아갔다. 화덕에서는 따뜻한 불이 딱딱 소리를 내며 타오르고 있었다. 하버트가 마른 나뭇가지를 한아름 던져 넣은 참이었다. 불길이 통로의 어두운 곳까지 환하게 비추고 있었다.

펜크로프는 곧 저녁식사를 준비하기 시작했다. 저녁에는 무언가 기력을 돋우는 요리를 먹는 편이 좋겠다고 생각했다. 모두 체력을 회복할 필요가 있었기 때문이다. 염주처럼 꿴 비단새는 이튿날 먹기로 하고, 뇌조 두 마리의 깃털을 뽑았다. 새 두 마리는 이윽고 꼬챙이에 꿰어져 활활 타오르는 불에 구워졌다.

저녁 일곱 시, 네브는 아직 돌아오지 않았다. 이렇게 늦어지면 펜크로프도 흑인을 걱정하지 않을 수 없었다. 이 낯선 땅에서 무슨 사고라도 당한 건 아닐까. 아니면 그 가엾은 네브가 절망한 나머지 무슨 짓을 저지른 건 아닐까. 하지만 하버트는 네브가 돌아오지 않는 것에서 전혀 다른 결론을 끌어냈다. 네브가 돌아오지 않는 것은 무언가 새로운 사태를 만나 수색을 계속하고 있기 때문일 거라고 생각했다. 그런데 새로운 일이 생겼다면, 그것은 사이러스 스미스가 살아 있다는 소식밖에 없다. 무언가 희망이 생겨서 발목이 잡혀 있는 게 아니라면 네브가 돌아오지 않을 리가 없지 않은가? 혹시 무슨 단서, 발자국이나 표착물을 발견하고 주인을 찾아낼 실마리를 잡은 게 아닐까? 어쩌면 네브는 지금 확실한 단서를 추적하고 있지 않을까? 아마 벌써 주인 곁에 있는 것이 아닐까?

이것이 소년의 추론이었다. 그는 선원과 기자에게 그 생각을 털어놓았다. 그들은 소년의 이야기를 말없이 듣고 있었다. 스필렛은 그 이야기를 수긍했다. 하지만 펜크로프는 네브가 어제보다 훨씬 먼 해안까지 수색했기 때문에 아직 돌아오지 못하는 거라고 생각했다.

한편 하버트는 예감 같은 것에 사로잡혀 몇 번이나 네브를 마중하러 가자고 말했다. 하지만 펜크로프는 그래 봤자 헛수고라고 소년을 말렸다. 이렇게 어둡고 날씨도 나쁜데 밖에 나가봤자 네브의 발자국도 찾을 수 없으니까 가만히 기다리는 편이 낫다고 소년을 설득했다. 하지만 내일도 네브가 돌아오지 않으면 펜크로프는 물론 하버트와 함께 네브를 찾으러 갈 작정이었다.

스필렛도 지금은 뿔뿔이 흩어지면 곤란하다는 선원의 의견에 동의했다. 하버트는 계획을 포기할 수밖에 없었다. 하지만 소년의 눈에서는 굵은 눈물이 뚝뚝 떨어졌다.

스필렛은 인정 많은 이 소년을 껴안아주지 않을 수 없었다.

이제 완전히 날씨가 나빠졌다. 남동쪽에서 불어오는 돌풍이 거칠게 해안을 휘젓고 있었다. 썰물이 졌는데, 난바다에 늘어선 암초에 파도가 부딪혀 으르렁거리는 소리가 들렸다. 세찬 바람 때문에 비가 안개처럼 흩날렸다. 수증기가 해안에 감돌고, 바닷가의 돌멩이는 마차에 실린 돌멩이처럼 요란한 소리를 내고 있었다. 모래는 바람에 흩날려 공중으로 올라갔다가 비에 섞여 내려왔다. 그 모래의 공격은 견디기 어려웠다. 공중에는 광물성 티끌과 물기를 머금은 티끌이 뒤섞여 있었다. 강어귀와 암벽 사이에서 바람은 크게 소용돌이치고 있었다. 이 소용돌이에서 튀어나온 바람이 빠져나갈 수 있는 출구는 강물이 파도치고 있는 좁은 골짜기밖에 없었기 때문에, 바람은 그 골짜기로 맹렬하게 쏟아져 들어가고 있었다. 종종 화덕의 연기가 좁은 환기구멍에서 역류하여 침니의 통로를 가득 채웠기 때문에 그곳에 있을 수 없을 정도였다.

그래서 뇌조가 다 구워지자마자 펜크로프는 불을 끄고 불씨만 재로 덮어놓았다.

여덟 시, 네브는 아직도 돌아오지 않았다. 하지만 지금은 날씨 때문에 돌아오지 못하는 게 당연하다고 다들 생각하고 있었다. 네브는 어느 동굴에 대피하여 폭풍이 가라앉기를 기다리고 있거나 날이 밝기를 기다리고 있을 게 분명하다. 네브를 마중하러 가려 해도, 이런 날씨에 네브를 찾아내기는 어려웠다.

저녁 식탁에 오른 요리는 뇌조 구이뿐이었다. 모두 맛있게 먹었다. 구운 새고기는 정말 맛이 좋았다. 펜크로프와 하버트는 오랜 탐험으로 식욕이 왕성해져서 구운 새고기를 걸신들린 듯이 먹었다.

그후 세 사람은 전날 밤에 쉬었던 곳으로 물러갔다. 하버트는 화덕 앞에 누운 선원 옆에서 곧 잠이 들었다.

밖에서는 밤이 이슥해지면서 폭풍이 더욱 거세졌다. 돌풍은 포로들을 리치먼드에서 태평양의 이곳까지 데려온 바람 못지않게 강력했다. 이 폭풍은 춘분 무렵에 자주 일어나 많은 피해를 가져오지만, 그 위력에 저항할 것이 아무것도 없는 광대한 곳에서는 폭풍이 더욱 무서운 힘을 발휘한다! 그래서 동쪽에 면해 있는 이 해안은 형언할 수 없이 강한 힘으로 정면에서 폭풍에 얻어맞고 있었다.

겹겹이 쌓여서 침니를 이루고 있는 바위들은 다행히 튼튼했다. 그것은 거대한 화강암 덩어리들이었다. 그래도 개중에는 균형이 불안정한 바위도 있어서 토대가 흔들리고 있는 것처럼 여겨졌다. 펜크로프가 그것을 느끼고 손으로 벽면을 만져보니 바위가 조금씩 진동하고 있었다. 하지만 이 임시 피난처가 무너질 리는 없으니까 걱정할 필요는 없다고 자신을 타일렀다. 침니 꼭 대기에서는 몇 개의 바위가 데굴데굴 구르거나 조금 날아올랐다 가 똑바로 떨어지고 있었다. 펜크로프는 두 번 일어나서 바깥 상 황을 보려고 침니 입구까지 기어갔다. 하지만 침니 꼭대기에서 바위가 굴러 떨어지는 것은 별로 위험할 것 같지 않았기 때문에 그는 다시 화덕 옆으로 돌아갔다. 화덕의 불씨는 재 속에서 계속 타고 있었다.

하버트는 폭풍우가 몰아치는 소리와 천둥 치는 소리에도 아랑 곳하지 않고 곤히 잠들어 있었다. 펜크로프도 잠이 들었다. 오랫 동안 선원 생활을 했기 때문에, 아무리 험한 날씨에도 익숙해져 있었다. 기디언 스필렛만 불안에 사로잡혀 눈을 뜨고 있었다. 네 브를 따라가지 않은 것이 그의 마음을 괴롭혔다. 그도 희망을 완 전히 버린 것은 아니었다. 하버트의 마음을 어지럽힌 예감이 그 의 마음도 어지럽히고 있었다. 그의 생각은 지금 네브에 대한 걱 정으로 가득 차 있었다. 네브는 왜 돌아오지 않을까? 스필렛은 밖에서 맹위를 떨치고 있는 자연의 위력에도 별로 주의를 기울 이지 않고, 침니 바닥에 깔린 모래 위에서 몸을 뒤척이고 있었다. 이따금 피로 때문에 눈꺼풀이 무거워져 잠시 눈을 감기도 했지 만, 곧 무슨 생각이 떠올라 다시 눈을 뜨곤 했다.

이렇게 밤은 점점 깊어져갔다. 오전 두 시쯤 되었을까. 곤히 잠 들어 있는 펜크로프를 스필렛이 흔들어 깨웠다.

"무슨 일입니까?" 선원이 눈을 뜨고 소리쳤다. 바다 사나이답 게 머리를 재빨리 굴리고 있었다.

스필렛이 위에서 내려다보며 말했다.

펜크로프는 바깥 상황을 보려고 침니 입구까지 기어갔다

"귀를 기울여보게, 펜크로프. 잘 들어봐!"

선원은 귀를 기울였지만 바람 소리밖에 들리지 않았다.

"바람 소리예요."

"아니야." 스필렛은 다시 귀를 기울이며 대답했다. "들린 것 같아."

"뭐가요?"

"개 짖는 소리."

"개라고요?" 펜크로프는 소리를 지르고 벌떡 일어났다.

"그래…… 개 짖는 소리……."

"그럴 리가! 이렇게 폭풍이 으르렁대고 있는데 어떻게……."

"저 소리…… 귀를 기울여보게……." 스필렛이 다시 말했다.

펜크로프는 전보다 더 주의 깊게 귀를 기울였다. 그러자 바람이 잠시 멎었을 때, 과연 멀리서 개 짖는 소리가 들린 듯한 기분이 들었다.

"어때?" 기자가 선원의 손을 움켜쥐면서 물었다.

"예…… 들립니다!" 펜크로프가 대답했다.

"토비예요! 토비!" 방금 눈을 뜬 하버트가 소리쳤다.

세 사람은 모두 침니 입구로 달려갔다. 하지만 밖으로 나가려면 많은 노력이 필요했다. 바람을 헤치며 겨우 밖으로 나갈 수 있었지만, 바위에 기대지 않으면 서 있을 수도 없었다. 세 사람은 주위를 둘러보았지만 말을 할 수는 없었다.

주위는 캄캄했다. 바다도, 하늘도, 땅도 모조리 검은색으로 녹아들어 있었다. 대기 속에 빛의 입자는 하나도 보이지 않는 것 같았다.

몇 분 동안 기자와 선원과 소년은 이렇게 돌풍에 짓눌리고 비에 젖은 채 모래를 뒤집어쓰고 눈도 뜨지 못하는 상태였다. 이윽고 돌풍이 잠시 멎자 또다시 개 짖는 소리가 들렸다. 그 소리는 상당히 멀리서 들리는 듯했다.

그렇게 짖는 것은 토비밖에 없을 것이다! 하지만 개 혼자 있는지, 누군가가 함께 있는지는 알 수 없었다. 개 혼자뿐일 가능성이 더 컸다. 네브가 함께 있다면 서둘러 침니 쪽으로 달려왔을 테니까 말이다.

선원은 기자의 손을 쥐었다. 말을 할 수 없기 때문에 '여기서 기다리고 있으라'는 뜻으로 손을 잡은 것이다. 펜크로프는 침니 안으로 들어갔다.

그는 곧 불붙은 땔나무를 가지고 나왔다. 그리고 그 횃불을 어둠 속으로 번쩍 치켜들고 날카롭게 휘파람을 불었다.

이 신호를 기다리고 있었던 것처럼 훨씬 가까이에서 개 짖는 소리가 들렸다. 이윽고 개 한 마리가 침니 안으로 뛰어들었다. 펜크로프와 하버트, 스필렛도 차례로 침니 안으로 되돌아갔다.

마른나무가 한아름 불씨 위에 던져지자 밝은 불길이 침니 안을 환하게 비추었다.

"토비다!" 하버트가 외쳤다.

정말로 토비였다. 두 품종이 교배되어 튼튼한 다리와 예민한 후각이라는 사냥개의 두 가지 장점을 물려받은 훌륭한 앵글로노르만종 개였다.

그것은 사이러스 스미스의 개였다.

하지만 개뿐이었다! 개 주인도, 네브도 따라오지 않았다.

그런데 토비는 어떤 본능에 이끌렸기에 알지도 못하는 이 침니까지 올 수 있었을까? 그것은 설명할 수 없는 일처럼 여겨졌

이 신호를 기다리고 있었던 것처럼……

다. 게다가 이렇게 어두운 한밤중에 이런 폭풍우를 뚫고! 하지만 좀더 설명할 수 없는 것은 토비가 지친 기색도 보이지 않았고, 진흙이나 모래투성이가 되어 있지도 않았다는 사실이다.

하버트는 토비를 끌어당겨 두 팔로 머리를 끌어안았다. 개는 하버트에게 안긴 채 소년의 팔에 목을 문지르고 있었다.

"개가 발견되었다면 주인도 발견될 거야!" 스필렛이 말했다.

"하느님이 찾아주시기를!" 하버트가 받았다. "가요! 토비가 안내해줄 거예요!"

펜크로프도 이의를 제기하지 않았다. 토비가 돌아왔기 때문에 자신의 추론을 부정해야 한다고 생각한 것이다.

"출발합시다!" 선원이 말했다.

펜크로프는 화덕의 불씨를 정성껏 재로 덮었다. 돌아오면 곧바로 불을 피울 수 있도록 재 속에 땔나무 몇 개를 넣어두었다. 이어서 선원은 먹다 남은 저녁식사를 손에 들고, 작은 소리로 짖으면서 따라오라고 재촉하고 있는 토비를 앞세우고 밖으로 뛰쳐나갔다. 기자와 소년도 그 뒤를 따라갔다.

폭풍은 무척 격렬해져 있었다. 격렬함의 정점에 도달했는지도 모른다. 지금은 초승달이 뜨는 시기니까 달이 태양과 겹쳐질 무렵이다. 하지만 구름장 사이로 새어나오는 달빛은 전혀 보이지 않았다. 길을 곧장 따라가기는 어려웠다. 가장 좋은 방법은 토비의 후각에 맡기는 것이다. 기자와 소년이 개 바로 뒤에서 걸어가고, 선원이 맨 뒤에서 따라갔다. 서로 말을 나눌 수는 없었다. 돌풍 때문에 비가 안개처럼 흩뿌려진 탓에 억수같이 쏟아지는 것은 아니었지만, 바람이 무섭게 휘몰아치고 있었다.

그래도 다행히 이 상황은 세 사람에게 도움이 되었다. 바람이 남동쪽에서 불어와 그들을 뒤에서 떠밀어주고 있었기 때문이다. 세차게 뿌려지는 모래도 정면에서 받으면 견딜 수 없을 텐데, 지금은 등뒤에서만 받고 있었다. 그래서 뒤돌아보지만 않으면 걷기가 어려울 정도는 아니었다. 세 사람은 종종 자신들이 바라는 것보다 더 빨리 나아갔고, 바람에 밀려 넘어지지 않도록 걸음을 빨리하게 되었다. 게다가 새로 솟아난 희망 덕분에 모두 힘이 났다. 이번에는 정처 없이 해안을 따라 북쪽으로 무작정 가고 있는 게 아니었다. 세 사람은 네브가 주인을 찾아내고 충견 토비를 침니로 보냈을 거라고 생각했다. 그런데 스미스는 살아 있을까? 아니면 네브는 단지 스미스의 죽음을 애도하기 위해 동료들을 부른 것일까?

세 사람은 암벽과 조심스럽게 거리를 두고 걸어왔지만, 절벽이 끝나는 지점을 통과한 곳에서 한숨 돌리려고 걸음을 멈추었다. 바위가 튀어나온 곳이어서 바람을 막아주었다. 15분쯤 걸은 뒤(걸었다기보다 달렸다고 말하는 편이 옳다) 세 사람은 잠시 쉬고 있었다.

이제 세 사람은 서로 대화를 나눌 수도 있었고, 서로 묻고 대답할 수도 있었다. 하버트가 사이러스 스미스의 이름을 입에 올리자, 토비는 주인이 살아 있다고 말하려는 것처럼 작은 소리로 짖었다.

"살아 있다고? 그런 거야, 토비?" 하버트는 되풀이 물었다.

그러자 개는 그 물음에 대답하듯 또다시 짖었다.

다시 행진이 시작되었다. 오전 두 시 반이었다. 밀물이 들어오고 있었다. 해와 달과 지구가 일직선으로 늘어서는 시기이기 때문에 수위가 아주 높아질 위험이 있었다. 큰 파도가 해안 암초에 부딪혀 요란한 소리를 내고 있었다. 파도가 격렬하게 덮쳐오는 걸 보면, 이제 보이지 않게 된 그 작은 섬을 넘어서 밀려오고 있는 게 분명했다. 그 가늘고 길쭉한 천연 방파제는 이미 해안을 지켜주지 못했다. 해안은 난바다에서 쳐들어오는 폭풍의 공격에 직접 노출되어 있었다.

세 사람이 암벽 끝에서 나오자마자 바람은 다시 맹렬한 기세로 덮쳐왔다. 그들은 모두 몸을 웅크리고 돌풍을 등에 받으며 토비의 뒤를 빠른 걸음으로 따라갔다. 개는 거침없이 앞으로 나아갔다. 그들은 북쪽으로 가고 있었다. 오른쪽에서는 끝없이 파도가 밀려와 요란한 소리를 내며 부서졌다. 왼쪽에는 캄캄한 땅이 펼쳐져 있어서, 어떤 풍경인지 확인할 수가 없었다. 하지만 왼쪽 땅이 비교적 평탄해지고 있는 것은 느낄 수 있었다. 돌풍이 이제는 암벽에 부딪혀 되돌아오는 것이 아니라 그들 머리 위를 그대로 지나가고 있었기 때문이다.

오전 네 시, 아마 8킬로미터 정도는 걸었을 것이다. 구름도 높아져서 이제는 땅 위를 기듯 흐르고 있지 않았다. 바람은 습기가 적어지고, 아주 빠른 기류가 되어 차갑게 불고 있었다. 펜크로프도 하버트도 스필렛도 입고 있는 옷만으로는 추위를 막을 수 없었기 때문에 몹시 괴로웠지만, 누구의 입에서도 고통스러운 소리는 새어나오지 않았다. 그들은 이 영리한 개가 데려가는 곳이라면 어디든지 따라갈 각오가 되어 있었다.

다섯 시경, 날이 밝기 시작했다. 우선 옅은 안개가 낀 상공의 구름 가장자리가 회색을 띠었다. 이윽고 불투명한 구름띠 밑에 가느다란 빛줄기가 나타나 수평선을 또렷이 그려냈다. 파도의 물마루가 조금 황갈색을 띠고 물거품이 흰색을 되찾았다. 그와 동시에 왼쪽에는 들쭉날쭉한 해안선이 어렴풋이 떠올랐지만, 그것은 아직 검은색 위에 회색을 얹어놓은 듯한 광경일 뿐이었다.

아침 여섯 시, 날이 완전히 밝았다. 구름은 아주 높은 상공을 맹렬한 속도로 흘러가고 있었다. 세 사람은 이제 침니에서 10킬로미터쯤 떨어진 곳에 이르러 있었다. 그들은 평평한 모래밭을 걷고 있었다. 바다 쪽에는 암초가 늘어서 있지만, 지금은 암초 꼭대기가 수면 위로 조금 나와 있을 뿐이었다. 마침 만조 때였다. 왼쪽에는 엉겅퀴와 같은 종류의 식물에 덮인 모래언덕이 들쭉날쭉한 커브를 그리며 광대한 모래벌판 특유의 황량한 풍경을 보이고 있었다. 해안선은 거의 일직선이고, 높직한 언덕들만 장애물처럼 바다를 향해 늘어서 있었다. 여기저기 돋아난 나무들이 서쪽으로 몸을 기울이고, 나뭇가지도 서쪽으로 뻗고 얼굴을 찡그리고 있는 것 같았다. 훨씬 뒤쪽의 남서쪽에는 숲 가장자리가 둥그스름하게 보였다.

이때 토비가 흥분한 기색을 보이기 시작했다. 앞으로 달려갔는가 하면 곧 선원에게 되돌아왔다. 좀더 서두르라고 재촉하는 모양이다. 개는 이제 바닷가를 떠나 훌륭한 본능이 이끄는 대로 조금도 망설이지 않고 모래언덕 사이로 들어갔다.

세 사람은 개를 따라갔다. 이 근처에도 전혀 인적이 없는 것 같았다. 생물도 전혀 보이지 않았다.

모래언덕 끝은 넓게 퍼져 있고, 높다란 산과 언덕이 불규칙하게 늘어서 있었다. 미로 속에 들어선 것 같아서, 어느 쪽으로 가야 할지 알려면 놀라운 본능에 의지할 수밖에 없었다.

모래밭을 떠난 지 5분 뒤, 세 사람은 높은 모래언덕 뒤쪽에 뚫려 있는 동굴 같은 곳 앞에 이르렀다. 토비는 거기서 걸음을 멈추고 큰 소리로 짖어댔다. 스필렛과 하버트와 펜크로프는 동굴 속으로 뛰어 들어갔다.

그곳에는 네브가 있었다. 네브는 풀을 깔고 누운 남자 옆에 무릎을 꿇고 있었다.

사이러스 스미스였다.

네브는 풀을 깔고 누운 남자 옆에 무릎을 꿇고 있었다

8

사이러스는 살아 있는가?—네브의이야기—해결할 수 없는문제—

사이러스의 첫마디—확인된 발자국—침니로 돌아가다

네브는 미동도 하지 않았다.

펜크로프는 외치듯이 딱 한마디만 물었다.

"살아 있나?"

네브는 대답하지 않았다. 스필렛과 펜크로프는 얼굴이 창백해졌다. 하버트는 손을 맞잡고 꼼짝도 하지 않았다. 가엾은 네브는 슬픔에 사로잡혀 동료들의 모습도 눈에 들어오지 않고 선원의 말도 귀에 들어오지 않는 모양이었다.

스필렛이 움직이지 않는 사이러스 스미스 옆에 무릎을 꿇더니 윗옷을 풀어헤치고 가슴에 귀를 댔다. 1분이 지났다(그 시간이 마치 1년처럼 길게 느껴졌다!). 그동안 스필렛은 필사적으로 스미스의 심장 고동 소리를 들으려 애쓰고 있었다.

네브는 몸을 조금 일으켜 주위를 둘러보았지만 아무것도 눈에 들어오지 않았다. 순전히 절망 때문에 사람의 얼굴이 이렇게 변하지는 않았을 것이다. 네브는 지쳐서 탈진했고, 고통에 시달려 얼굴이 완전히 달라져 있었다. 그는 주인이 죽었다고 생각했다.

스필렛은 시간을 들여 세심하게 관찰한 뒤 일어나서 말했다.

"살아 있어!"

이번에는 펜크로프가 사이러스 옆에 무릎을 꿇었다. 그의 귀도 희미한 심장 소리를 포착했고, 그의 입술은 사이러스의 입에서 새어나오는 희미한 숨결을 느꼈다.

하버트는 스필렛의 말을 듣고는 물을 찾으러 밖으로 뛰쳐나갔다. 그리 멀지 않은 곳에 시냇물이 흐르고 있는 것을 보았다. 어젯밤에 내린 비로 물이 많이 스며들어 모래 사이에도 물이 흐르고 있을 터였다. 그런데 물을 담을 그릇이 없었다. 모래언덕에는 조개껍데기 하나 없었다. 소년이 할 수 있는 것은 손수건을 시냇물에 적시는 것뿐, 물을 가져가는 것은 포기할 수밖에 없었다. 소년은 젖은 손수건을 들고 다시 동굴로 달려갔다.

다행히 스필렛에게는 젖은 손수건만으로도 충분했다. 사이러스의 입술을 적셔주고 싶다고 생각했기 때문이다. 이 차가운 물방울은 당장 효과를 나타냈다. 사이러스의 가슴에서 깊은 한숨이 새어나왔다. 그는 무언가 말을 하려고 애쓰는 것 같았다.

"살릴 수 있어!" 스필렛이 말했다.

네브는 이 말에 희망을 되찾았다. 그는 주인의 몸에 상처가 없는지 조사하려고 옷을 벗겼다. 머리도 상반신도 다리도 말짱했다. 타박상도 없고 긁힌 상처도 하나 없었다. 사이러스는 암초 사이를 굴러왔을 텐데, 참으로 놀랄 만한 일이었다. 두 손에도 상처는 전혀 없었다. 길게 늘어선 암초를 타고 넘기 위해 그가 쏟아부었을 터인 노력의 흔적이 전혀 보이지 않는 것은 어떻게 설명해야 좋을지 알 수가 없었다.

하지만 그런 상황은 나중에 알 수 있을 것이다. 스미스가 말을 할 수 있게 되면, 무슨 일이 일어났는지 설명해줄 것이기 때문이다. 지금은 우선 그가 의식을 되찾게 해야 한다. 마사지를 하면 효과가 있을 것이다. 당장 펜크로프가 사이러스의 몸을 문지르기 시작했다. 이 거친 마사지로 몸이 따뜻해지자 사이러스는 희미하게 팔을 움직였다. 호흡도 전보다 훨씬 고르게 되었다. 세 사람이 오지 않았다면 그는 틀림없이 기진맥진한 끝에 죽었을 것이다. 사이러스 스미스는 끝장나고 말았을 것이다.

"주인이 죽은 줄 알았나?" 펜크로프가 네브에게 물었다.

"예, 죽은 줄 알았어요!" 네브가 대답했다. "토비가 여러분을 찾아주지 않았다면, 그리고 여러분이 와주지 않았다면, 저는 나리의 시신을 매장하고 그 옆에서 죽을 작정이었어요."

사이러스 스미스의 목숨이 얼마나 위태로웠는지 잘 알 수 있었다!

네브는 지금까지 있었던 일을 털어놓기 시작했다. 전날 날이 새자마자 침니를 떠난 네브는 해안을 따라 북서쪽으로 가서, 이미 둘러본 곳에 이르렀다.

아무 희망도 갖지 못한 채 네브는 해안의 바위틈이나 모래 위에서 조금이라도 단서가 될 만한 것을 찾아다녔다. 특히 큰 파도가 밀려와도 물을 뒤집어쓰지 않는 해변을 꼼꼼히 조사했다. 물가는 썰물과 밀물이 모든 흔적을 지워버렸다고 생각했기 때문이다. 네브는 이제 살아 있는 주인을 찾아낼 수 있으리라고는 기대하지 않았다. 하다못해 시신이라도 찾아내서 제 손으로 묻어주고 싶었다!

네브는 오랫동안 찾아다녔지만, 그 노력은 아무 보답도 받지 못했다. 이 황량한 해안에 지금까지 인간이 발을 들여놓은 적이 있다고는 여겨지지 않았다. 파도에 씻기지 않은 조개류에도 사람의 손길이 닿은 흔적은 없었다. 깨진 조가비가 하나도 없었다. 300미터 범위 안에 누군가가 상륙한 흔적은 오래된 것이든 새로운 것이든 전혀 없었다.

그래서 네브는 해안을 따라 북쪽으로 몇 킬로미터를 더 올라가기로 했다. 조류 때문에 시체가 훨씬 먼 곳까지 떠내려갔을지도 모른다. 시체가 완만한 해안 근처를 떠돌고 있다면, 조만간 해안에 밀려 올라오지 않을 리가 없다. 네브는 그것을 알고 있었다. 그는 무슨 일이 있어도 주인을 다시 한 번 만나고 싶었다.

"해안을 따라 3킬로미터쯤 나아가면서, 썰물 때는 암초가 늘어서 있는 곳을 살펴보고 밀물 때는 모래밭 쪽을 보고 다녔지요. 무언가를 찾을 수 있을 거라고는 생각지 않았는데, 어제 오후 다섯 시쯤 모래 위에 발자국이 있는 것을 보았지 뭡니까."

"발자국?" 펜크로프가 소리쳤다.

"예!" 네브가 대답했다.

"그 발자국은 암초가 늘어서 있는 곳에서 시작되고 있었나?" 스필렛이 물었다.

"아니요. 그냥 보통 모래밭에서 시작됐습니다. 모래밭과 암초 사이의 발자국은 파도에 씻겨 지워져버린 게 분명합니다."

"계속하게." 스필렛이 말했다.

"그 발자국을 발견했을 때 저는 전혀 믿을 수 없는 기분이었습니다. 하지만 발자국은 아주 또렷했고, 모래언덕 쪽으로 이어져 있었어요. 그래서 400미터쯤 그 발자국을 따라갔지요. 발자국이 지워지지 않도록 조심하면서 발자국을 따라 달렸습니다. 벌써 어두워져 있었지만, 5분쯤 지났을 때 개 짖는 소리가 들렸습니다. 토비였지요. 그후 토비가 여기까지, 나리가 계신 곳까지 저를 데려다주었습니다."

네브는 움직이지 않는 주인을 보았을 때 얼마나 가슴이 아팠는지 모른다고 말하는 것으로 이야기를 끝냈다. 그는 주인의 꺼져가는 목숨을 살리려고, 목숨에 남아 있는 불씨를 찾으려고 무진 애썼다. 주인이 죽었어도 되살리고 싶었다. 하지만 아무리 애를 써도 소용이 없었다. 이제는 그토록 사랑하는 사람을 장사지낼 수밖에 다른 도리가 없었다!

그때 동료들이 머리에 떠올랐다. 그들도 이 불행한 사람에게 마지막 작별을 고하고 싶을 것이다. 토비가 여기에 있다. 이 충직한 짐승의 예리한 본능에 의지할 수는 없을까? 네브는 몇 번이나 기자의 이름을 되풀이했다. 나리의 동료들 중에서도 기디언 스필렛은 토비의 귀에 가장 익숙한 이름이었다. 이어서 네브는 해안 남쪽을 가리켰다. 개는 네브가 가리킨 쪽으로 달려갔다.

토비가 초자연적이랄 수 있는 본능에 이끌려(토비는 침니에 간 적도 없었기 때문이다) 그곳에 당도한 것은 앞에서 말한 바와 같다.

네브의 동료들은 주의 깊게 이 이야기를 들었다. 그들이 아무래도 이해할 수 없는 점이 몇 가지 있었다. 우선 사이러스 스미스가 큰 파도에서 벗어나기 위해 암초지대를 가로지르면서 온갖 고생을 거듭했을 텐데도 긁힌 상처 하나 입지 않았다는 점이다. 그보다 더 납득하기 힘든 것은 사이러스가 해안에서 1.5킬로미터나 떨어진 모래언덕 한복판의 이 후미진 동굴에 어떻게 당도할 수 있었는가 하는 점이다.

"이보게, 네브." 스필렛이 말했다. "그럼 스미스 씨를 여기까지 데려온 건 자네가 아니란 말인가?"

"예, 제가 아닙니다." 네브가 대답했다.

"스미스 씨 혼자서 이곳에 온 것은 확실해요." 펜크로프가 말했다.

"그래. 그건 확실해. 하지만 정말 믿을 수가 없군!" 스필렛도 말했다.

사이러스 본인에게 직접 설명을 듣지 않으면 이 사실은 납득할 수 없을 것이다. 설명을 들으려면 사이러스가 말할 수 있게 되기를 기다려야 한다. 다행히 목숨은 건졌다. 마사지 덕분에 피가 다시 돌기 시작했다. 사이러스 스미스는 다시 팔을 움직이고, 머리도 움직였다. 그리고 무언가 영문 모를 말이 입에서 새어나왔다.

네브는 몸을 구부리고 나리를 불러보았지만, 사이러스에게는 들리지 않는 것 같았다. 눈은 여전히 감겨 있었다. 살아 있다는 것은 몸의 움직임으로 알 수 있을 뿐이다. 감각은 아직 돌아오지 않았다.

펜크로프는 불을 가져오지 않은 것과 불을 피울 도구조차 없는 게 유감스러웠다. 부싯깃 대용품으로 만든 헝겊을 깜박 잊고 가져오지 않았기 때문이다. 그 헝겊이 있으면 두 개의 돌을 맞부딪쳐 헝겊에 간단히 불을 옮겨 붙일 수 있을 터였다. 사이러스의 주머니를 뒤져보았지만, 조끼주머니에 회중시계가 들어 있을 뿐 나머지 주머니는 텅 비어 있었다. 이렇게 되면 사이러스를 침니로 데려가야 한다. 그것도 되도록 빨리. 그것이 그들 모두의 공통된 의견이었다.

그래도 헌신적인 보살핌 덕분에 사이러스는 생각보다 빨리 의

식을 되찾을 것 같았다. 입술을 물로 적셔주자 그는 조금씩 생기를 되찾고 있었다. 펜크로프는 침니에서 가져온 뇌조 국물을 물에 섞어서 먹이면 어떨까 하고 생각했다. 하버트는 해안까지 달려가서 커다란 조가비를 두 개 주워서 돌아왔다. 펜크로프는 국물과 맹물의 기묘한 혼합물을 만들어 사이러스의 입에 흘려 넣었다. 사이러스 스미스는 이 물을 걸신들린 것처럼 들이마셨다.

그가 눈을 떴다. 네브와 스필렛은 몸을 숙이고 있었다.

"나리! 나리!" 네브가 외쳤다.

사이러스 스미스가 그 목소리를 들었다. 그는 네브와 스필렛, 그리고 하버트와 펜크로프를 확인하듯 둘러보았다. 그의 손이 다른 사람들의 손을 힘없이 쥐었다.

짧은 중얼거림이 또다시 그의 입에서 새어나왔다. 조금 전에 한 말과 같은 말인 것 같았지만, 그것은 사이러스가 무엇을 생각하며 괴로워하고 있었는지를 말해주었다. 이번에는 그 중얼거리는 소리가 또렷이 들렸다.

"섬인가, 대륙인가?"

"뭐라고요?" 펜크로프가 외쳤다. 외치지 않을 수 없었다. "그런 거야 아무래도 좋잖습니까. 선생님이 살아주기만 한다면 말입니다! 섬인지 대륙인지는 곧 알게 되겠지요."

사이러스는 희미하게 고개를 끄덕였다. 그리고 다시 잠이 든 것 같았다.

모두 그를 조용히 재우기로 했다. 스필렛은 되도록 좋은 조건으로 사이러스를 옮기기 위한 준비에 착수했다. 네브와 하버트와 펜크로프는 동굴 밖으로 나가서, 꼭대기에 떨기나무들이 듬성듬성 나 있는 모래언덕으로 갔다. 가는 도중에 선원은 몇 번이나 같은 말을 되풀이했다.

"섬이냐 대륙이냐? 다 죽어가면서 그런 걸 생각하다니, 정말 대단한 양반이야!"

모래언덕 꼭대기에 이르자 펜크로프와 하버트와 네브는 아주 가냘픈 느낌을 주는 나무에서 되도록 굵은 가지를 골라 자르기로 했다. 바람 때문에 비쩍 마른 해송이었다. 세 사람은 자른 나뭇가지를 얼기설기 엮어서 들것을 만들었다. 여기에 나뭇잎과 마른풀을 깔면 사이러스를 실어 나를 수 있을 터였다.

이 일을 하는 데에는 40분쯤 걸렸다. 오전 열 시, 펜크로프와 네브와 하버트는 사이러스 곁으로 돌아왔다. 스필렛이 사이러스 곁에 붙어서 돌봐주고 있었다.

아까 잠들었던 사이러스는 그때 선잠에서 깨어났다. 지금까지 죽은 듯 창백했던 볼에 핏기가 돌아왔다. 사이러스는 몸을 조금 일으켜 주위를 둘러보고, 여기가 어디냐고 묻는 눈치였다.

"내가 이야기해도 피곤하지 않겠어요?" 스필렛이 물었다.

"괜찮네." 사이러스가 대답했다.

"잠깐만요, 선생님." 펜크로프가 말했다. "스미스 씨가 이 뇌조 국물을 한 번만 더 먹으면 좀더 기운을 차리게 될 겁니다. 자, 이건 뇌조예요." 그는 덧붙여 말하고 사이러스에게 뇌조 국물을 조금 내밀었다. 그리고 이번에는 국물에 고기도 조금 섞었다.

사이러스 스미스는 그 새고기를 음미했다. 나머지는 굶주림에 시달리고 있던 세 동료에게 분배되었다. 세 사람에게는 너무나 빈약한 식사였다.

"좋아요!" 펜크로프가 말했다. "침니에 가면 음식이 있어요. 선생님도 알아두시는 게 좋을 거예요. 훨씬 남쪽에 우리 피난처가 있는데, 방도 잠자리도 화덕도 있고, 주방에는 새가 수십 마리나 저장되어 있답니다. 하버트가 비단새라고 부르는 새지요. 이제 들것이 준비됐으니까, 밖에 나갈 만한 기운이 나면 당장 그곳으로 옮기겠습니다."

"고맙네, 펜크로프." 사이러스가 대답했다. "한두 시간만 지나면 출발할 수 있을 거야. 그때까지 이야기를 들려주지 않겠나, 스필렛?"

그래서 기자는 지금까지 일어난 일들 가운데 사이러스가 모르는 사건을 모두 이야기했다. 결국에는 기구가 떨어져서 이 미지의 땅에 상륙했다는 것, 여기가 섬인지 대륙인지는 모르지만 사람은 살지 않는 듯하다는 것, 침니를 발견하여 임시 거처로 삼았다는 것, 당신을 찾으려고 온갖 노력을 다했다는 것, 네브의 헌신적인 행위와 영리한 충견 토비가 세운 수훈 등등.

"그러면…… 나를 모래밭에서 발견한 게 아니었나?" 사이러스는 아직도 약한 목소리로 물었다.

"그렇소." 스필렛이 대답했다.

"이 동굴로 나를 옮긴 것도 자네들이 아니라는 건가?"

"그래요."

"이 동굴은 암초에서 얼마나 떨어져 있나?"

"800미터쯤 될까요?" 펜크로프가 대답했다. "선생님도 놀라고 계시지만, 우리도 이런 곳에서 선생님을 만나고 깜짝 놀랐습니다."

"그래." 조금씩 기운을 되찾은 사이러스는 이 사실에 흥미를 품고 말했다. "정말 이상한 일도 다 있군!"

"그런데……" 펜크로프가 다시 말을 이었다. "선생님이 파도에 휩쓸린 뒤 무슨 일이 있었는지 말해줄 수 없습니까?"

사이러스 스미스는 기억을 되살리려고 했다. 하지만 기억이 나지 않는다. 큰 파도에 휩쓸려 기구의 밧줄에서 떨어졌다. 그러고는 몇 미터 깊이의 바다 속으로 가라앉았다. 다시 수면으로 떠오르자, 그 어둠 속에서 무슨 생물이 옆에서 바르작거리고 있는 게 느껴졌다. 토비였다. 주인을 구하려고 바다에 뛰어든 것이다. 눈을 들어보니 기구는 벌써 보이지 않았다. 그의 몸무게와 개의 몸무게만큼 가벼워진 기구는 화살처럼 날아가버린 것이다.

사납게 날뛰는 파도 속에서 그는 자신이 해안에서 800미터나 떨어진 해상에 있다는 것을 알았다. 그는 힘차게 헤엄을 치면서 거친 파도와 싸우려고 애썼다. 토비가 그의 옷자락을 물고 몸을 받쳐주었다. 그런데 엄청난 조류에 휩쓸려 북쪽으로 떠내려갔다. 30분쯤 열심히 헤엄친 뒤에 결국 힘이 다 빠져서 토비와 함께 물속으로 가라앉았다. 그때부터 아까 동료들의 품안에서 눈을 뜰 때까지 아무것도 기억나지 않는 것이다.

"그래도……" 펜크로프가 끼어들었다. "선생님은 역시 해안으로 밀려 올라왔을 겁니다. 그리고 여기까지 걸어올 힘이 있었어요. 네브가 선생님의 발자국을 발견했으니까요!"

"그래, 그게 틀림없어." 사이러스는 깊은 상념에 잠긴 투로 대답했다. "그런데 그 해안에 사람 흔적은 없었나?"

"아무것도 없었어요." 스필렛이 대답했다. "그리고 누군가가 때마침 거기에 있다가 당신을 파도에서 구해주었다면, 왜 그 사람은 당신을 내버려둔 채 가버렸을까요?"

"맞는 얘기야……. 이보게, 네브……" 사이러스는 하인을 돌아보았다. "너는 아니겠지? 너는 기억을 잃어버린 적도 없었을 테고…… 그 사이에…… 아니, 말도 안 돼……. 그 발자국은 아직 남아 있나?"

"예, 나리." 네브가 대답했다. "저 입구에 남아 있습니다. 그곳은 모래언덕 뒤쪽이어서 바람이나 비가 닿지 않는 곳입니다. 다른 발자국은 폭풍으로 모두 지워져버렸습니다."

"펜크로프." 사이러스가 말했다. "내 신발을 가져가서 그 발자국과 맞는지 확인해주지 않겠나?"

선원은 사이러스의 지시를 곧 실행했다. 하버트와 선원은 네브의 안내를 받아 발자국이 있는 곳을 보러 갔다. 그동안 사이러스는 스필렛에게 말을 걸었다.

"설명할 수 없는 일이 일어났군."

"정말 그래요." 스필렛이 대답했다.

"하지만 지금은 너무 생각하지 말기로 하세. 나중에 다시 이야기하세."

선원과 네브와 하버트는 곧 돌아왔다.

의심할 여지가 없었다. 사이러스의 구두는 남아 있는 발자국과 정확히 일치했다. 그렇다면 사이러스 자신이 모래에 발자국을 남겼다는 이야기가 된다.

"나는 네브가 환각이나 기억상실에 빠졌을지도 모른다고 생각했는데, 사실은 내가 그런 상태에 빠져 있었던 모양이군! 나 자신이 발자국을 남기고 있는 줄도 모르고 몽유병자처럼 걸어 다닌 게 분명해. 토비가 파도에서 나를 끌어낸 뒤 본능적으로 여기까지 데려왔겠지. 이리 와, 토비! 이리 와!"

훌륭한 충견은 멍멍 짖으면서 주인에게 달려들었다. 사이러스는 개를 힘껏 껴안고 쓰다듬어주었다.

사이러스 스미스가 구출된 사실은 이렇게밖에 설명할 수 없고, 이 구출 작업의 명예는 모두 토비에게 돌릴 수밖에 없다는 데 모든 사람의 의견이 일치했다.

점심때쯤 펜크로프가 이동해도 되겠느냐고 묻자, 사이러스는 대답하는 대신 단호한 의지를 보이려고 애쓰면서 벌떡 일어섰다. 하지만 펜크로프에게 몸을 기대지 않을 수 없었다. 하마터면 쓰러질 뻔했기 때문이다.

"됐어요! 좋습니다!" 펜크로프가 말했다. "들것을 가져와요."

들것이 왔다. 얼기설기 엮은 나뭇가지는 마른 이끼와 풀로 덮여 있었다. 거기에 사이러스가 눕자 모두 해안 쪽으로 떠났다. 펜크로프가 들것 한쪽을 들고 네브가 반대쪽을 들었다.

거리는 12킬로미터 정도지만, 그렇게 빨리 걸을 수는 없을 것이고, 도중에 몇 번이나 쉬어야 할 테니까, 침니에 도착하려면 적어도 여섯 시간은 걸릴 터였다.

바람은 여전히 세찼지만, 다행히 비는 개어 있었다. 사이러스는 들것에 누운 채 한쪽 팔꿈치를 괴고 해안을 바라보고 있었다. 특히 바다와는 반대쪽인 육지 쪽을 유심히 바라보았다. 말은 하지 않고 그저 바라보기만 했다. 땅의 기복이나 숲, 다양한 나무와 함께 이 일대의 풍경을 마음에 새겼다. 하지만 두 시간쯤 지나자 피로를 이기지 못하고 들것 위에서 잠들어버렸다.

다섯 시 반에 일행은 암벽이 끝나는 곳에 이르렀고, 곧이어 침니 앞까지 왔다.

모두 멈춰 서서 들것을 모래 위에 내려놓았다. 사이러스는 곤히 잠들어 있었다.

그때 펜크로프는 전날의 폭풍 때문에 주위 풍경이 놀랍게도

사이러스는 펜크로프에게 몸을 기대지 않을 수 없었다

완전히 달라져버린 것을 알아차렸다. 바위산이 심하게 허물어져 있었다. 커다란 바윗덩어리가 모래밭에 뒹굴고 있었다. 게다가 켈프 같은 해조류가 해안 전체를 빽빽이 뒤덮고 있었다. 파도는 암초지대를 넘어 거대한 암벽 기슭까지 밀려온 게 분명했다.

침니 입구는 파도의 공격을 받아 땅이 깊이 파여 있었다.

불길한 예감이 펜크로프의 마음을 스쳤다. 그는 침니 안으로 뛰어 들어갔다.

선원은 들어가자마자 밖으로 나왔다. 그리고 우뚝 선 채 동료들을 바라보았다.

불이 꺼져 있었다. 재는 물을 뒤집어쓰고 곤죽이 되어 있었다. 부싯깃으로 쓰려던 헝겊도 사라져버렸다. 큰 파도는 통로 안쪽까지 밀고 들어와 침니 내부를 엉망으로 파괴해버린 것이다.

사이러스는 곤히 잠들어 있었다

9

시이러스가 있다—펜크로프의 시도—나무를 문지르다—

섬이냐 대륙이냐?—시이러스의 계획—태평양의 어느 지점인가?—

숲 속에서—해송—카피바라 사냥—연기

스필렛과 하버트와 네브는 몇 마디 말만 듣고도 상황을 이해했다. 중대한 결과를 초래할지도 모르는(적어도 펜크로프에게는 그렇게 여겨졌다) 이 사건은 성실한 선원의 동료들에게 다양한 반응을 불러일으켰다.

네브는 주인을 찾아낸 기쁨 때문에 펜크로프의 말을 제대로 듣지 않았는지 걱정하는 기색도 없었다.

하버트는 펜크로프와 마찬가지로 걱정스러워 보였다.

스필렛은 펜크로프의 말을 듣고 이렇게 대답했을 뿐이다.

"사실 나한테는 아무래도 좋은 일일세."

"되풀이 말하지만, 이젠 불이 없어요."

"그래도 좋잖나."

"불을 피울 도구가 아무것도 없는데요?"

"상관없잖나."

"하지만 스필렛 씨."

"사이러스가 있지 않은가? 사이러스가 살아 있잖나? 그 만물박사가. 그가 어떡하든 불을 피울 방법을 찾아낼 걸세."

"어떤 방법으로?"

"하찮은 물건을 사용해서."

펜크로프는 뭐라고 대답했을까? 아니, 아무 대답도 하지 않았을 것이다. 실은 그도 동료들과 마찬가지로 사이러스 스미스를 철저히 신뢰하고 있었기 때문이다. 그들에게 사이러스 스미스는 하나의 소우주였고, 모든 학문과 지식을 합친 존재였다! 미국에서 가장 산업이 발달한 도시에서 사이러스가 없는 상태로 살기보다는 무인도에서 사이러스와 함께 사는 편이 낫다. 그와 함께 있으면 아무것도 부자유스럽지 않다. 그와 함께 있으면 절망하지 않아도 된다. 이 선량한 사람들에게 누군가가 화산이 분출하여 이 땅이 사라져버린다거나 태평양 해저로 침몰해버린다는 말을 전하러 온다 해도, 그들은 태연히 이렇게 대답할 것이다. "사이러스가 여기 있소. 그를 만나주시오!"

하지만 지금 사이러스는 들것을 타고 이동한 것 때문에 또다시 쇠약해져서 나른하게 몸을 쉬고 있었다. 지금은 그의 풍부한 재능을 믿을 수 없다. 이렇게 되면 저녁식사는 초라해질 수밖에 없다. 뇌조 고기는 다 먹어버렸고, 무언가를 잡아서 요리할 수단이 없기 때문이다. 그리고 저장해둔 비단새도 어딘가로 떠내려가버렸다. 이런 처지에 놓여 있다는 것을 잘 생각해두지 않으면 안 된다.

우선 사이러스를 침니의 중앙 공간으로 옮겼다. 그들은 마른 해조류로 잠자리를 만들었다. 사이러스는 깊이 잠들어 있었다. 푹 자고 나면 체력을 회복할 수 있을 테고, 음식을 많이 먹는 것보다 오히려 회복이 더 빠를 것이다.

밤이 왔다. 어두워지면서 바람이 갑자기 북동풍으로 바뀌고 기온도 뚝 떨어졌다. 그런데 펜크로프가 통로 군데군데에 만들어둔 칸막이가 파도에 망가져버렸기 때문에, 그 틈새로 외풍이 들어와 침니는 살기 힘든 곳이 되었다. 동료들이 윗옷이나 겉옷을 벗어서 덮어주지 않았다면 사이러스도 아주 좋지 않은 상황에 놓였을 것이다.

그날 저녁식사는 하버트와 네브가 바닷가에 나가서 잔뜩 잡아온 돌맛조개뿐이었다. 그래도 소년은 이런 조개 이외에 먹을 수 있는 해조류도 많이 가져왔다. 사리 때에만 파도를 뒤집어쓰는 높은 암초에서 캐온 것이다. 이 해조류는 갈조류에 속하는 모자반인데, 말리면 영양이 풍부한 젤라틴 물질을 공급해준다. 사이러스와 동료들은 돌맛조개를 잔뜩 먹은 뒤 이 모자반을 씹어 먹었다. 그럭저럭 먹을 만한 맛이었다. 이 해조류는 아시아 해안 지방에서는 주민들의 주요 식량이다.

"이것도 괜찮기는 하지만 이젠 사이러스 씨가 우리를 도와줄 때가 됐어." 펜크로프가 말했다.

그러는 동안에도 추위는 점점 심해졌지만, 추위와 싸울 방법이 없었다.

펜크로프는 오기가 나서 무슨 수를 써서라도 불을 피우기로 마음먹었다. 네브가 그 작업을 도왔다. 네브는 마른 이끼를 찾아와서 돌멩이 두 개를 부딪쳐 불꽃을 일으켰다. 하지만 그 이끼는 불이 잘 붙지 않아서, 결국 불을 피우지 못했다. 그리고 이 불꽃은 뜨거워진 부싯돌의 불꽃에 불과하기 때문에 보통 부시와 강철을 맞부딪칠 때 나오는 불꽃 같은 지속성이 없었다. 이 시도는 결국 실패로 끝났다.

펜크로프는 나무를 서로 마찰시키는 방법을 별로 믿지 않았지만, 다음에는 마른 나뭇가지 두 개를 북북 문질러보았다. 미개인들이 쓰는 방법이다. 네브와 선원이 불을 피우기 위해 쏟은 운동량을 새로운 학설에 따라 열로 바꾸어보면, 기선 보일러를 충분히 끓게 할 만한 것이었다! 하지만 결과는 또다시 실패였다. 나뭇가지 두 개는 뜨거워졌지만 그뿐이었다. 그 열도 나무를 서로 문지른 사람의 몸에서 난 열과는 비교도 되지 않았다.

한 시간이나 고생한 뒤, 펜크로프는 땀에 흠뻑 젖은 채 분한 듯이 나뭇가지 두 개를 내던지면서 말했다.

"미개인들이 정말 이런 식으로 불을 피운다면, 한겨울에도 몸에 열이 나서 후끈후끈할 거야. 나뭇가지보다는 차라리 내 두 팔을 서로 문질러서 불을 피우는 게 훨씬 쉽겠어!"

펜크로프는 이 방법을 부정했지만, 그것은 잘못이다. 미개인들이 나무를 빨리 마찰시켜 불을 피우는 것은 확실하다. 다만 어떤 나무든 이 방법으로 불을 피울 수 있는 것은 아니다. 그리고 흔히 쓰는 표현을 빌리면 '요령'이라는 게 있다. 펜크로프는 이 '요령'을 몰랐던 것이다.

펜크로프의 불쾌감은 그리 오래가지 않았다. 그가 내던진 나뭇가지 두 개를 하버트가 다시 주워서, 이번에는 소년이 전보다 더욱 힘을 주어 문지르기 시작했다. 건장한 선원은 자기가 실패한 일을 성공시키려고 애쓰는 소년을 보고 웃지 않을 수 없었다.

"문질러, 하버트. 계속 문질러!"

"문지르고 있어요." 하버트는 웃으면서 대답했다. "하지만 나는 몸을 따뜻하게 하는 것만 생각하고 있어요. 나도 이제 곧 아저

펜크로프는 마른 나뭇가지 두 개를 문질러보았다

씨처럼 몸이 따뜻해져서 덜덜 떨지 않아도 될 거예요."

소년의 몸은 따뜻해졌다. 하지만 오늘 밤에는 불을 피우는 것을 체념해야 했다. 기디언 스필렛은 사이러스 스미스라면 그렇게 쉽사리 포기하지는 않을 거라는 말을 스무 번째로 되풀이하면서 침니 통로의 모랫바닥에 드러누웠다. 하버트와 네브와 펜크로프도 스필렛을 본받아 모랫바닥에 몸을 눕혔다. 토비는 주인 발치에서 자고 있었다.

이튿날인 3월 28일, 아침 여덟 시쯤 사이러스가 눈을 떠보니 동료들이 주위에 모여서 그가 눈뜨기만을 애타게 기다리고 있었다. 그의 입에서 나온 첫마디는 전날과 마찬가지였다.

"섬인가? 대륙인가?"

이 의문이 사이러스의 머리에 달라붙어 떠나지 않는 게 분명했다.

"그건 우리도 모릅니다, 스미스 씨." 펜크로프가 대답했다.

"아직도 모르나?"

"하지만 이제 곧 알게 되겠죠." 펜크로프가 덧붙여 말했다. "우리를 인도해줄 선생님이 있으니까요."

"이젠 나도 돌아다닐 수 있을 만큼 몸이 좋아진 것 같은데." 사이러스는 별로 힘든 기색도 없이 일어나 똑바로 섰다.

"잘됐습니다!" 선원이 외쳤다.

"기진맥진해서 금방이라도 죽을 것 같았네." 사이러스가 대답했다. "그런데 뭐 좀 먹을 거 없나? 뭔가를 먹으면 피로가 가실 테니까. 불은 있겠지?"

이 질문에는 아무도 대답하지 못했다. 하지만 잠시 후 펜크로프가 말했다.

"유감이지만 불은 없습니다. 아니, 이젠 없어졌다고 말하는 편이 옳을까요?"

그리고 선원은 어제 일어난 사고를 이야기했다. 하나뿐인 성냥개비 이야기로 사이러스를 웃기기도 했다. 그리고 미개인들의 방식으로 불을 피우려고 애썼지만 실패한 이야기도 했다.

"잘 생각해보기로 하세. 부싯깃 비슷한 걸 찾지 못하면……." 사이러스가 말했다.

"찾지 못하면?" 선원이 물었다.

"그러면 성냥을 만들어야지."

"불이 붙는 성냥을요?"

"불이 붙는 성냥을!"

"그것 보게. 그렇게 어려운 일도 아니잖나?" 스필렛이 선원의 어깨를 두드리면서 외쳤다.

펜크로프는 일이 그렇게 쉽지는 않을 거라고 생각했지만, 이의를 제기하지는 않았다. 그들은 모두 밖으로 나갔다. 날씨는 회복되어 있었다. 반짝반짝 빛나는 태양이 수평선 위로 올라와 울퉁불퉁한 암벽을 프리즘처럼 황금색으로 빛나게 하고 있었다.

사이러스는 주위를 재빨리 둘러본 뒤 바위에 앉았다. 하버트가 홍합과 모자반을 몇 줌 주면서 말했다.

"지금 있는 식량은 이것뿐이에요."

"고맙다, 하버트. 이거면 충분해. 어쨌든 오늘 아침에는."

사이러스는 왕성한 식욕으로 그 초라한 음식을 먹어치우고, 커다란 조가비에 떠온 강물을 조금 마셨다.

동료들은 말없이 그를 바라보고 있었다. 사이러스는 배가 부르자 팔짱을 끼고 말했다.

"운명이 우리에게 제공해준 이곳이 섬인지 대륙인지, 아직 모른다는 건가?"

"그렇습니다. 아저씨." 소년이 대답했다.

"내일이 되면 알 수 있어. 그때까지는 별로 할 일이 없군."

"아니, 있습니다." 펜크로프가 말했다.

"뭘 하자는 건가?"

"불을 피우는 겁니다." 선원은 불 생각이 머리에서 떠나지 않았다.

"그렇다면 불은 피우기로 하세." 사이러스가 대답했다. "그런데 어제 자네들이 나를 데려올 때, 서쪽에 튀어나온 산이 보였지?"

"그래요." 스필렛이 대답했다. "상당히 높아 보이는⋯⋯."

"내일은 그 산에 올라가세. 그러면 이곳이 섬인지 대륙인지 알 수 있을 거야. 되풀이 말하지만, 그때까지는 할 일이 없어."

"있잖아요. 불을 피우는 일이!" 선원이 고집스럽게 말했다.

"불은 때가 되면 피우게 될 거야. 참을성을 갖게나, 펜크로프!" 스필렛이 대꾸했다.

선원은 스필렛을 바라보았다. "두 분밖에 불을 피울 수 없다면 아침식사는 한참 뒤에나 차려질 겁니다" 하고 말하고 싶은 눈치였지만, 아무 말도 하지 않았다.

사이러스도 끼어들지 않았다. 불에 대해서는 별로 마음을 빼앗기고 있지 않은 것 같았다. 한동안 깊은 생각에 잠겨 있다가 다시 입을 열었다.

"아무래도 우리는 한심한 상황에 놓여 있는 것 같은데, 어쨌든 상황 자체는 단순하네. 여기가 대륙이라면 힘이 많이 드느냐 적게 드느냐의 정도 차이는 있겠지만, 사람이 살고 있는 곳까지 가면 돼. 여기가 섬이라면 두 가지 가능성이 있네. 사람이 살고 있는 섬이라면 그들의 도움으로 어떻게든 궁지에서 벗어나려고 애쓰면 되고, 사람이 살지 않는 섬이라면 우리끼리 궁지에서 빠져나갈 수 있도록 애써봐야지."

"정말 단순하군요." 펜크로프가 받았다.

"그런데 여기는 섬일까, 아니면 대륙일까?" 스필렛이 물었다. "그 폭풍이 우리를 내던진 곳이 어디라고 생각하세요, 사이러스 씨?"

"잘 모르겠네. 하지만 추측컨대 태평양 어디겠지. 리치먼드를 떠났을 때 바람은 북동쪽에서 불고 있었고, 그렇게 강한 바람이라면 방향이 바뀌지 않았을 걸세. 북동쪽에서 남서쪽으로 부는 그 풍향이 바뀌지 않았다면 우리는 노스캐롤라이나와 조지아주, 멕시코 만, 폭이 좁은 멕시코 땅, 태평양 어딘가를 차례로 건너왔겠지. 기구를 타고 날아온 거리가 1만 킬로미터를 밑돌지는 않을 거야. 바람이 조금이라도 각도를 바꾸었다면 마르키즈 제도나 투아모투 제도*로 우리를 실어갔을지도 모르지. 그리고 내가 생각하는 것보다 풍속이 빨랐다면 뉴질랜드까지 가 있을지도 몰라. 이 마지막 추론이 맞다면, 우리가 본국으로 돌아가는 건 간단할 걸세. 영국인이든 원주민이든 교섭 상대는 언제라도 찾을 수 있을 테니까. 반대로 이곳이 미크로네시아**의 어느 무인도라

---

* 마르키즈 제도, 투아모투 제도_ 남태평양 중부 프랑스령 폴리네시아에 있는 섬 무리.

** 미크로네시아_ 주로 적도 북쪽의 서태평양에 산재해 있는 섬들의 총칭. '작은 섬'이라는 뜻.

면, 저 높은 산에 올라가면 그걸 확인할 수 있을 걸세. 그러면 여기에 정착해야겠지. 여기서 두 번 다시 나가지 못할 것을 각오하고!"

"두 번 다시 못 나간다고?" 스필렛이 소리쳤다. "여기서 다시는 나갈 수 없다는 건가요?"

"우선은 최악의 경우를 염두에 두는 편이 좋아. 그러면 그보다 좋은 일이 일어났을 때 즐거운 놀라움을 느낄 수 있겠지."

"명언입니다!" 펜크로프가 받았다. "여기가 섬이라 해도 항로에서 그렇게 멀리 벗어나 있지 않기를 기대합시다! 멀리 벗어나 있다면 그야말로 불운이지요!"

"실제로 조사해보지 않고는 어떻게 해야 좋을지 몰라. 우선 산에 올라가보기로 하세."

"하지만 아저씨, 내일 등산을 하시면 피곤하지 않을까요?" 하버트가 물었다.

"괜찮을 거야. 펜크로프와 네가 능숙한 사냥꾼이 되어 짐승을 많이 잡아오기만 한다면 말이다."

"사냥 이야기가 나왔으니 말인데요, 나야 확실히 짐승을 잡아오겠지만, 그걸 구울 수 있을지 확인할 수 있으면 좋겠군요." 펜크로프가 끼어들었다.

"잔뜩 잡아만 오게, 펜크로프." 사이러스가 대답했다.

사이러스는 해안과 고원을 조사하기 위해 침니 부근에서 하루를 보내기로 했다. 그동안 네브와 하버트와 펜크로프는 숲에 가서 비축해둘 땔나무를 다시 모으고, 근처를 지나는 새나 짐승을 잡기로 했다.

이리하여 세 사람은 오전 열 시쯤 출발했다. 하버트는 자신감에 넘쳤고 네브는 기분이 좋았지만, 펜크로프만은 혼자서 이렇게 중얼거리고 있었다.

"내가 돌아왔을 때 불이 피워져 있다면, 그건 벼락 신이 와서 불을 붙여주었기 때문일 거야."

세 사람은 강변을 거슬러 올라갔다. 강이 급히 굽이진 지점까지 오자 선원은 걸음을 멈추고 두 동료에게 말했다.

"사냥꾼 노릇부터 시작할까, 나무꾼 노릇부터 시작할까?"

"사냥꾼이 좋아요." 하버트가 대답했다. "저것 보세요. 토비가 벌써 무슨 냄새를 맡았어요."

"그럼 사냥부터 시작하자." 선원이 말을 이었다. "그런 다음 여기로 돌아와서 땔나무로 쓸 나뭇가지를 모으는 거야."

하버트와 네브와 펜크로프는 어린 전나무 줄기에서 각자 몽둥이로 쓸 가지를 꺾어 들고 풀숲으로 뛰어든 토비를 따라갔다.

세 사람은 이번에는 강의 흐름을 따라 나아가지 않고, 되도록 곧장 숲의 중심부로 들어갔다. 대부분 소나뭇과에 속하는 나무가 이어져 있었다. 군데군데 나무가 드물어지고 외따로 서 있는 소나무가 있었는데, 그런 소나무는 모두 굉장한 거목이었다. 그 생육 상태로 보아 이 일대는 사이러스 스미스가 짐작하고 있는 것보다 훨씬 위도가 높은 지역이 아닐까 싶었다. 숲 속 여기저기에 있는 빈터에는 비바람에 풍화된 그루터기가 늘어서 있고, 마른 나뭇가지가 땅을 뒤덮고 있었다. 이 정도면 무진장한 연료창고나 마찬가지였다. 숲 속의 빈터를 지나자 나무가 빽빽이 우거져서 거의 발을 들여놓을 수도 없게 되었다.

이 울창한 숲 속에서 뚫린 길도 없는데 정해진 방향으로 나아가는 것은 무척 어려운 일이었다. 그래서 선원은 이따금 나뭇가지를 꺾어 길을 표시했다. 이렇게 하면 돌아가는 길을 금방 알 수 있을 터였다. 하지만 하버트와 둘이서 처음 원정을 나갔을 때처럼 강을 거슬러 올라가지 않은 것은 아무래도 실수였던 모양이다. 한 시간 넘게 걸어도 사냥감이 보이지 않았기 때문이다. 토비가 낮은 나뭇가지 아래를 뛰어다녀도 새들에게 경계심만 줄 뿐, 가까이 접근할 수도 없었다. 비단새도 전혀 보이지 않았다. 그래서 펜크로프는 할 수 없이 숲의 늪지대 쪽으로 되돌아가기로 했다. 그가 뇌조를 낚은 곳이다.

"잠깐만요, 펜크로프 씨." 네브가 가볍게 놀리는 투로 말했다. "당신이 나리께 약속한 사냥감이 이렇게 보이지 않으면, 고기를 구울 불도 필요없지 않을까요?"

"그건 두고 봐, 네브." 선원이 대답했다. "돌아갔을 때 부족한 건 사냥감이 아닐 테니까."

"그럼 당신은 나리를 믿지 않나요?"

"물론 믿지."

"하지만 나리가 불을 피울 수 있다고는 생각지 않겠지요?"

"화덕에서 나무가 타고 있으면 믿지."

"타고 있을 겁니다. 나리가 그렇게 말씀하셨으니까요."

"그거야 이제 곧 알게 되겠지!"

그래도 아직 태양은 중천에 이르지 않았다. 그래서 탐험은 계속되었지만, 하버트가 식용 열매가 열리는 나무를 발견했기 때문에 그 탐험은 보람 있는 것이 되었다. 그것은 아주 맛있는 열매가 열리는 솔잣나무였다. 미국이나 유럽의 온대지방에서 매우 귀중하게 여겨지는 열매다. 솔잣나무 열매는 완전히 익은 상태였다. 하버트가 이 열매에 대해 가르쳐주자 네브와 선원은 기뻐하며 그것을 먹었다.

"빵 대신 해초를 먹고, 고기 대신 홍합을 먹고, 디저트로는 솔 잣나무 열매를 먹었으니, 주머니에 성냥개비 하나 없는 사람들 한테 안성맞춤인 식사로군!" 펜크로프가 말했다.

"불평하면 안 돼요." 하버트가 대꾸했다.

"불평하는 게 아니야. 다만 그런 식사를 하면 고기가 그리워질 것 같아서 말이야!"

"토비가 뭔가를 발견했어!" 네브가 외치고는, 개가 멍멍 짖으 며 사라진 덤불 쪽으로 달려갔다. 토비가 짖는 소리에는 기묘하 게 으르렁거리는 소리가 섞여 있었다.

펜크로프와 하버트도 네브를 따라갔다. 무언가 사냥감이 있다 면, 그것을 어떻게 구울지를 의논하고 있을 때가 아니다. 어떻게 잡을 것이냐가 중요하다.

사냥꾼들이 덤불 속으로 뛰어들자, 토비가 어떤 네발짐승과 맞붙어 싸우고 있는 것이 보였다. 개는 상대의 귀를 물고 늘어졌 다. 그 짐승은 몸길이가 1미터쯤 되는 돼지 같았다. 몸은 거무스 름한 갈색이지만 배는 그보다 조금 엷은 색이고, 뻣뻣하고 거친 털이 나 있었다. 발가락을 땅바닥에 앙버티고 있는데, 발가락 사 이에는 물갈퀴가 달려 있는 것 같았다.

하버트는 이 동물이 카피바라라고 생각했다. 설치류 중에서 가장 덩치가 큰 동물이다.

카피바라는 개와 싸우기를 그만두고, 두꺼운 지방덩어리 속에 파묻혀 있는 듯한 커다란 눈을 얼간이처럼 움직였다. 아마 인간 을 난생처음 보았을 것이다.

네브는 몽둥이를 움켜쥐고 카피바라를 덮치려고 했다. 그러자

토비가 어떤 네발짐승과 맞붙어 싸우고 있는 게 보였다

카피바라는 귀 끝을 물고 늘어지는 토비를 뿌리치고 맹렬하게 으르렁대면서 하버트에게 달려들어 소년을 벌렁 나자빠지게 한 다음 숲 속으로 사라졌다.

"제기랄!" 펜크로프가 외쳤다.

세 사람은 토비를 따라 숲 속으로 달려갔다. 토비를 따라가보니 카피바라는 아름드리 소나무가 그림자를 만들고 있는 넓은 늪의 수면 밑에 숨어 있었다.

네브와 하버트와 펜크로프는 가만히 서 있었다. 토비는 늪에 뛰어들었지만, 카피바라는 늪 바닥에 숨어서 모습을 드러내지 않았다.

"기다리죠. 이제 곧 숨을 쉬러 수면 위로 떠오를 거예요." 소년이 말했다.

"카피바라는 물에 빠져 죽지 않나?" 네브가 물었다.

"안 죽어요. 발에 물갈퀴가 달려 있으니까, 땅에서도 물에서도 살 수 있는 게 분명해요. 하지만 좀 기다려보죠."

토비는 줄곧 헤엄을 치고 있었다. 세 사람은 각자 적당히 떨어져서 물가에 진을 쳤다. 카피바라가 달아날 길을 차단하려는 것이다. 토비도 헤엄을 치면서 늪의 수면을 찾고 있었다.

하버트의 판단은 틀림없었다. 몇 분 뒤에 카피바라가 수면 위로 떠올랐다. 토비가 그 순간을 놓치지 않고 덤벼들어, 상대가 다시 물속으로 들어가는 것을 막았다. 곧 카피바라는 물가로 끌려나왔고, 네브가 마지막 일격을 가했다.

"만세!" 펜크로프가 소리를 질렀다. 그는 이 승리의 함성을 무척 좋아했다. "새빨갛게 타오르는 숯이 있으면, 카피바라를 뼈까지 먹어줄 텐데 말이야."

펜크로프는 카피바라를 어깨에 짊어졌다. 태양의 높이로 미루어보아 두 시쯤 된 것 같았다. 선원은 네브와 하버트에게 그만 돌아가자고 신호를 보냈다.

세 사냥꾼에게 토비의 본능은 참으로 고마운 것이었다. 이 영리한 개 덕분에 그들은 이제껏 걸어왔던 길을 금방 찾을 수 있었다. 30분 뒤에 세 사람은 강물이 급히 굽이진 지점에 이르렀다.

펜크로프는 지난번과 마찬가지로 재빨리 뗏목을 만들었다. 불이 없으면 땔나무용 뗏목을 만들어도 소용없는 일이라고 생각했지만……. 그들은 뗏목을 강물에 띄우고 침니로 향했다.

그런데 50미터도 가기 전에 선원이 우뚝 서더니, 또다시 요란하게 만세를 외치면서 암벽 모서리 쪽으로 손을 뻗었다.

"하버트! 네브! 저것 좀 봐!"

연기가 바위 위로 피어올라 소용돌이치고 있었다.

"저것 좀 봐!"

10

사이러스의 발명품—사이러스가 걱정하는 문제—산을 향해 출발—
숲—화산성 토지—수계—산양—첫 번째 고원—야영—산꼭대기

세 사냥꾼은 곧 땔나무가 딱딱 소리를 내며 타고 있는 화덕 앞
에 섰다. 사이러스와 스필렛이 거기에 있었다. 펜크로프는 한마
디도 하지 않고 카피바라를 든 채 두 사람을 번갈아 바라보고 있
었다.

"자, 어떤가, 펜크로프?" 스필렛이 큰 소리로 말했다. "불이야.
진짜 불. 그 훌륭한 사냥감을 맛있게 구워서 빨리 먹어보세."

"도대체 누가 불을 피웠습니까?" 펜크로프가 물었다.

"해가!"

스필렛이 대답한 대로였다. 펜크로프가 경탄하고 있는 그 불
을 가져다준 것은 바로 해였다. 선원은 눈을 믿을 수가 없었다.
너무 놀라서 사이러스에게 묻는 것도 잊었을 정도였다.

"그럼, 렌즈를 갖고 계셨던 거예요?" 하버트가 사이러스에게
물었다.

"아니야. 하지만 렌즈를 만들었지."

그러고는 렌즈로 사용한 것을 보여주었다. 그것은 스필렛과 자신의 회중시계에서 떼어낸 유리판 두 개였다. 두 개의 유리판 사이에 물을 넣고 찰흙으로 가장자리를 붙여서 진짜 렌즈를 만들어낸 것이다. 이 렌즈로 바싹 마른 이끼에 햇빛을 모아서 타오르게 했다.

펜크로프는 두 개의 유리판으로 만든 렌즈를 뚫어지게 바라보고는 한마디도 하지 않고 사이러스를 보았다. 펜크로프의 눈빛은 많은 것을 말하고 있었다! 그에게 사이러스 스미스는 신은 아니라 해도 분명 인간 이상의 존재였다. 펜크로프는 겨우 입을 열어 외치듯이 말했다.

"스필렛 씨, 적어두세요. 당신 수첩에다 적어두시라고요!"

"벌써 적어두었네." 기자가 대답했다.

펜크로프는 네브의 도움을 받아 카피바라를 구울 꼬챙이를 준비했다. 카피바라는 내장이 제거된 다음, 탁탁 소리를 내며 타오르는 불길 위에서 새끼돼지처럼 통구이가 되었다.

침니는 훨씬 살기 좋게 되어 있었다. 내부 통로가 화덕의 열기로 따뜻해졌을 뿐만 아니라 틈새에 돌이나 모래를 넣고 칸막이가 만들어졌기 때문이다.

사이러스와 스필렛은 이 하루를 효과적으로 사용했다. 사이러스는 체력이 거의 회복됐기 때문에 위쪽 고원에 올라가 자신의 능력을 시험해보았다. 높이와 거리를 재는 데 익숙한 그의 눈은 원뿔 모양의 산을 가만히 바라보았다. 내일은 그 산에 오르고 싶었다. 그 산은 북서쪽으로 10킬로미터쯤 떨어진 곳에 있었고, 높이는 해발 1000미터 남짓 되어 보였다. 따라서 꼭대기에 올라가 주위를 둘러보면 적어도 반경 100킬로미터를 시야에 넣을 수 있을 것이다. 그곳에서 사이러스 스미스는 '섬이냐 대륙이냐' 하는 문제를 쉽게 해결하게 될 것이다. 그는 충분한 이유가 있어서 이 문제를 무엇보다 중요하게 여기고 있었다.

저녁식사는 그런 대로 먹을 만했다. 카피바라 통구이는 아주 맛있다는 호평을 받았다. 모자반과 솔잣나무 열매가 거기에 곁들여졌다. 식사하는 동안 사이러스는 거의 말을 하지 않았다. 내일 계획에 몰두해 있었기 때문이다.

한두 번 펜크로프가 어떻게 해야 좋을지에 대해 자기 생각을 이야기했지만, 사이러스는 논리적 절차를 중요하게 여기는 사람이라서 그저 고개를 가로저을 뿐이었다.

"내일이 되면 어떻게 해야 좋을지 알게 될 걸세. 내일 결과를 보고 나서 행동하세." 사이러스는 이 말만 되풀이했다.

식사가 끝나고, 땔나무가 몇 아름이나 화덕에 던져졌다. 침니 주민들은 충견 토비까지도 모두 깊이 잠들었다. 그 조용한 밤을 어지럽히는 문제는 전혀 일어나지 않았다. 이튿날(3월 29일) 그들은 모두 활기찬 모습으로 눈을 떴다. 그들의 운명을 결정하게 될 탐험에 나설 준비는 다 되어 있었다.

출발 준비가 모두 갖추어졌다. 먹다 남은 카피바라 통구이는 앞으로 24시간 동안 그들의 끼니가 되어줄 것이다. 그리고 도중에 식량을 구할 수 있을지도 모른다. 렌즈로 사용했던 유리판은 다시 회중시계에 끼워졌기 때문에, 펜크로프는 부싯깃으로 쓸 헝겊을 조금 태웠다. 부싯돌은 심성암으로 이루어진 이곳에서는 얼마든지 찾을 수 있을 터였다.

아침 일곱 시 반, 탐험가들은 각자 몽둥이를 손에 들고 침니를 떠났다. 펜크로프의 의견에 따르면, 이미 걸어본 적이 있는 숲길을 따라가는 편이 좋을 것 같았다. 돌아올 때는 다른 길을 택해도 좋지만. 숲길은 산으로 가는 지름길이기도 했다. 그래서 그들은 절벽의 남쪽 모퉁이를 돌아서 강의 왼쪽 기슭을 따라 나아가다가 물줄기가 남서쪽으로 굽이져 있는 지점에서 강을 떠났다. 초록빛 나무들 밑에서 그들은 이미 걸은 흔적이 있는 길을 곧 찾아냈다. 아침 아홉 시, 사이러스 일행은 숲의 서쪽 가장자리에 도착했다.

숲을 지나면 우선 늪지대가 있고, 그 너머에 마른 모래땅이 이어져 있었다. 거기까지는 기복이 거의 없었는데, 거기서부터 조금씩 비탈지기 시작하여 해안에서 내륙으로 뻗어 있었다. 아름드리나무들 밑으로 날쌔게 달아나는 동물이 언뜻 보일 때도 있었다. 토비가 그런 동물들을 쫓아갔지만, 주인이 부르는 소리에 곧 돌아오곤 했다. 지금은 사냥감을 쫓아다닐 때가 아니었다. 사이러스 스미스는 일단 마음먹은 일에서 관심을 딴 데로 돌리는 남자가 아니었다. 그는 주변 지형이나 자연의 산물에 거의 눈길도 주지 않았다. 지금 그의 유일한 목표는 산이었다. 그는 산에 올라가겠다고 말했고, 곧장 산을 향해 가고 있었다.

열 시, 그들은 몇 분 동안 휴식을 취했다. 숲에서 나왔을 때부터 이미 산의 자태가 눈에 들어와 있었다. 산은 위아래 두 개의 원뿔이 겹쳐진 모양을 하고 있었다. 아래쪽 원뿔은 높이가 800미터 정도였고, 변화가 풍부한 지맥이 그 고원을 떠받치고 있었다. 지맥은 거대한 맹금류가 땅에 단단히 박아세운 발톱처럼 갈라져 있었다. 그 지맥들 사이에는 나무가 우거진 좁은 골짜기가 깊이 나 있고, 나무들은 산비탈을 올라가 그 고원 마루까지 이어져 있었다. 북동쪽 산비탈은 나무가 훨씬 적은 것 같지만, 상당히 깊은 골짜기에 줄무늬가 몇 줄이나 보였다. 용암류가 분명했다.

아래쪽 원뿔 위에 두 번째 원뿔이 우뚝 솟아 있었는데, 그 꼭대기는 조금 둥그스름하고, 전체가 비스듬히 기울어져 있었다. 머리에 둥근 모자를 쓴 듯한 느낌이 들었다. 이 위쪽 원뿔의 꼭대기에는 노출된 땅이 있는 듯, 곳곳에 붉그스름한 바위가 보였다.

이 위쪽 원뿔의 꼭대기까지 올라가야 한다. 지맥의 능선을 따라 올라가는 것이 꼭대기에 이르는 가장 좋은 루트로 여겨졌다.

"여기는 화산성 토지일세." 사이러스가 말했다. 동료들은 그 뒤를 따라 지맥의 등성이를 조금씩 올라가기 시작했다. 산등성이는 구불구불해서 직선으로 올라가는 것보다 걷기 쉽고, 아래쪽 원뿔형 고원과 그대로 이어져 있었다.

이 근처에는 솟아오른 땅이 많이 보였다. 그것들은 분명 격렬한 지각변동으로 생긴 것이었다. 여기저기에 표석*이 보이고, 현무암과 속돌과 흑요석 파편이 무더기로 쌓여 있었다. 침엽수도 군데군데 무리지어 자라고 있었다. 100미터 아래의 좁은 골짜기 안에는 침엽수가 빽빽이 우거져서 햇빛도 거의 들어가지 않는 숲이 되어 있었다.

등산의 제1단계라고 할 수 있는 산기슭을 오르는 동안, 하버트는 야수인지 아닌지는 모르지만 커다란 짐승이 최근에 걸어간 발자국을 발견하고 사람들에게 알렸다.

"이런 동물은 제 영역을 그렇게 간단히 내주지 않겠죠?" 펜크로프가 말했다.

그러자 인도에서는 호랑이 사냥, 아프리카에서는 사자 사냥을

---

* 표석漂石_ 빙하 같은 커다란 힘에 의해 다른 곳에서 운반된 암괴.

해본 적이 있는 스필렛이 대답했다.

"그렇다면 이제 곧 그 짐승을 쫓아내기로 하세. 하지만 당분간은 조심해야 할 거야!"

그러는 동안에도 그들은 조금씩 비탈을 올라갔다. 장애물을 피하느라 여러 차례 길을 멀리 돌아서 갔기 때문에 거리는 멀었다. 이따금 길이 갑자기 끊기고 깊은 낭떠러지가 앞을 가로막으면 아무래도 방향을 바꿀 필요가 생겼다. 그러면 샛길을 찾기 위해 되돌아가느라 시간이 걸리고 피로도 늘어났다. 정오에 폭포가 되어 떨어지는 개울 옆 전나무 숲에서 식사를 하면서 휴식을 취했을 때, 탐험대는 아래쪽 원뿔형 고원까지 가는 길의 중간 정도에 이르러 있었다. 따라서 그 마루에는 밤이 되어야 도착할 수 있을 것 같았다.

그 지점부터는 수평선이 전보다 크게 펼쳐져 있었다. 하지만 오른쪽은 남동쪽의 뾰족한 곳이 시야를 차단했고, 해안이 갑자기 구부러져 배후의 육지와 이어져 있는지 어떤지 확인할 수가 없었다. 왼쪽인 북쪽은 몇 킬로미터 앞까지 볼 수 있었다. 그런데 그들이 있는 지점에서 북서쪽은 기묘한 형태로 뻗어 있는 지맥 능선에 시야가 가로막혀 있었다. 이 지맥은 중앙의 원뿔형 고원을 떠받치는 튼튼한 벽처럼 뻗어 있었다. 그래서 사이러스가 해결하려는 문제에 대해서는 아직 아무런 예감도 얻을 수 없었다.

오후 한 시에 등산이 다시 시작되었다. 일단 남서쪽으로 비스듬히 나아가, 나무가 빽빽이 우거진 숲으로 들어가야 했다. 이 숲의 나무 그늘에서 새들이 몇 쌍 날아다니고 있었다. 그것은 꿩과에 속하는 '수계(綬鷄)'라는 새였다. 목에 쭈글쭈글 주름진 피부가 축 늘어져 있고, 눈 뒤에는 원통 모양의 작은 돌기 두 개가 나 있었다. 크기는 닭과 비슷한데, 암컷은 전체적으로 갈색이고 수컷은 붉은 깃털에 작은 흰색 반점이 새겨져 있어서 눈부시게 아름다웠다. 스필렛은 능숙하게 돌멩이를 던져서 한 마리를 잡았다. 펜크로프는 걸어 다니느라 벌써 배가 고팠기 때문에, 스필렛이 잡은 꿩을 탐내는 듯이 바라보았다.

숲을 빠져나간 뒤, 탐험가들은 서로 도와 30미터 정도의 가파른 비탈을 기어올랐다. 그렇게 한층 높은 곳에 이르자, 그곳은 나무가 거의 자라지 않는 화산성 토지를 보여주고 있었다. 그들은 동쪽으로 다시 돌아가야 했다. 지그재그로 걷지 않으면 좀처럼 비탈을 올라갈 수 없었다. 비탈이 너무 가팔라서 다들 발 디딜 곳을 신중하게 골라야 했다. 네브와 하버트가 앞장서고, 펜크로프가 맨 뒤에서 따라가고, 사이러스와 스필렛이 그 사이에 있었다. 이 근처에 흔한 동물(발자국도 볼 수 있었다)이라면 다리가 튼튼하고 몸놀림이 부드러운 야생 산양인 샤모아 종류가 분명했다. 산양 몇 마리의 모습을 볼 수 있었는데, 그것은 펜크로프가 외친 이름은 아니었을 것이다. 선원은 걸으면서 이렇게 외쳤다.

"양이다!"

그들은 대형 동물이 대여섯 마리 모여 있는 곳에서 50미터쯤 떨어진 곳에 멈춰 섰다. 동물의 튼튼한 뿔은 뒤로 휘어져 있고 끝이 평평했다. 비단처럼 매끄럽고 긴 황갈색 털 밑에는 더부룩한 양털이 나 있을 것이다.

이것은 보통 양이 아니라 온대지방의 산악지대에 많이 분포해 있는 산양인데, 하버트의 말에 따르면 '무플론' 이라고 불린다고 한다.

"저 짐승한테도 넓적다리나 갈비는 있겠지?" 선원이 물었다.

탐험가들은 가파른 비탈을 기어올랐다

"그럼요." 하버트가 대답했다.

"그럼 역시 양이잖아!" 펜크로프가 말했다.

산양은 현무암 낙석 더미 사이에서 꼼짝도 않고 놀란 눈으로 등산자들을 바라보고 있었다. 두 발로 걷는 인간을 난생처음 보는 모양이었다. 그러다가 무플론들은 갑자기 두려움을 느꼈는지, 바위 위를 껑충껑충 뛰어서 사라졌다.

"잘 가!" 펜크로프가 익살맞은 투로 외쳤기 때문에, 사이러스도 스필렛도 네브와 하버트도 웃지 않을 수 없었다.

등산은 계속되었다. 비탈에 불규칙한 줄무늬가 들어간 용암 흔적이 자주 보이게 되었다. 군데군데 작은 유황 구덩이가 나 있어서 등산자들의 앞길을 가로막았기 때문에, 구덩이 가장자리를 따라 걸어가야 했다. 여기저기에 유황 결정이 모여 있고, 그 주위에는 보통 용암이 유출되기 전에 내려쌓이는 물질—크기와 모양이 다양한 돌 부스러기가 섞여 있는 뜨거운 화산재, 수많은 장석(長石)의 작은 결정체로 이루어진 희뿌연 재—이 보였다.

아래쪽 원뿔을 이루고 있는 고원에 다가갈수록 등산이 힘들어졌다. 네 시쯤 그들은 나무가 자라 있는 마지막 지점을 지났다. 그 다음부터는 비쩍 마른 소나무가 드문드문 서 있을 뿐이었다. 그 나무들은 난바다에서 불어오는 강풍을 견디면서 필사적으로 삶을 지탱하고 있을 터였다. 사이러스 일행에게는 다행이었지만, 오늘은 날씨가 좋고 바람도 잔잔했다. 800미터 정도의 고도에서 세찬 바람이라도 맞았다면 등산도 뜻대로 되지 않았을 것이다. 하늘에는 구름 한 점 없고, 공기는 투명할 만큼 맑았다. 완전한 정적이 주위를 지배하고 있었다. 이제 태양은 보이지 않았다. 위쪽의 원뿔형 산이 커다란 벽처럼 태양을 가려버렸기 때문이다. 이 원뿔형 산은 서쪽 시야도 절반쯤 가리고 있었다. 산의 거대한 그림자는 해안까지 길게 뻗어 있었고, 해가 하루 운행을 마치고 아래로 가라앉을수록 산 그림자도 점점 길게 뻗어갔다. 구름이라기보다 안개 같은 수증기가 동쪽에 나타나더니, 햇빛의 작용을 받아 다양한 색으로 물들었다.

그날 밤 야영할 작정인 아래쪽 원뿔형 고원까지는 이제 겨우 150미터 정도밖에 남지 않았지만, 지그재그로 올라가야 하기 때문에 실제로 걷는 거리는 3킬로미터가 넘었다. 발밑에는 흙이 전혀 없었다. 비탈이 너무 가팔라져서 종종 현무암 위에서 발이 미끄러졌다. 깔쭉깔쭉한 바위 표면이 비바람에 풍화되어 발을 받쳐줄 받침점이 없었다. 드디어 어둠이 다가오고, 사이러스 일행이 일곱 시간의 등산으로 완전히 탈진하여 원뿔형 고원에 이르렀을 때는 날이 거의 저물어 있었다.

그곳에 숙영지를 마련하고 체력을 회복하기로 했다. 우선 식사를 하고, 다음에는 잘 자는 것이다. 원뿔형 산은 이 원뿔형 고원 위로 우뚝 솟아 있었다. 이 고원에서 대피소를 찾는 것은 간단했다. 땔감은 많지 않았지만, 마른 이끼나 마른 나뭇가지를 사용하면 불을 피울 수 있을 터였다. 펜크로프가 돌을 늘어놓아 화덕을 만들고 있는 동안 네브와 하버트는 땔나무를 모으러 갔다. 이윽고 두 사람은 마른 나뭇가지를 잔뜩 짊어지고 돌아왔다. 부싯돌을 마주쳐 그 불꽃을 헝겊으로 만든 부싯깃에 옮겼다. 네브가 입김을 불자, 이윽고 바위 그늘에서 불이 딱딱 소리를 내며 타오르기 시작했다.

이 불은 밤 동안의 추위를 피하는 데에만 사용되었고, 꿩을 요리하는 데에는 쓰이지 않았다. 네브의 의견에 따라 꿩은 이튿날 식량으로 남겨두었다. 그들은 먹다 남은 카피바라 고기와 술잣나무 열매로 저녁식사를 했다. 여섯 시 반도 되기 전에 식사가 끝났다.

사이러스는 완전히 어두워지기 전에 원뿔형 산을 떠받치고 있는 이 고원을 탐험해보기로 마음먹었다. 휴식을 취하기 전에 이 고원 기슭을 한 바퀴 돌 수 있을지 어떨지 알고 싶었다. 고원의 기울기가 너무 가파르면 꼭대기까지 올라갈 수 없을지도 모른다. 그것이 아무래도 마음에 걸렸다. 비탈이 급한 북쪽은 사람이 다닐 수 없을지도 모르기 때문이다. 꼭대기까지 올라갈 수도 없고 고원 기슭을 한 바퀴 돌 수도 없다면, 이 지역의 서쪽 부분은 관측할 수 없다는 이야기가 된다. 그러면 이 등산의 목적도 완전히 달성할 수는 없다.

그래서 사이러스는 몸이 지친 것도 생각지 않고, 펜크로프와 네브에게 잠자리 준비를 맡기고 스필렛에게는 그날 일어난 일들을 적어두라고 부탁한 뒤, 고원의 변두리를 걸어보기로 했다. 그는 하버트와 함께 북쪽으로 향했다.

밤은 아름답고 조용했다. 어둠은 아직 그렇게 깊지 않았다. 사이러스와 하버트는 바싹 붙어서 걸었지만 이야기는 나누지 않았다. 고원은 곳에 따라서는 눈앞이 활짝 열려 쉽게 나아갈 수 있었지만, 다른 곳에서는 무너져 내린 바위 더미가 앞길을 가로막아서 좁은 공간밖에 남아 있지 않았다. 두 사람이 나란히 걸을 수 없을 정도였다. 20분쯤 걷자 사이러스와 하버트는 걸음을 멈추지 않을 수 없었다. 이 지점부터는 두 개의 원뿔형 산비탈이 하나로 합쳐져 있었다. 두 산을 갈라놓고 있던 어깨 부분이 사라져버린 것이다. 70도 가까이나 기울어진 비탈을 빙 돌아서 가는 것은 무리였다.

그래서 두 사람은 원을 그리며 고원을 한 바퀴 도는 것을 포기할 수밖에 없었지만, 반대로 산비탈을 직접 올라갈 가능성이 생겼다.

실제로 두 사람의 눈앞에서는 산이 깊이 갈라져 커다란 입을 벌리고 있었다. 그곳은 위쪽 분화구가 파열된 부분으로, 말하자면 목 같은 곳이었다. 화산이 활동하고 있을 무렵에는 걸쭉한 용암이 거기에서 흘러나왔을 것이다. 단단하게 굳은 용암과 거칠거칠한 암재가 폭넓은 단을 이루어 일종의 천연 계단을 만들고 있어서, 꼭대기까지 쉽게 올라갈 수 있을 것이다.

이런 상황을 사이러스는 한눈에 확인하고는 깊어지는 어둠 속에서 소년을 데리고 산의 거대한 틈새로 주저 없이 들어갔다.

올라가야 할 높이는 300미터 정도였다. 이 분화구 안쪽 비탈을 올라갈 수 있을까? 그것은 이제 곧 알 수 있을 것이다. 사이러스는 무언가에 발목이 잡히지 않는 한 등산을 계속할 작정이었다. 다행히 비탈은 완만하게 이어져 있었고, 화산 내부는 넓고 구불구불한 나선형 계단처럼 되어 있어서 올라가기가 편했다.

화산 자체는 아무리 보아도 완전한 휴화산이었다. 산허리에서는 한 줄기 연기도 나오지 않고, 깊은 구덩이에는 불길 하나도 보이지 않았다. 지구 속 깊은 곳까지 뚫려 있는 듯한 이 어두운 구멍에서는 땅울림도, 희미한 술렁거림도, 작은 진동도 전해져오지 않았다. 이 분화구 내부의 공기에서도 유황 냄새는 전혀 느껴지지 않았다. 잠자는 휴화산이라기보다 완전히 죽은 사화산이라고 말하는 편이 좋을 정도였다.

사이러스의 시도는 거의 성공했다. 내벽을 올라가는 하버트와 사이러스는 머리 위에서 분화구가 차츰 넓어지는 것을 보았다. 원뿔형 산의 꼭대기 가장자리가 그려내는 둥근 하늘의 반경이 점점 커졌다. 사이러스와 하버트가 한 걸음 올라갈 때마다 새로운 별들이 두 사람의 시야에 뛰어드는 느낌이었다. 남반구 하늘의 아름다운 별자리들이 빛나고 있었다. 천정에는 전갈자리의 아름다운 안타레스가 청아하게 빛나고 있었고, 거기에서 멀지 않은 곳에 지구와 가장 가까운 별로 여겨지는 사수자리의 프록시마가 있었다. 분화구가 점점 넓어져갈수록 남쪽물고기자리의 포말하우트와 남쪽삼각형자리가 나타나더니, 거의 남극 방향에 북반구의 북극성에 해당하는 남십자성이 눈부시게 빛나는 것이 보였다.

여덟 시가 다 되었을 때, 사이러스와 하버트는 원뿔형 산꼭대기의 분화구 능선을 밟았다.

이미 날은 완전히 저물어, 반경 3킬로미터 이상은 보이지 않았다. 이 미지의 땅은 바다로 둘러싸여 있을까? 아니면 이 땅의 서쪽은 태평양의 어느 육지와 맞닿아 있을까? 그것을 확인할 수는 없었다. 서쪽은 수평선 언저리에 구름띠가 뻗어 있어서 어둠이 더욱 깊었다. 아무리 눈을 부릅떠도 하늘과 바다가 수평선에서 하나로 이어져 있는지 어떤지 확인할 수가 없었다.

그런데 그 수평선 위에 갑자기 희미한 빛이 나타났다. 구름이 높은 하늘로 올라갈수록 그 빛은 천천히 내려왔다.

그것은 벌써 사라지려 하고 있는 초승달이었다. 하지만 그 희미한 빛으로도 수평선을 또렷이 드러내기에는 충분했다. 이제 수평선은 구름과 떨어져 있었다. 사이러스는 희미하게 흔들리는 달그림자가 잠깐 해수면에 비치는 것을 보았다.

분화구를 한 걸음 올라갈 때마다……

사이러스는 소년의 손을 잡고 엄숙한 목소리로 말했다.

"섬이야!"

그가 그렇게 말했을 때 초승달이 물마루 사이로 사라졌다.

11

원뿔형 산꼭대기—분화구 안쪽—주위는 온통 바다—
육지가 보이지 않는다—연안 풍경—수로와 산의 모양—
섬에 누군가가 살고 있을까?—지명 붙이기—'링컨 섬'

30분 뒤, 사이러스 스미스와 하버트는 숙영지로 돌아와 있었다. 사이러스는 동료들에게 이곳은 섬이라는 것을 알았지만 내일 다시 잘 생각해보기로 하자고만 말했다. 그후 그들은 모두 잠을 자려고 애썼다. 조용한 밤, 해발 800미터의 현무암 구덩이에서 '섬사람들'은 깊은 휴식을 맛보았다.

이튿날인 3월 30일, 구운 꿩고기로 간단한 아침식사를 끝낸 뒤, 사이러스는 다시 화산 꼭대기에 올라가고 싶어했다. 좀더 주의 깊게 이 섬을 관찰하려는 것이다. 이 섬이 어떤 육지에서도 멀리 떨어져 있다면, 그리고 태평양의 섬들을 찾아가는 배의 항로에서도 벗어나 있다면, 그들은 평생 이 섬에 갇혀 살게 될지도 모른다. 그래서 오늘은 다섯 명이 모두 이 새로운 탐험에 가담했다. 생활의 양식을 모두 찾게 될 이 섬을 자기 눈으로 보아두고 싶었던 것이다.

아침 일곱 시쯤 사이러스 스미스와 하버트, 펜크로프, 기디언

제1부 하늘에서 떨어진 조난자들 157

스필렛과 네브는 숙영지를 떠났다. 이제는 정해져버린 상황을 아무도 불안하게 생각지 않는 것 같았다. 다들 자기 자신을 믿고 있었을 것이다. 하지만 이 신뢰를 떠받치는 것이 사이러스와 다른 동료들 사이에 차이가 있었다는 점에 주의해야 한다. 사이러스에게는 자신감이 있었다. 동료들과 자신의 생활에 필요한 모든 것을 이 미개한 자연에서 끌어낼 수 있다고 느꼈기 때문이다. 반면에 다른 사람들이 아무런 불안도 느끼지 않은 것은 바로 사이러스 스미스가 함께 있었기 때문이다. 여러분도 이 미묘한 차이를 이해할 수 있을 것이다.

특히 펜크로프는 사이러스가 불을 다시 피워준 이후, 설령 식물도 자라지 않는 바위땅에 살게 되더라도 스미스가 함께 있어만 준다면 잠시도 낙담하지 않았을 것이다.

"상관없어요!" 펜크로프가 말했다. "우리는 리치먼드에서도 당국의 허가를 받지 않고 떠났습니다. 그런데 발목을 잡을 사람도 없는 이곳에서 탈출하지 못할 리가 없잖습니까!"

사이러스는 전날과 같은 길을 택했다. 모두 원뿔형 고원의 어깨 부분을 빙 돌아서 산의 거대한 틈새에 이르렀다. 날씨는 좋았다. 구름 한 점 없는 하늘에 떠오른 태양이 산의 동쪽 비탈에 햇빛을 쏟아붓고 있었다.

분화구가 가까워졌다. 사이러스가 전날 밤 어둠 속에서 본 대로였다. 넓은 깔때기 모양의 입이 나팔꽃처럼 벌어지면서 고원의 어깨 부분에서 300미터 이상의 높이까지 이어져 있었다. 거대한 틈새의 아랫부분에는 폭넓고 두꺼운 용암이 산허리를 구불구불 흘러내린 흔적이 있고, 그것이 아래 골짜기까지 용암의 길을 또렷이 만들고 있었다. 그리고 이 골짜기가 섬의 북부 지역에 줄무늬를 새기고 있었다.

분화구 안쪽 벽의 기울기는 35도에서 40도를 넘지 않았기 때문에 올라가기는 어렵지 않았고, 걸림돌이 될 만한 것도 없었다. 거기에도 오래된 용암의 흔적이 많이 남아 있었지만, 그것은 산비탈의 갈라진 틈새가 새 길을 만들기 전에 원뿔형 산꼭대기에서 흘러내린 용암일 터였다.

지각과 분화구를 연결하는 용암 분출로의 높이가 어느 정도인지, 눈으로 보기만 해서는 추정할 수 없었다. 분출로의 아래쪽은 캄캄해져 있었기 때문이다. 하지만 화산이 이제 완전히 활동을 멈추고 있는 것만은 의심할 여지가 없었다.

여덟 시 전에 사이러스 일행은 분화구 정상에 모였다. 원뿔형 산꼭대기의 북쪽 가장자리가 조금 부풀어 오른 곳이다.

"바다! 온통 바다야!" 모두 큰 소리로 외쳤다.

과연 바다였다! 주위를 드넓은 바다가 완전히 둘러싸고 있었다! 원뿔형 산꼭대기에 다시 올라올 때, 사이러스는 아마 전날 어둠 속에서는 보지 못한 육지나 가까운 섬을 보게 되리라는 희망을 품고 있었을 것이다. 하지만 수평선 끝까지 반경 100킬로미터가 넘는 범위 안에는 아무것도 보이지 않았다. 어떤 육지도 보이지 않고, 돛 하나도 보이지 않았다. 끝없는 망망대해 어디를 보아도 완전히 텅 비어 있었다. 그리고 무한처럼 여겨지는 바다 한복판에 이 섬이 외따로 떠 있었다.

사이러스와 동료들은 말없이 선 채, 몇 분 동안 망망대해의 사방팔방을 둘러보았다. 모든 사람의 시선은 이 바다의 가장 먼 곳까지 더듬었다. 하지만 뛰어난 시력을 가진 펜크로프조차 아무것도 보지 못했다. 육지가 바다 위에 떠 있었다면, 설령 그것이 희미한 신기루 같은 형태를 하고 있어도 선원은 틀림없이 그것을 포착했을 것이다. 그의 눈은 눈썹 밑에 선천적으로 갖추어진 두 개의 망원경이나 마찬가지였기 때문이다!

그들은 바다에서 섬으로 눈길을 옮겼다. 여기서는 섬을 완전히 내려다볼 수 있었다. 가장 먼저 질문한 사람은 기디언 스필렛이었다.

"이 섬은 면적이 얼마나 될까요?"

사실 드넓은 바다 한복판에 놓여 있는 이 섬은 그렇게 커 보이지는 않았다.

사이러스는 잠깐 생각했다. 섬 주위를 유심히 관찰하고 그들이 지금 서 있는 곳의 높이도 속셈한 뒤에 이렇게 말했다.

"섬 둘레는 100마일(약 160킬로미터)이 넘는다고 보아도 틀림없을 걸세."

"그럼 면적은?"

"면적은 어림하기가 쉽지 않네. 해안선의 형태가 아주 이상해서 말이야."

사이러스 스미스의 계산이 맞다면 이 섬은 지중해의 몰타 섬이나 자킨토스 섬*과 비슷한 넓이라는 이야기가 된다. 하지만 섬의 모양은 그 두 섬보다 훨씬 특이했다. 반도나 곶도, 만이나 후미도 특별히 많다고 할 정도는 아니지만, 그 형태는 참으로 기묘해서 보는 사람을 놀라게 했다. 스필렛이 사이러스의 권유에 따라 섬의 윤곽을 그려보았는데, 그것은 공상 속의 동물과 비슷했다. 익족류** 괴물이 태평양의 수면 위에서 잠들어 있는 듯한 모

---

* 몰타 섬_ 이탈리아의 시칠리아 섬 남쪽에 있는 섬으로, 면적은 약 250㎢. 자킨토스 섬_ 그리스의 이오니아 제도 최남단의 섬으로, 면적은 406㎢.

양이다.

이 섬의 정확한 지형을 알아둘 필요가 있기 때문에 그것을 설명하겠다. 이 섬의 지도는 그 자리에서 즉시 신문기자가 가능한 한 정확하게 작성했다.

동쪽 해안, 즉 조난자들이 상륙한 해안은 크게 반원을 그리며 넓은 만을 따라 내려가다가 뾰족한 남동쪽 반도에서 끝난다. 펜크로프가 맨 처음 탐험했을 때는 그 앞에 튀어나온 곶 때문에 그 반도가 보이지 않았다. 북동쪽 끝에는 두 개의 곶이 있고, 그 곶들 사이에 좁은 만이 있다. 이 만은 상어가 입을 반쯤 벌리고 있는 듯한 모습이다.

북동쪽에서 북서쪽에 걸친 해안은 야수의 평평한 머리 같은 곡선을 그리다가 혹처럼 부풀어 올라 있다. 이 혹 때문에 이쪽의 윤곽은 확실히 알 수 없지만, 이 지역 중심에 화산이 솟아 있다.

이 지점에서 해안선은 남북으로 곧게 뻗어 있고, 그 해안선의 3분의 2쯤 되는 지점에 좁은 후미가 있다. 그 후미 이후의 해안은 거대한 악어의 긴 꼬리와 비슷한 모양을 하고 있다.

이 꼬리는 반도라고 부르기에 어울리고, 앞에서 말한 섬의 남동쪽 반도 끝에 있는 곶에서 50킬로미터 이상이나 바다로 길게 뻗어나가 있었다. 그 끝은 둥글게 되어 있고, 바다 쪽으로 크게 열린 천연항을 이루고 있었다. 그것이 아주 기묘한 윤곽을 가진 이 섬의 남쪽 끝이다.

침니와 아까 관찰한 서해안의 후미는 거의 같은 위도에 있는데, 그 사이의 거리는 15킬로미터 정도로 섬의 가로 너비가 가장

** 익족류翼足類 _ 발을 날개처럼 펴고 떠다니는 연체동물.

좁은 부분이다. 그런데 세로로 가장 긴 부분인 북동쪽의 상어 입에서 남서쪽의 악어 꼬리까지의 거리는 적어도 50킬로미터가 넘었다.

섬 안쪽으로 시선을 돌리면, 그 전체적인 경관은 다음과 같다. 남부 지역은 산에서 해안까지 줄곧 숲이 이어져 있지만, 북부는 나무가 없고 모래땅으로 되어 있었다. 사이러스 일행이 놀란 것은 화산과 동해안 사이에서 호수를 발견했기 때문이다. 지금까지 생각해보지도 않았던 일이지만, 초록빛 나무로 둘러싸인 호수가 있었다. 이 산꼭대기에서 보면 호수는 바다와 같은 높이에 있는 것처럼 보이지만, 사이러스는 잠깐 생각해본 뒤에 동료들에게 이렇게 설명했다.

"분지가 되어 있는 호수 주변 땅이 해안 절벽과 같은 높이에서 이어져 있는 걸로 봐서, 저 호수의 수면은 해발 100미터 높이에 있는 게 분명해."

"그러면 담수호인가요?" 펜크로프가 물었다.

"당연히 그렇겠지. 산에서 흘러내린 물이 들어가고 있을 테니까."

"호수로 흘러들고 있는 물줄기가 보여요." 하버트가 가느다란 시내를 가리키면서 말했다. 그 시내는 서쪽의 깊은 산 어딘가에서 발원하고 있는 게 분명했다.

"그래." 사이러스가 받았다. "저 시내가 호수로 흘러들고 있으니까, 바다 쪽에도 호수에서 넘친 물을 토해내는 시내가 있을 거야. 돌아갈 때 조사해보세."

상당히 구불구불한 그 시내와 이미 알고 있는 강이 이 섬의 수로였다. 적어도 탐험가들의 눈앞에서 흐르고 있는 것은 그 두 줄

"호수로 흘러들고 있는 물줄기가 보여요."

기의 하천이었다. 하지만 섬의 3분의 2를 차지하고 있는 커다란 숲의 울창한 나무 밑에서 또 다른 하천이 바다로 흐르고 있을지 모른다. 아니, 그렇게 생각해야 할 것이다. 그만큼 이 일대는 다양한 온대식물이 무성하게 자라고 있는 비옥한 땅이었다. 북부 지역에는 강이 흐르고 있는 기미가 없었다. 북동쪽 늪지대에 탁한 물이 고여 있을 뿐, 흐르는 물은 없을 것이다. 요컨대 북부는 모래언덕과 모래톱의 메마른 땅이 눈에 띌 뿐이어서, 이 섬에 넓게 펼쳐져 있는 비옥한 땅과는 뚜렷한 대조를 이루고 있었다.

화산은 섬 중앙부를 차지하고 있는 것이 아니라 북서부에 우뚝 솟아 있어서, 두 지역의 경계를 이루고 있는 듯했다. 산의 남서부와 남부 및 남동부 기슭은 초록빛 숲으로 이어져 있었다. 그런데 북부에서는 산봉우리를 넘으면 모래벌판으로 내려갈 뿐이다. 화산이 분출할 때 이쪽으로 용암이 흘러내려갔다. 용암류가 만들어낸 폭넓은 길은 북동부의 만을 이루고 있는 그 좁은 상어 입까지 뻗어 있었다.

사이러스와 동료들은 이렇게 한 시간 정도 산꼭대기에 머물렀다. 섬의 풍경은 다양한 색조를 보이며 그들의 눈 아래에 입체 지도처럼 펼쳐져 있었다. 숲은 초록색, 모래땅은 노란색, 물은 푸른색…… 그들은 섬의 자태를 전체적으로 파악했다. 아직 그들의 눈에 들어오지 않은 것은 거대한 초록빛 숲에 가려진 땅, 나무 그늘 아래의 골짜기, 화산 기슭에 새겨진 협곡뿐이었다.

해결해야 할 중요한 문제, 특히 조난자들의 미래를 좌우할 문제가 하나 남아 있었다.

이 섬에 사람이 살고 있느냐 하는 문제였다.

이 의문을 입 밖에 낸 것은 스필렛이었다. 하지만 섬의 여러 지역을 유심히 둘러본 지금, 그 질문에는 부정적인 대답을 해도 좋을 것 같았다.

사람의 손길이 가해진 인공물은 어디에도 보이지 않았다. 마을은커녕 오두막 한 채도 없었고, 해안에 어로용 움막도 없었다. 연기 한 줄기도 하늘로 올라가지 않았고, 인간의 존재를 보여주는 것은 아무것도 없었다. 물론 관찰자들이 서 있는 곳에서 섬의 남서쪽으로 튀어나간 악어 꼬리 부분까지는 50킬로미터나 떨어져 있으니까, 아무리 시력이 좋은 펜크로프의 눈도 거기에서 사람의 집을 찾아내기는 어려웠을 것이다. 그리고 섬의 4분의 3 정도를 차지하고 있는 초록빛 커튼을 들어올릴 수는 없으니까, 그 밑에 마을이 있는지 없는지도 알 수가 없었다. 하지만 태평양에 떠 있는 섬의 주민들은 보통 해안지방에 살고 싶어한다. 그런데 해안에는 인적이 전혀 없어 보였다.

따라서 좀더 완전한 탐사가 이루어질 때까지는 이곳을 무인도로 보아도 좋을 것이다.

그런데 가까운 섬에 사는 주민들이 일시적이라도 이 섬에 건너오는 일은 없을까? 이 의문에 바로 대답하기는 어려웠다. 반경 100킬로미터 범위 안에는 어떤 육지도 보이지 않는다. 하지만 말레이인의 돛단배나 폴리네시아인의 통나무배라면 100킬로미터 정도는 쉽게 건널 수 있다. 그렇다면 이 섬이 놓여 있는 상황, 즉 태평양의 외딴 섬이냐 아니면 가까이 다른 섬들이 있느냐에 모든 것이 달려 있었다. 사이러스 스미스는 아무 연장도 없이 이 섬의 위도와 경도를 조사할 수 있을까? 어려운 일이다. 따라서 가까운 섬의 주민들이 습격해왔을 경우에 대비하여 미리 조심하는 것이 상책이다.

탐험은 끝났다. 섬의 지형은 분명해졌고, 지세도 확인되었다. 그들은 면적을 계산하고, 수로와 산의 형태도 조사했다. 숲과 들판의 모양도 스필렛의 지도에 대충 그려졌다. 이제 남은 일은 산비탈을 내려가 섬의 광물과 식물과 동물 자원을 탐사하는 것뿐이다.

하지만 사이러스는 동료들에게 출발 신호를 보내기 전에 차분하고 엄숙한 목소리로 이렇게 말했다.

"이 작은 섬은 전능하신 주님께서 우리를 데려오신 곳일세. 이 섬에서 우리는 살게 될 거야. 아마 오랫동안…… 어쩌면 생각지도 않은 구조의 손길이 다가올지도 모르지. 지나가던 배가 우리를 우연히 발견하거나……. 지금 나는 '우연히'라고 말했는데, 그것은 이 섬이 별로 크지 않기 때문일세. 이 섬에는 배를 댈 수 있는 항구도 없네. 통상적인 항로에서 벗어나 있는 것 같아. 태평양의 섬을 찾아다니는 배에는 이 섬이 너무 남쪽으로 치우쳐 있고, 남아메리카 남단의 혼 곶을 돌아서 오스트레일리아로 가는 배에는 너무 북쪽으로 치우쳐 있어. 이런 상황을 나는 자네들한테 감추고 싶지 않네……."

"당신 말이 옳아요." 스필렛이 힘주어 대답했다. "당신은 우리모두를 생각하고 있으니까요. 모두 당신을 믿고 있습니다. 그러니까 우리의 협력을 믿어도 됩니다. 여러분, 그렇지요?"

"무슨 일이든 아저씨가 시키는 대로 하겠어요." 하버트가 말하면서 사이러스의 손을 잡았다.

"언제 어디서나 무엇이든 분부만 하십시오." 네브가 외쳤다.

"제가 할 일을 망설이거든 제 이름 따위는 잊어버려도 좋습니다." 선원이 끼어들었다. "선생님이 원하신다면 이 섬을 작은 미국으로 만듭시다. 이 섬에 도시를 세우고, 철도를 깔고, 전신기계를 갖추어놓는 겁니다. 그리고 언젠가 이 섬에 문명의 설비가 갖추어지면, 이 섬을 미국 정부에 바칩시다! 다만 한 가지 제안할 게 있습니다."

"뭔데?" 스필렛이 물었다.

"우리 자신을 이제는 조난자라고 생각지 말고 이 섬에 식민지를 건설하러 온 개척자로 생각하는 겁니다!"

사이러스 스미스는 빙긋이 웃지 않을 수 없었다. 선원의 제안은 받아들여졌다. 그후 사이러스는 동료들에게 감사의 뜻을 전하고, 여러분 모두의 힘과 하늘의 도움을 기대한다고 덧붙였다.

"그러면 침니로 출발!" 펜크로프가 외쳤다.

"잠깐만 기다리게." 사이러스가 말렸다. "이 섬에 이름을 붙이는 게 좋겠어. 지금 눈에 보이는 곳이며 반도며 강에도 이름을 붙이세."

"그거 좋은 생각이군요." 신문기자가 말했다. "앞으로 누군가에게 지시를 내리거나 지시를 받아야 할 때, 이름이 붙어 있으면 한결 간편할 겁니다."

"그래요." 선원이 말을 이었다. "어디에 간다든가 어디서 왔다고 말할 경우에도 편리하고. 어쨌든 우리가 어디에 있는지 알고 있다는 느낌이 들어서 좋아요."

"예를 들면 침니도 그래요." 하버트가 말했다.

"그래!" 펜크로프가 받았다. "침니는 벌써 편리한 이름이 됐어. 그 이름은 자연스럽게 머리에 떠올랐지. 우리의 첫 번째 거처에 '침니'라는 이름을 붙여도 좋을까요, 사이러스 씨?"

"좋아, 펜크로프. 자네가 그렇게 이름을 지었으니까."

"좋습니다! 나머지 이름도 그렇게 어렵지 않습니다." 선원은 신이 나서 말을 이었다. "하버트가 몇 번이나 읽어준 이야기에서 로빈슨이 '섭리 만'이니 '고래 곶'이니 '희망 곶'이니 하는 이름을 붙였듯이 우리도 이름을 붙여봅시다!"

"우리 이름을 붙이면 어떨까요?" 하버트가 대답했다. "스미스 아저씨와 스필렛 아저씨, 네브의 이름도……."

"좋은 생각이야." 펜크로프가 받았다. "'네브 천' 같은 이름은 아주 좋군! '기디언 곶'도 괜찮고……."

"나는 고국의 지명을 따서 이름을 붙이면 어떨까 하는데……" 스필렛이 말했다. "그러면 고향을 생각나게 해줄 테고……."

"그래. 중요한 곳에는……" 사이러스가 의견을 말했다. "예를 들면 만이나 항구에는 그런 이름을 붙이는 데 찬성일세. 저 동쪽의 넓은 만은 '유니언(합중국) 만'으로 하세. 남쪽의 커다란 만은 '워싱턴 만', 지금 우리가 서 있는 이 산은 '프랭클린 산', 눈 아래 펼쳐져 있는 저 호수는 '그랜트 호'로 하세. 그보다 더 좋은 이름은 없겠지? 이 이름들은 조국을 생각나게 해주고, 조국의 명예가 된 위대한 시민들을 생각나게 해주니까 말일세. 하지만 이 산 위에서 보이는 하천이나 후미, 곶이나 반도에는 그 특유의 형태가 금방 떠오르는 이름을 붙이는 게 좋겠네. 그래야 머리에 쉽게 들어오고 현실에도 맞으니까. 이 섬의 모양도 아주 색다르니까, 거기에 어울리는 이름을 생각해내는 건 별로 어렵지 않을 걸세. 아직 알려지지 않은 하천이나 나중에 탐험하게 될 숲, 이제 곧 발견하게 될 후미는 실제로 그 모습을 본 뒤에 이름을 붙이기로 하세. 어떻게 생각하나?"

동료들은 사이러스의 제안에 전적으로 동의했다. 섬은 그들의 눈앞에 지도를 펼친 것처럼 놓여 있었다. 불쑥 튀어나가거나 쑥 들어간 모든 곳, 솟아오르거나 우묵하게 꺼진 모든 곳에 이름을 붙이게 되었다. 기디언 스필렛이 차례로 그 이름을 적어 넣어, 섬의 지명록이 만들어졌다.

우선 사이러스의 제안대로 두 개의 만과 산이 각각 '유니언 만'과 '워싱턴 만'과 '프랭클린 산'으로 명명되었다.

신문기자가 말했다.

"그러면 남서쪽에 뻗어 있는 반도는 '뱀 반도', 끝이 구부러진 꼬리 부분은 '도마뱀 곶'이라고 부르는 게 어떨까. 정말로 도마뱀 꼬리 같으니까."

"그렇게 하세." 사이러스가 말했다.

"그럼 북동쪽 끝에 있는 만은 상어가 입을 벌리고 있는 모양과 비슷하니까 '상어 만'이라고 부르기로 하죠." 하버트가 말했다.

"좋아!" 펜크로프가 외쳤다. "그리고 거기서 곶에 해당하는 두 개의 '턱' 부분을 '턱 곶'이라고 부르면 이미지가 완전해져."

"하지만 곶은 두 개야." 스필렛이 주의를 주었다.

"그렇다면 '북턱 곶'과 '남턱 곶'으로 하면 되겠네요." 펜크로프가 대답했다.

"그렇게 적어두겠네." 스필렛이 말했다.

"그럼 남동쪽 끝은 뭐라고 부를까요?" 펜크로프가 물었다.

"'유니언 만'의 남쪽 끝 말인가요?" 하버트가 물었다.

"'발톱 곶'이 좋겠어요." 네브가 외쳤다. 네브도 이 섬 어딘가에 이름을 붙여주고 싶었다.

확실히 네브는 아주 좋은 이름을 생각해냈다고 말할 수 있다. 이 섬은 아주 기묘한 모양을 하고 있어서 공상 속의 동물처럼 보

섬의 지명록이 만들어졌다

이는데, 그 곳은 바로 이 동물의 억센 발톱과 비슷했기 때문이다.

펜크로프는 이렇게 차례로 이름을 결정해가는 게 무척 즐거웠다. 그들의 상상력은 조금 과격해져갔지만, 이윽고 다음과 같은 이름들이 결정되었다.

식민지 개척자들에게 음료수를 제공해줄 하천, 열기구가 그들을 데려온 곳 근처에 있는 물줄기에는 '은혜 강'이라는 이름이 주어졌다. 신의 은덕에 대한 감사의 표시였다.

조난자들이 처음 상륙한 작은 섬에는 '구원 섬'이라는 이름이 주어졌다.

침니 위쪽, 높은 암벽 위에 놓여 있는 고원에는 그곳에서 넓은 만 전체를 바라볼 수 있기 때문에 '전망대'라는 이름을 붙였다.

끝으로 '뱀 반도'를 뒤덮고 있는 울창한 밀림은 '서쪽 숲'이라고 이름지었다.

지금 눈에 보이고 이미 알려진 곳에 이름을 붙이는 작업은 이것으로 끝났다. 이제는 새로운 곳을 발견할 때마다 이름을 지어 지명록에 추가하면 된다.

섬의 방향에 대해서는 사이러스가 태양의 높이와 위치를 토대로 대충 결론을 내렸다. 그에 따르면 '유니언 만'과 '전망대'는 동쪽에 면해 있었다. 하지만 그는 이튿날 정확한 해돋이 시각과 해넘이 시각을 확인하고 낮에 태양의 위치를 조사하여 섬의 북쪽 방위를 정확히 알아낼 생각이었다. 남반구에서는 태양이 하늘의 정점에 있을 때 북쪽을 통과하기 때문이다. 북반구의 경우에는 태양이 가장 높은 곳에 있을 때 남쪽을 통과하는 것처럼 보이지만 남반구에서는 그렇지 않다.

이렇게 모든 작업이 끝나자 식민지 개척자들은 프랭클린 산을 내려와 침니로 돌아가게 되었다. 이때 펜크로프가 외쳤다.

"이런! 우리는 정말 멍청이야!"

"왜 그러나?" 기디언 스필렛이 물었다. 기자는 수첩을 덮고 일어나서 침니로 돌아가려던 참이었다.

"이 섬은 어떻게 하죠? 이 섬에 이름 붙이는 걸 깜박 잊었잖아요! 이거야 정말!"

하버트는 섬에 사이러스 스미스의 이름을 붙이자고 제안하려 했다. 모두 찬성해줄 것이다. 하지만 그때 사이러스가 이렇게 말했다.

"위대한 시민의 이름을 붙이세! 조국의 통일을 위해 싸우고 있는 위대한 시민의 이름을! 이 섬을 '링컨 섬' 이라고 부르세!"

사이러스의 제안에 대한 응답으로 만세삼창이 울려 퍼졌다.

그날 밤 잠자리에 들기 전에 새로운 개척자들은 멀리 떨어진 조국에 대해 이야기를 나누었다. 조국의 강산을 피로 물들이고 있는 무서운 전쟁에 대해서도 이야기했다. 남군이 이제 곧 패퇴하고, 정의의 입장에 서 있는 북군이 그랜트 장군과 링컨 대통령 덕분에 승리하리라는 것을 모두 의심치 않았다.

1865년 3월 30일은 이렇게 지나갔지만, 16일 뒤인 성 금요일에 워싱턴에서 무서운 범죄가 일어나 에이브러햄 링컨이 과격파의 흉탄에 쓰러지리라는 것은 아무도 예상하지 못했다.

12

회중시계 조정—만족한 펜크로프—수상한 연기—'붉은 내'—
링컨 섬의 식물—동물—흑뇌조—캥거루를 추적하다—
아구티—그랜트 호수—참나로 돌아가다

링컨 섬의 개척자들은 마지막으로 주위를 둘러보고, 좁은 능선을 따라 분화구를 한 바퀴 돌아서 30분 뒤에는 아래쪽 원뿔형 고원의 숙영지까지 내려왔다.

펜크로프는 아침식사를 할 시간이라고 생각했다. 그런 것 때문에라도 사이러스 스미스와 기디언 스필렛의 회중시계를 맞추어둘 필요가 있었다.

스필렛의 시계는 바닷물을 뒤집어쓰지 않았다. 그는 파도가 닿지 않는 모래밭에 내던져졌기 때문이다. 그것은 아주 정밀도가 높은 고급 회중시계였다. 스필렛은 날마다 이 시계의 태엽을 감는 것을 잊은 적이 없었다.

사이러스의 회중시계는 그가 모래언덕에서 시간을 보내고 있는 동안 멎어버린 것 같았다.

그래서 사이러스는 태엽을 감아 시계를 되살린 뒤, 태양의 높이로 보아 대충 오전 아홉 시경이 아닐까 짐작하고 시곗바늘을 그 시각에 맞추어놓았다.

스필렛이 그를 흉내내려고 하자 사이러스는 손으로 말리면서 이렇게 말했다.

"아니, 잠깐만. 자네 시계는 리치먼드 시각이겠지?"

"그럼요."

"그러니까 자네 시계는 리치먼드 자오선에 맞추어져 있는데, 그건 워싱턴 자오선과 거의 같지?"

"아마 그럴 겁니다."

"그럼 시계를 그대로 놓아두게. 태엽만 잊지 말고 꼬박꼬박 감아주면 돼. 하지만 바늘은 움직이면 안 되네. 그게 더 도움이 되니까."

'무엇에 도움이 된다는 거지?' 하고 선원은 생각했다.

모두 식사를 했다. 아주 잘 먹었기 때문에 고기와 솔잣나무 열매가 동이 났다. 하지만 펜크로프는 전혀 걱정하지 않았다. 도중에 또 식량을 구하면 된다. 토비도 최소한의 먹이밖에 먹지 못했으니까, 또 덤불 그늘에서 새로운 사냥감을 찾아낼 것이다. 그리고 그는 화약과 엽총을 한두 자루 만들어달라고 가벼운 마음으로 사이러스에게 부탁해볼 생각이었다. 그런 일은 아주 간단할 거라고 생각했다.

원뿔형 고원을 내려올 때, 사이러스는 다른 길을 따라 침니로 돌아가자고 동료들에게 제안했다. 멋진 나무에 둘러싸인 그랜트 호수를 보아두고 싶었기 때문이다. 그래서 그들은 지맥의 능선을 따라 내려갔다. 이 지맥과 지맥 사이에 호수로 흘러드는 시내의 발원지가 있을 게 분명하다. 개척자들은 이야기를 나누면서 방금 결정한 고유명사를 적극적으로 사용했다. 그것은 이야기를 나눌 때 아주 편리했다. 하버트와 펜크로프(소년과 아이 같은 어른)는 완전히 만족하고 있었다. 펜크로프는 걸으면서 이렇게 말했다.

"어때, 하버트? 정말 편리하지! 이러면 길을 잃을 수도 없어. '그랜트 호'로 가는 길을 택하든, '서쪽 숲'을 지나 '은혜 강'으로 나가든 간에 어쨌든 '전망대'에 도착하게 돼. 그러면 '유니언 만'이 펼쳐져 있는 거야!"

일행은 대오를 짜지는 않았지만, 서로 너무 떨어지지 않도록 조심해서 걷고 있었다. 나무가 빽빽이 우거진 그 숲에는 분명 위험한 짐승들이 살고 있을 테니까 조심하는 게 상책이다. 대개는 펜크로프와 하버트와 네브가 앞장서고, 그 앞에서 토비가 어디에나 목을 들이밀며 나아갔다. 신문기자와 만물박사는 함께 나란히 걸었다. 스필렛은 무엇이든 수첩에 적어두려고 했고, 사이러스는 대개 말없이 걷다가 무슨 광물이나 식물을 채집할 때에만 길에서 벗어났다. 그리고 채집한 것은 주저 없이 주머니에 집어넣었다.

"뭘 저렇게 모으고 있을까?" 펜크로프가 투덜거렸다. "아무리 둘러봐도 일부러 허리를 굽혀 주울 만한 것은 아무것도 없는데!"

열 시쯤 일행은 프랭클린 산의 마지막 비탈을 내려가고 있었다. 그 주변에는 아직 작은 덤불이나 외따로 서 있는 나무밖에 없었다. 모두 누렇게 타버린 듯한 흙 위를 걸었다. 그 길은 1.5킬로미터쯤 뻗어 있는 평원으로 이어지고, 그 앞에 숲이 있었다. 비쇼프*의 실험에 따르면 식는 데 3억 5천만 년이나 걸렸다는 현무암

---

* 카를 비쇼프 1792~1870 _ 독일 화학자 · 지질학자.

토비가 어디에나 목을 들이밀며 나아갔다

덩어리가 곳에 따라 기복이 심한 평원 여기저기에 뒹굴고 있었다. 그런데 북쪽 비탈에는 특별히 눈에 띄는 용암 흔적이 없었다.

그래서 사이러스 스미스는 별일 없이 시내에 도달할 수 있겠다고 생각했다. 그의 생각에 따르면 시내는 평원 변두리에서 숲속으로 뻗어 있을 것이다. 이때 하버트가 서둘러 돌아오는 것이 보였다. 네브와 선원은 바위 그늘에 몸을 숨기고 있었다.

"하버트, 왜 그래?" 스필렛이 물었다.

"연기예요. 수십 미터 앞 바위틈에서 연기가 올라오고 있는 게 보였어요." 하버트가 대답했다.

"그곳에 누가 있나?" 기자가 소리를 질렀다.

"무슨 연기인지 알 때까지는 우리도 모습을 드러내지 않는 게 좋아." 사이러스가 말했다. "이 섬에 원주민이 있다면, 그들을 만나고 싶다기보다는 오히려 만나는 게 걱정이야. 토비는 어디 있지?"

"앞에 가고 있어요."

"짖지 않나?"

"예."

"이상하군. 하지만 불러보자."

사이러스와 스필렛과 하버트는 네브와 선원 곁으로 가서 그들처럼 현무암 뒤에 숨었다.

그곳에서는 연기가 분명히 보였다. 누런 연기가 소용돌이치면서 공중으로 올라가고 있었다.

토비가 주인의 휘파람 소리를 듣고 돌아왔다. 사이러스는 동료들에게 기다리라는 신호를 보내고 바위틈으로 들어갔다.

개척자들은 꼼짝도 하지 않고 불안한 표정으로 정찰 결과를

누런 연기가 공중으로 올라가고 있었다

기다리고 있었다. 그때 사이러스가 부르는 소리가 들렸기 때문에 모두 달려가서 그를 따라잡았다. 주위에 자욱한 악취가 코를 찔렀다.

쉽게 분간할 수 있는 고약한 냄새 덕분에 사이러스는 이 연기의 정체를 금방 알아볼 수 있었다. 무리도 아니지만, 처음에는 그도 불안했을 것이다.

"유황온천이 있어. 이 불이랄까 연기가 유황온천의 두드러진 성질이지. 후두염 치료에 효과가 있다네."

"그래요?" 펜크로프가 소리를 질렀다. "감기에 걸리지 않은 게 유감이군!"

개척자들은 연기가 나오는 곳으로 갔다. 거기에는 황화나트륨이 함유된 온천이 있고, 바위틈에서 많은 물이 콸콸 흘러나오고 있었다. 그 물이 공기 중의 산소와 만나 황화수소의 강렬한 냄새를 발산하고 있었다.

사이러스가 손을 담가보니 물이 미끈미끈했다. 혀로 핥아보니 달착지근한 맛이 났다. 온도는 섭씨 35도 정도일 거라고 추정했다. 하버트가 무엇으로 그렇게 추정했느냐고 묻자, 사이러스는 이렇게 대답했다.

"아주 간단해. 이 물속에 손을 넣어보았는데, 차갑게도 뜨겁게도 느껴지지 않았기 때문이야. 이 물은 체온과 비슷한 온도, 대충 섭씨 35도라는 이야기가 되지."

지금은 유황온천을 무엇에도 이용할 수 없었기 때문에 개척자들은 수백 미터 앞에 펼쳐져 있는 숲으로 갔다.

울창한 그 숲에는 예상대로 시내가 있었다. 붉은 흙으로 이루어진 깊은 골짜기를 맑은 물이 기세 좋게 흐르고 있었다. 이 붉은

색은 흙 속에 산화철이 함유되어 있음을 보여준다. 붉은 색깔 때문에 이 시내에는 곧 '붉은 내'라는 이름이 붙여졌다.

산에서 나온 물이 모인 그 시내는 깊고 맑고 꽤 폭이 넓었다. 물은 평범하게 흐르다가 급류가 되기도 하고, 조용히 모래 위를 달리는가 하면 바위의 돌출부에 부딪혀 요란한 소리를 내기도 하고 폭포가 되어 떨어지기도 한다. 이렇게 시내는 10~13미터 정도의 너비로 호수까지 3킬로미터 정도의 거리를 흘러가고 있었다. 시냇물은 민물이었다. 그렇다면 호수도 민물일 게 분명했다. 호숫가에서 침니보다 쾌적한 거처가 발견되면, 더할 나위 없이 좋은 상황이 될 것이다.

하류 200미터 내지 300미터에 걸쳐 시냇가에 그림자를 떨어뜨리고 있는 나무들은 대부분 오스트레일리아나 태즈메이니아 섬 같은 온대지방에서 많이 볼 수 있는 것들이었다. 이미 탐험한 '전망대'에서 몇 킬로미터에 걸친 지역에는 침엽수가 자라고 있었지만, 그것과는 다른 종류의 나무였다. 남반구에서는 4월 초인 이맘때가 북반구의 10월, 즉 초가을에 해당하지만, 아직은 낙엽이 떨어지고 있지 않았다. 나무 중에서도 특히 카수아리나와 유칼리나무가 눈에 많이 띄었다. 유칼리나무는 봄이 오면 동양의 만나나무와 비슷한 달콤한 꿀을 내줄 것이다. 그리고 오스트레일리아에서 '터색'이라고 부르는 풀이 높이 돋아난 숲에는 오스트레일리아삼나무가 우뚝 솟아 있었다. 하지만 태평양의 섬에서 흔히 볼 수 있는 코코야자는 이 섬에는 자라지 않는 모양이었다. 아마 섬의 위도가 남쪽으로 많이 내려와 있기 때문일 것이다.

"유감이에요. 멋진 열매가 열리는 아주 쓸모 있는 나무인데!" 하버트가 말했다.

이런 유칼리나 카수아리나 나무의 빈약한 가지 사이에 많은 새가 무리지어 모여 있었다. 잎이 무성하지 않기 때문에 새들이 날개를 펼칠 때 방해가 되지 않는다. 흰색·검은색·회색의 깃털을 가진 앵무새, 온갖 색깔의 깃털을 몸에 걸친 잉꼬, 선명한 초록색 몸통에 붉은색 관을 쓴 왕관앵무 따위가 프리즘을 통해 보는 듯한 다채로운 색깔을 보이면서 시끄럽게 소리를 지르며 여기저기 날아다니고 있었다.

그때 갑자기 덤불 한복판에서 귀에 거슬리는 합창이 울려 퍼졌다. 개척자들의 귀에는 새들의 노랫소리, 네발짐승들의 울음소리, 원주민들의 혀차는 소리가 차례로 들려왔다. 네브와 하버트는 조심스럽게 행동해야 한다는 가장 기본적인 행동수칙을 까맣게 잊고 그 덤불 쪽으로 돌진했다. 다행히 그곳에는 무서운 야수도 위험한 원주민도 없고, 대여섯 마리의 새가 주위에 나는 소리를 흉내내듯 소리를 지르고 있을 뿐이었다. 그 새들은 흑뇌조였다. 솜씨 좋게 내리친 몽둥이를 맞고 새들의 흉내극은 막을 내렸다. 이것으로 오늘 저녁에 먹을 새 한 마리가 손에 들어왔다.

하버트는 청동색 날개를 가진 멋진 비둘기를 발견했다. 머리에 훌륭한 관을 쓴 비둘기도 있고, 산비둘기와 마찬가지로 초록색 깃털을 걸친 것도 있었다. 하지만 이런 비둘기들을 잡을 수는 없었고, 떼지어 달아나는 까마귀나 까치도 잡을 방법이 없었다. 산탄총이라도 있으면 얼마든지 쏘아 떨어뜨릴 수 있을 텐데, 멀리서 공격할 수 있는 도구라고는 돌멩이밖에 없었고, 창처럼 손에 쥐고 공격하는 도구라고는 몽둥이밖에 없었다. 이런 원시적인 무기로는 역부족이라고 말할 수밖에 없다.

무기가 없다는 사실이 더욱 답답하게 느껴지는 장면이 있었다. 네발짐승 한 무리가 마치 하늘을 나는 포유동물처럼 공중으로 10미터나 펄쩍펄쩍 뛰어오르면서 덤불을 넘어 도망쳤을 때였다. 다람쥐처럼 나무에서 나무로 건너뛰는 게 아닌가 여겨질 만큼 재빠르고 높은 도약이었다.

"캥거루다!" 하버트가 외쳤다.

"먹을 수 있나?" 펜크로프가 물었다.

"찜구이로 요리하면 최고로 맛있는 요리가 되지." 기자가 대답했다.

스필렛이 이 자극적인 말을 미처 끝내기도 전에 펜크로프와 네브와 하버트는 캥거루를 따라 달려갔다. 사이러스가 말리려고 했지만 소용이 없었다. 하지만 세 사냥꾼이 공처럼 튀어 오르는 이 도약의 명수들을 쫓아간 것도 역시 허사였던 모양이다. 5분이나 뛰어다닌 뒤 세 사람은 숨이 차서 헐떡거렸고, 캥거루 떼는 숲속으로 사라져버렸다. 헛물켜기는 토비도 마찬가지였다.

"선생님, 아무래도 총을 만들어야겠어요. 총을 만들 수 있나요?" 펜크로프가 말했다.

"글쎄. 하지만 우선 활과 화살부터 만드세. 자네들도 오스트레일리아 사냥꾼처럼 활을 능숙하게 쓸 수 있게 될 거야." 사이러스가 대답했다.

"활이라고요? 어린애한테는 어울리겠지요." 펜크로프는 활을 깔보듯 볼을 부풀렸다.

"우습게 보면 안 돼, 펜크로프." 기자가 끼어들었다. "인간은 수천 년 동안 활과 화살만으로 세계를 피로 물들였으니까. 화약은 아주 최근에 생긴 거라네. 전쟁의 역사는 인류의 역사와 마찬가지로 아주 오래됐지. 유감스러운 일이지만 말이야."

"정말 그렇군요. 활을 무시하는 말을 해서 미안합니다."

하버트는 좋아하는 학문인 박물학에 마음을 빼앗기고 있어서 캥거루로 화제를 돌렸다.

"어쨌든 우리는 제일 잡기 어려운 동물을 상대했어요. 긴 회색 털을 가진 큰 캥거루였죠. 하지만 제가 잘못 생각한 게 아니라면 검은 털이나 붉은 털이 난 캥거루도 있어요. 바위왈라비라든가 쥐캥거루라든가. 그런 녀석이라면 좀더 쉽게 잡을 수 있어요. 캥커루는 종류가 열 종류쯤 되는데……."

"하버트." 선원이 거드름을 피우며 대꾸했다. "이 펜크로프한테는 캥거루가 한 종류밖에 없어. '꼬치구이 캥거루'라는 건데, 오늘 밤에 먹지 못한 건 바로 그 캥거루야!"

펜크로프의 새로운 분류법을 듣고 다들 웃지 않을 수 없었다. 정직한 선원은 흑뇌조만으로 저녁식사를 해야 하는 분함을 감추려 하지 않았다. 하지만 다시 한 번 행운이 찾아와 선원에게 미소를 짓게 했다.

사실은 토비가 지금이야말로 활약할 때라고 생각했는지 여기저기 뛰어다니며 사냥감을 찾고 있었다. 본능만이 아니라 맹렬한 식욕도 토비를 재촉하고 있는 모양이었다. 무엇이든 사냥감의 일부가 입에 들어오면, 토비는 사냥꾼들에게 사냥감을 남겨주지는 않을 것이다. 지금은 자신을 위해서만 사냥을 하고 있는 것 같았다. 하지만 네브가 토비를 감시하고 있었다. 꽤 좋은 방법이다.

세 시쯤 토비가 덤불 속으로 사라지더니 곧 낮게 으르렁거리는 소리가 들려, 토비가 어떤 짐승과 싸우고 있다는 것을 알 수 있었다.

네브가 달려가보니 과연 토비는 네발짐승을 우적우적 먹고 있는 중이었다. 10초만 늦었다면 그 동물은 모두 토비의 뱃속으로 사라지고 그 정체도 알지 못했을 것이다. 그런데 다행히 토비는 새끼를 먹고 있는 중이었다. 토비는 설치류 세 마리를 한꺼번에 잡았고, 나머지 두 마리는 목이 물려 죽은 채 땅바닥에 너부러져 있었다.

네브는 설치류를 양손에 한 마리씩 들고 의기양양하게 덤불에서 모습을 나타냈다. 동물의 몸은 산토끼보다 크고, 누런 털에 초록색 반점이 섞여 있고, 꼬리는 퇴화하여 아주 짧았다.

미국 시민들은 이 설치류의 이름을 대번에 알아맞혔다. 그것은 '마라'라고 불리는 아구티의 일종이었다. 열대지방에 사는 아구티보다 몸집이 조금 컸다. 모양은 아구티와 똑같지만, 귀가 길고 위턱과 아래턱에 어금니가 다섯 개 있는 것이 아구티와 다른 점이었다.

"만세!" 펜크로프가 외쳤다. "구이용 고기가 도착했군! 이젠 침니로 돌아갈 수 있겠어!"

잠시 중단되었던 행진이 다시 시작되었다. '붉은 내'의 맑은 물은 카수아리나와 뱅크셔와 거대한 고무나무가 만들어낸 아치 아래를 여전히 잔잔하게 흐르고 있었다. 아름다운 백합과 식물이 6~7미터 높이까지 자라 있었다. 박물학자 소년도 모르는 나무가 시냇물 위로 몸을 기울이고 있었다. 이 초록빛 아케이드 밑에서 시냇물이 졸졸 속삭이는 소리를 들을 수 있었다.

그러는 동안 시내가 눈에 띄게 넓어지기 시작했다. 사이러스는 이제 곧 개어귀가 나오지 않을까 생각했다. 실제로 나무가 울창한 숲을 나오자 갑자기 개어귀가 모습을 나타냈다.

탐험가들은 그랜트 호 서안에 도착했다. 그랜트 호는 좀더 자세히 볼 만한 곳이었다. 둘레는 약 10킬로미터, 면적은 250에이커(약 100헥타르)쯤 되고, 다양한 나무가 호수를 둘러싸고 있었다. 동쪽엔 군데군데 그림처럼 아름다운 초록빛 커튼이 시야를 가로막고 있었지만, 그 커튼 너머로 빛나는 바다의 수평선이 보였다. 호수 북쪽은 조금 안쪽으로 들어간 커브를 그리고 있어서, 남쪽 끝의 뾰족한 커브와 대조를 이루고 있었다. 온타리오 호*의 축소판 같은 이 호수 연안에는 많은 물새가 찾아들고 있었다. 미국의 온타리오 호에는 '수많은 섬'이 있지만, 이 호수에는 남쪽 연안에서 수백 미터 떨어진 한가운데에 작은 바위섬 하나가 솟아 있을 뿐이다. 물총새 몇 쌍이 바위에 함께 앉아 있었다. 진지한 태도로 물고기가 다가오기를 기다리고 있다가 날카로운 울음소리를 내며 눈 깜짝할 사이에 물속으로 뛰어들었나 싶더니 부리에 물고기를 물고 다시 나타났다. 다른 쪽 연안에서도 야생오리와 펠리컨, 쇠물닭, 붉은부리갈매기, 혀가 붓처럼 생긴 필레돈이 거드름을 피우며 걸어 다니고 있었다. 꼬리가 리라처럼 우아하게 구부러진 메누라도 한두 마리 보였다.

호수는 역시 담수호였다. 물은 약간 검은빛이었지만 맑았다. 수면에 거품이 떠오르거나 동심원이 몇 개나 생겨서 서로 교차하는 것은 물고기가 아주 많다는 사실을 말해주고 있었다.

"정말 아름답군! 이 호숫가에서 살 수 있으면 좋겠는데!" 스필렛이 말했다.

"그게 바로 우리가 하려는 일일세!" 사이러스가 대답했다.

* 온타리오 호_ 북아메리카의 오대호 가운데 하나.

개척자들은 지름길을 지나 침니로 돌아가기로 마음먹고, 호수의 동쪽과 서쪽 연안이 만나는 남쪽 끝까지 내려갔다. 그들은 인간의 손이 아직 닿지 않은 울창한 수풀과 덤불을 헤치며 힘들게 길을 뚫었다. 그리고 '전망대' 북쪽으로 나가려고 해안을 향해 나아갔다. 3킬로미터쯤 걸어서 장막처럼 시야를 가리는 마지막 숲을 지나자, 풀이 빽빽이 우거진 고원이 나타나고 그 너머에 끝없는 바다가 보였다.

침니로 돌아가려면 고원을 1.5킬로미터쯤 비스듬히 가로질러 '은혜 강'이 처음 굽이진 지점까지 내려가면 된다. 하지만 사이러스는 호수에서 흘러나오는 물이 어디서 어떻게 나오고 있는지 확인하려고 했다. 그래서 다시 나무 아래를 지나 북쪽으로 2.5킬로미터쯤 걸으면서 탐험을 계속했다. 어딘가에 물을 토해내고 있는 배출구가 있을 것이다. 어쩌면 화강암 틈새로 흘러나오고 있을지도 모른다. 이 호수는 시냇물이 조금씩 모여서 이루어진 거대한 저수지 같은 호수니까, 여기서 넘친 물이 폭포 같은 형태로 바다에 떨어지고 있을 게 분명하다. 그렇다면 그 폭포를 이용할 수 있을 것이다. 지금은 아무 쓸모도 없이 그냥 떨어지고 있지만, 그 물의 힘을 빌릴 수 있을 거라고 사이러스는 생각했다. 그들은 그랜트 호의 가장자리를 따라 북쪽으로 계속 걸어갔다. 하지만 그쪽 방향으로 1.5킬로미터를 더 나아갔는데도 사이러스는 어딘가에 있을 터인 배수구를 찾아내지 못했다.

벌써 네 시 반이 되어 있었다. 저녁식사를 준비해야 하기 때문에 개척자들은 침니로 돌아가기로 했다. 일행은 방금 왔던 길을 되짚어가서 '은혜 강' 왼쪽 연안을 지나 침니로 돌아갔다.

거처에 돌아가자 그들은 곧 불을 지폈다. 네브는 하인으로서,

펜크로프는 선원으로서 자연히 요리를 맡게 되었다. 두 사람은 재빨리 아구티를 구울 준비에 착수했고, 고기가 구워지자 모두 배불리 먹었다.

식사가 끝나고 모두 잠자리에 들려고 할 때, 사이러스가 주머니에서 다양한 광물 조각을 꺼내더니 동료들에게 말했다.

"이건 철광석, 이건 황철광, 이건 찰흙, 이건 석회, 이건 석탄이야. 모두 자연이 우리에게 준 것이지. 자연은 우리의 공동 작업에서 제 몫의 일을 끝냈어. 내일부터는 우리가 우리 몫의 일을 시작하세!"

아구티 구이

13

토비가 몸에 지니고 있던 것─활과화실의 제조─벽돌공장─
질그릇 가마─여러 가지 주방용품─첫 번째 찌개─향쑥─
남십자성─중요한 천체 관찰

"사이러스 선생님, 어디서부터 시작하면 좋을까요?" 이튿날 아침 펜크로프가 만물박사에게 물었다.

"처음부터." 사이러스 스미스가 대답했다.

실제로 개척자들은 모든 것을 '처음'부터 시작할 수밖에 없었다. 우선 도구를 만드는 데 필요한 도구도 없었고, '시간은 있으니까 천천히 하면 되는' 상황에 놓여 있지도 않았다. 당장 생활에 필요한 것을 마련해야 하니까 시간이 모자랄 정도다. 지금까지의 경험을 살려 무언가를 발명하는 것이 아니라 뭐든지 어떻게든 만들어내야 한다. 쇠와 강철은 아직 광석 상태로 잠자고 있고, 질그릇은 그 원료인 찰흙이 있을 뿐이고, 옷가지도 옷감의 원료가 있을 뿐이었다.

물론 여기 있는 개척자들은 문자 그대로 '사나이들'이었다. 만물박사인 스미스도 이들보다 더 유능한 동료, 이들보다 더 헌신적이고 열성적인 동료의 도움을 받을 수는 없었다. 사이러스는 동료들을 자세히 관찰하여 각자의 능력을 확인했다.

기디언 스필렛은 무엇이든 기사로 만드는 방법을 알고 있는 우수한 기자니까, 그 두뇌와 수완을 충분히 발휘하여 이 섬을 개척하는 데 이바지할 것이다.

성실하고 용감한 소년 하버트는 특히 박물학에 깊은 지식이 있어서, 앞으로도 공동생활에 크게 이바지할 것이다.

네브는 헌신의 덩어리였다. 솜씨가 좋고 머리도 좋고, 지칠 줄 모르고, 무쇠처럼 단단하고 건강한 몸을 가진 그는 대장간 일도 잘 알고 있으니까 이 집단에 없어서는 안 될 존재였다.

펜크로프는 모든 바다를 항해한 선원이고, 브루클린 조선소에서 목수로 일했고, 정부 건물을 지을 때 석공 조수도 해본 적이 있었고, 휴가 때는 정원사나 농부가 되기도 했다. 그리고 바다 사나이로서 무엇에나 적응할 수 있고, 어떤 일도 해낼 수 있었다.

운명에 도전하는 데 이들보다 더 잘 어울리는 다섯 사람을 모으기는 어려웠을 것이다. 이들 다섯 명은 운명을 이길 수 있다는 자신감에 가득 차 있었다.

'처음부터' 라고 사이러스 스미스는 말했다. 그가 말한 '처음' 이란 자연 속에 있는 원료를 변형시키기 위한 장치를 만드는 것이었다. 원료를 변형시키는 데에는 열이 중요한 역할을 맡는다. 연료로는, 목재도 석탄도 금방 손에 넣을 수 있었다. 그래서 그 연료를 태우기 위한 가마를 만들게 되었다.

"그 가마를 무엇에 쓰죠?" 펜크로프가 물었다.

"우리에게 필요한 그릇을 굽는 데." 사이러스가 대답했다.

"무엇으로 가마를 만들죠?"

"벽돌로."

"그 벽돌은 무엇으로 만들죠?"

"찰흙으로 만들지. 자, 모두 출발하세. 일일이 재료를 나르지 말고, 현지에 작업장을 짓기로 하세. 네브는 식량을 가져가. 음식을 요리할 불은 얼마든지 있으니까."

"그건 그렇지만……" 기자가 끼어들었다. "식량이 부족하면 어떡하죠? 사냥 도구가 없는데."

"아아, 하다못해 칼이라도 있으면 좋겠는데!" 선원도 큰 소리로 말했다.

"칼이라도 있으면?" 사이러스가 물었다.

"그러면 금방이라도 활과 화살을 만들어 부엌에 고기가 넘쳐날 텐데!"

"그래? 칼이라고? 칼이라……." 사이러스는 혼잣말처럼 중얼거렸다.

그때 그의 눈길이 해안을 뛰어다니고 있는 토비에게 쏠렸다.

갑자기 사이러스의 눈이 반짝 빛났다.

"토비! 이리 와!"

개는 주인이 부르는 소리를 듣고 달려왔다. 사이러스는 토비의 머리를 두 손으로 잡고 개의 목에 감겨 있던 목걸이를 풀어서 그것을 둘로 부러뜨렸다.

"자, 칼 두 자루일세, 펜크로프!"

선원은 대답 대신 두 번 만세를 불렀다. 토비의 목걸이는 얇은 철판으로 되어 있었다. 이것을 가지고 날카로운 칼날로 만들려면 우선 사암으로 갈고 다시 결이 고운 사암으로 날이 젖혀진 부분을 없애기만 하면 된다. 그런데 그런 종류의 사암은 모래밭에 널려 있었기 때문에, 두 시간 뒤에는 아주 잘 드는 칼 두 개가 만들어져 개척자들의 도구로 쓰이게 되었다. 이 칼에 나무 손잡이를 다는 것도 간단히 끝났다.

이 최초의 연장을 손에 넣은 것은 진정한 승리로 여겨졌다. 실제로 그것은 때맞추어 만들어진 귀중한 도구였다.

모두 길을 떠났다. 사이러스 스미스는 호수 서안으로 갈 생각이었다. 전날 그 일대 토양이 점토질인 것을 확인했고, 점토도 채집해두었다. 그래서 일행은 '은혜 강'을 따라 나아가 '전망대'를 가로질러 8킬로미터쯤 걸어간 뒤, 그랜트 호에서 150미터쯤 떨어져 있는 숲 속의 빈터에 이르렀다.

도중에 하버트는 인디오(남아메리카 원주민)가 활 재료로 이용하는 나무를 발견했다. 야자나무의 일종인 '크레짐바'인데, 식용 열매는 열리지 않는다. 그는 길고 곧은 나뭇가지를 잘라 잎을 떼어냈다. 나뭇가지는 가운데가 낭창낭창한 대신 끝이 가늘고 약하기 때문에 끝부분도 잘라냈다. 이제 활시위로 쓸 식물을 찾아내면 된다. 아욱과에 속하는 '하이비스커스'가 있었다. 이 식물의 섬유질은 동물의 힘줄 못지않게 질기다.

이리하여 펜크로프는 유용한 활을 손에 넣을 수 있었다. 이제 부족한 것은 화살뿐이었다. 곧고 단단하고 옹이가 없는 나뭇가지로 화살을 만드는 것은 간단했지만, 화살 끝에 다는 촉의 쇠를 대신할 것은 그리 쉽게 찾을 수 없을 터였다. 하지만 펜크로프는 지금까지 역할을 다했으니까 나머지는 우연에 맡겨도 좋을 거라고 생각했다.

개척자들은 전날 보아둔 곳에 이르렀다. 그곳은 질그릇의 원료가 되는 점토질 토양이었다. 그 찰흙은 벽돌이나 기와를 만들 때 사용할 수 있으니까, 지금 그들에게는 안성맞춤의 흙이었다.

작업은 조금도 어렵지 않았다. 모래가 섞인 찰흙에서 돌멩이 따위를 골라내고 벽돌 모양으로 빚은 다음, 가마에 넣고 나무를 때서 구워내면 된다.

대개 벽돌은 틀에 넣어 모양을 만들지만, 사이러스는 손으로 모양을 빚는 것으로 만족했다. 그날 하루와 이튿날이 이 작업에 소비되었다. 찰흙에 물을 섞어 손과 발로 반죽한 다음, 같은 크기로 나누었다. 숙련된 벽돌공이라면 열두 시간 동안 벽돌을 1만 개 정도는 만들 수 있다. 하지만 링컨 섬의 다섯 사람은 이틀 동안 일했는데도 3천 개 이상은 만들지 못했다. 그들은 만든 벽돌을 차례로 늘어놓았다. 완전히 건조하여 구울 수 있는 상태가 될 때까지 사나흘 동안 이렇게 말려야 한다.

4월 2일, 사이러스 스미스는 섬의 방위(方位)를 결정하는 작업에 착수했다.

전날 그는 햇빛의 굴절을 고려하면서 태양이 수평선 아래로 사라진 시간을 정확히 적어두었고, 4월 2일 아침에 태양이 모습을 나타낸 시간도 정확히 적어두었다. 이 해넘이와 해돋이 사이에 11시간 36분이 지났다. 따라서 해가 뜬 뒤 6시간 12분 뒤에 그날의 태양은 자오선을 지나게 될 것이다. 그리고 그때 해가 있는 방위가 북쪽을 가리키게 된다.*

이 시각에 사이러스는 자오선의 방위를 측정했다. 나무 두 그루를 눈표로 삼아 각각 태양과의 각도를 측정하면서, 앞으로의 작업을 위해 변하지 않는 자오선의 위치를 확정했다.

---

* 〔원주〕 실제로 이 시기에 이 섬의 위도에서는 해돋이가 오전 5시 48분, 해넘이는 오후 6시 12분이었다.

그들은 만든 벽돌을 차례로 늘어놓았다

벽돌을 굽기 전 이틀 동안 그들은 땔감을 모으는 데 전념했다. 빈터 주위의 나무에서 가지를 잘라내고, 밑에 떨어진 나뭇가지는 전부 주워 모았다. 하지만 부근에서 사냥도 이루어졌다. 이제는 펜크로프가 뾰족한 촉을 단 화살을 몇 다스나 갖고 있었기 때문에 사냥하기가 훨씬 쉬워졌다. 이 화살촉을 가져다준 것은 호저를 잡아온 토비였다. 호저는 식량으로는 별로 가치가 없는 동물이지만, 뾰족한 가시가 몸에 잔뜩 돋아나 있어서 아주 유용한 동물이다. 이 가시를 화살 앞쪽 끝에 단단히 고정하고, 앵무새 깃털을 뒤쪽 끝에 달아서 화살이 날아가는 방향을 안정시켰다. 스필렛과 하버트는 당장 활의 명수가 되었다. 그래서 카피바라와 비둘기·아구티·뇌조 같은 동물들의 고기가 침니에 잔뜩 모였다. 대부분은 '은혜 강' 왼쪽에 펼쳐져 있는 숲에서 잡은 것이었다. 펜크로프와 하버트가 처음 탐험했을 때 거기에서 벌잡이새를 추적한 것을 기념하여 이 숲에는 '벌잡이새 숲'이라는 이름이 붙여졌다.

사냥으로 잡은 동물 고기는 신선할 때 먹기로 했지만, 카피바라 고기는 향기로운 잎으로 둘둘 감은 다음 나무를 땐 연기로 그슬려서 햄으로 보존했다. 그들은 이렇게 영양이 풍부한 식사를 했지만, 밤마다 구운 고기만 먹다 보니 아무리 간단한 찌개라도 냄비에서 보글보글 끓는 소리가 들린다면 모두 기뻐했을 것이다. 하지만 그것은 냄비가 생길 때까지, 그리고 화덕이 만들어질 때까지 기다려야 했다.

사냥 범위가 벽돌 작업장 주위로 한정되어 있었던 이 시기에 사냥꾼들은 날카로운 발톱을 가진 대형 들짐승이 최근에 남긴 발자국을 발견했지만, 그 정체는 알 수 없었다. 사이러스는 되도록 조심하라고 동료들에게 주의를 주었다. 숲에 위험한 짐승이 숨어 있을지도 모르기 때문이다.

그가 경고한 대로였다. 실제로 스필렛과 하버트는 어느 날 재 규어와 비슷한 짐승을 발견했다. 다행히 그 짐승은 그들을 덮치 지 않았다. 덮쳤다면 크게 다쳤을 것이다. 스필렛은 제대로 된 무 기(펜크로프가 갖고 싶어하는 총)가 손에 들어오면 이 사나운 짐 승에 과감히 도전하여 섬에서 쫓아내겠다고 결심했다.

침니는 지난 며칠 동안 살기 좋게 개조되지 않았다. 사이러스 는 더 나은 거처를 찾아내거나 필요하면 거처를 새로 짓겠다고 생각했기 때문이다. 그들은 통로의 모랫바닥에 마른 이끼와 나 뭇잎을 새로 까는 것만으로 만족했다. 그리고 온종일 일하느라 지친 사람들은 이 원시적인 잠자리에서 곤히 잠을 잤다.

개척자들이 링컨 섬에 착륙한 뒤 지나간 날수도 계산되어 수 첩에 적혔다. 4월 5일 수요일은 조난자들이 폭풍에 실려 이 섬에 온 지 12일째 되는 날이었다.

4월 6일, 날이 밝자마자 사이러스와 동료들은 숲 속의 빈터에 모였다. 여기서 드디어 벽돌을 굽는 것이다. 물론 벽돌은 가마에 서 굽는 것이 아니라 밖에서 구울 수밖에 없었다. 아니, 벽돌을 쌓아올려 거대한 가마를 만들고 불을 때면 가마 자체가 구워질 것이다. 미리 준비해둔 땔나무 다발을 땅바닥에 쌓아놓고, 그 주 위에 잘 마른 벽돌을 착착 쌓아올렸다. 벽돌들은 곧 커다란 정육 면체가 되었고, 맨 위에 배기구가 만들어졌다. 이 작업은 온종일 계속되어, 저녁 무렵에야 겨우 땔나무 다발에 불이 붙었다.

그날 밤에는 아무도 잠을 자지 않고 화력이 약해지지 않도록 주의 깊게 지켜보았다.

작업은 48시간 동안 계속되어 완전히 성공을 거두었다. 이제는 연기를 내고 있는 거대한 벽돌 가마를 식혀야 한다. 그동안 네브와 펜크로프는 사이러스의 지휘 아래 나뭇가지를 엮어 만든 썰매에 석회석을 몇 번이나 실어 날랐다. 호수 북안에 많이 널려 있는 평범한 돌이다. 이 돌을 열로 분해하면 가루 모양의 걸쭉한 생석회가 만들어진다. 이것은 백악이나 대리석을 구워서 만든 것 못지않게 좋은 석회다. 이 석회에 모래를 섞으면 훌륭한 모르타르를 얻을 수 있다. 모래를 넣으면 석회가 굳을 때 시멘트가 수축하는 것을 완화시킬 수 있다.

이런 다양한 작업으로 4월 9일에는 상당량의 석회와 수천 개의 벽돌을 언제든지 쓸 수 있는 상태가 되었다.

당장 가마를 만드는 작업이 시작되었다. 일상생활에 없어서는 안 될 다양한 그릇을 굽기 위한 가마였다. 그것은 별로 힘들이지 않고 완성되었다. 닷새 뒤 가마에 석회가 채워졌다. 사이러스가 '붉은 내' 어귀에서 노출된 석회 광상을 발견한 것이다. 6미터 높이의 굴뚝에서 최초의 연기가 뿜어져 나왔다. 숲 속의 빈터는 이제 공장으로 변해 있었다. 펜크로프는 이 가마에서 근대 산업이 만들어내는 온갖 제품을 만들 수 있다고 생각했다.

그거야 어쨌든, 개척자들이 우선 만든 것은 평범한 도기 제품, 특히 음식을 끓이기 위한 그릇이었다. 원재료는 찰흙이지만, 사이러스는 거기에 석회와 석영을 조금 넣었다. 이렇게 하면 파이프를 만들 때 사용하는 고령토처럼 되었다. 이 고령토로는 작은 단지·찻잔·접시·항아리·수반 따위를 만들었다. 모양은 일그러지거나 볼품이 없었지만, 고온으로 구워서 침니의 부엌에 늘어놓자 최고 품질의 백토로 만든 제품과 마찬가지로 귀중한 생활용품이 되었다.

펜크로프는 사이러스가 조합한 고령토가 정말로 '파이프용 찰흙'으로 쓸 만한지 알고 싶어서, 파이프를—모양은 좀 이상했지만—몇 개 만들었다. 펜크로프 자신은 멋진 파이프라고 생각했지만, 유감스럽게도 파이프에 채워 넣을 담배가 없었다. 가엾은 펜크로프에게 이것은 무척 괴로운 일이었다.

"하지만 다른 것과 마찬가지로 담배도 이제 곧 구할 수 있을 거야." 이따금 열광적으로 자신감이 솟아날 때는 그런 말을 되풀이했다. 물론 그 자신감은 사이러스 스미스에 대한 절대적인 신뢰감에서 생겨난 것이었다.

이런 작업은 4월 15일까지 계속되었다. 그들은 모두 진지하게 열심히 일했다. 도공이 된 개척자들은 질그릇을 만드는 일에만 전념했다. 사이러스가 그들을 대장장이로 바꾸고 싶어하면 모두 완벽한 대장장이가 될 것이다. 하지만 이튿날은 일요일, 게다가 부활절 일요일이었기 때문에 이날은 하루 쉬기로 했다. 이 미국인들은 신앙심이 두터웠고 성경의 가르침을 성실하게 지키는 사람들이었다. 지금 놓여 있는 상황도 만물의 창조주인 하느님에 대한 믿음을 더욱 강화해줄 뿐이었다.

이리하여 4월 15일 저녁에는 모두 침니로 돌아가게 되었다. 남아 있던 질그릇은 운반되었고, 새로운 일이 시작될 때까지 가마의 불도 꺼졌다. 그들은 돌아가는 길에 행운을 만났다. 사이러스가 부싯깃 대용품으로 쓸 수 있는 식물을 발견한 것이다. 스펀지 모양의 부드러운 부싯깃 재료는 말굽버섯 종류에 속하는 다공질 버섯이었다. 이 재료를 확보하고 여기에 다시 흑색화약을 섞거나 질산염이나 염소산칼륨 용액으로 끓이면 아주 타기 쉬운 물

도공이 된 개척자들

질이 만들어진다. 하지만 지금까지는 그런 말굽버섯도, 그 대용품이 될 수 있는 곰보버섯도 찾지 못했다. 그런데 이날 사이러스가 쑥과에 속하는 식물을 발견한 것이다. 주요 종류는 향쑥·시트로넬라·개사철쑥·제비쑥 등이다. 사이러스는 쑥을 조금 뽑아서 선원에게 내밀었다.

"자, 이게 자네를 행복하게 해줄 걸세."

펜크로프는 그 식물을 찬찬히 살펴보았다. 부드럽고 광택이 나는 긴 털로 덮여 있고, 잎에도 솜털이 잔뜩 나 있었다.

"도대체 이게 뭡니까? 설마 담뱃잎은 아니겠죠?"

"향쑥이야. 더 구체적으로 말하면 중국 향쑥이고, 우리는 부싯깃으로 쓸 걸세."

실제로 이 쑥을 잘 말리면 아주 불에 타기 쉬워진다. 나중에 사이러스는 섬에 몇 개나 층을 이루고 있는 질산칼륨(이른바 초석)을 향쑥에 섞었는데, 그러면 불이 더욱 붙기 쉽다.

그날 밤 개척자들은 모두 가운뎃방에 모여 그럭저럭 괜찮은 식사를 했다. 네브는 아구티 찌개와 카피바라 햄을 저녁식사로 준비했다. 여기에 토란과에 속하는 '칼라디움 마크로리줌'의 뿌리를 삶은 요리가 곁들여졌다. 열대지방에서는 나무처럼 자라는 식물인데, 그 뿌리가 아주 맛있고 영양이 풍부하다. 영국에서 '포틀랜드 세이고'라는 이름으로 팔리는 전분질 음식과 비슷했다. 이것이 링컨 섬 주민들에게 부족한 빵을 어느 정도는 대신할 수 있었다.

저녁식사가 끝나고 잠자리에 들기 전에 사이러스와 동료들은 모래밭에 나가서 바람을 쐬었다. 밤 여덟 시, 하늘은 맑게 개어 있었다. 닷새 전에 보름달이었던 달은 아직 뜨지 않았지만, 수평선은 달의 여명이라고 말할 수 있는 부드러운 은빛으로 창백하게 빛나고 있었다. 남쪽 천정을 에워싸고 별들이 빛나고 있었다. 그중에서도 가장 밝은 별자리는 며칠 전 사이러스가 프랭클린 산에서 인사를 보낸 남십자성이었다.

사이러스 스미스는 오랫동안 말없이 그 아름다운 별자리를 쳐다보았다. 맨 위와 맨 아래에 있는 별이 1등성, 왼쪽 가로대에 있는 별이 2등성, 오른쪽 가로대에 있는 별이 3등성이다.

사이러스는 몇 분 동안 생각한 뒤 소년에게 물었다.

"하버트, 오늘은 4월 15일이지?"

"예, 맞습니다." 하버트가 대답했다.

"그래. 내가 잘못 생각한 게 아니라면 내일은 시태양시와 평균태양시*가 일치하는 날이야. 그런 날은 1년에 나흘밖에 없는데, 내일이 바로 그날이지. 몇 초의 오차는 있을지 모르지만, 내일은 태양이 정오에 자오선을 통과할 거야. 그러니까 날씨만 좋으면 이 섬의 경도를 대충 알 수 있을 거야."

"기구도 없고 육분의**도 없는데요?" 스필렛이 물었다.

"그래서 오늘 밤은 날씨가 맑으니까 남십자성의 고도를 계산하고, 수평선 위의 남극 위치를 측정해서 이 섬의 위도를 조사할 생각일세. 자네들도 알겠지만, 큰 시설을 짓는 공사에 착수하려면 여기가 섬이라는 사실을 확인한 것만으로는 충분하다고 말할 수 없네. 이 섬이 아메리카 대륙이나 오스트레일리아 대륙에서

---

* 시태양시는 해시계가 표시하는 시각을 말한다. 그러나 태양의 속도가 변하기 때문에 언제나 일정한 것은 아니다. 그래서 태양의 움직임을 평균화하여 일정하게 진행하는 것으로 고친 것이 우리가 일상생활에서 쓰는 평균태양시다.
** 육분의六分儀_ 천구상의 두 점 사이의 각도를 재는 휴대용 기구.

얼마나 떨어져 있는지, 태평양의 큰 군도에서 얼마나 떨어져 있는지를 되도록 정확하게 알아둘 필요가 있어."

"맞는 얘기예요." 기자가 대답했다. "이 섬이 사람 사는 해안에서 150킬로미터 정도밖에 떨어져 있지 않다면, 집을 짓기보다 차라리 배를 만드는 게 좋으니까요."

"그래서 오늘 밤에 나는 링컨 섬의 위도를 확인하고, 내일 정오에 경도를 계산할 생각일세."

거울에 반사된 천체의 상을 이용하여 두 점 사이의 거리를 각도로 정확하게 측정할 수 있는 기구인 육분의만 있으면 사이러스의 작업은 조금도 어렵지 않았을 것이다. 그날 밤에는 남극의 위치로, 그리고 이튿날에는 자오선을 통과하는 태양의 위치로 섬의 경도와 위도를 파악할 수 있을 테니까. 그런데 육분의가 없기 때문에, 육분의를 대신할 것을 찾아야 했다.

사이러스는 침니로 돌아가서 화덕 불빛에 의지하여 납작하고 작은 자를 두 개 만들었다. 그리고 그것을 컴퍼스 모양으로 만들기 위해 한쪽 끝을 서로 맞붙였다. 이제 두 개의 자를 크게 벌리거나 작게 오므릴 수 있게 되었다. 끝을 연결하여 고정하는 데에는 땔나무 다발의 아까시 나뭇가지에 돋아나 있던 굵은 가시를 사용했다.

이 도구를 완성한 다음 사이러스는 다시 바닷가로 돌아갔다. 하지만 확실히 보이는 수평선 위에서 남극의 위치를 측정해야 하는데, 남쪽 수평선이 '발톱 곶'에 가려 잘 보이지 않았기 때문에 좀더 관측하기 좋은 장소를 찾으러 가야 했다. 제일 좋은 곳은 물론 정남쪽을 향하고 있는 해안이지만, 그러려면 '은혜 강'을 건너가야 한다. 이 시각에는 밀물이 들어와 수심이 깊어져 있었기 때문에 강을 건너는 것은 불가능했다.

그래서 사이러스는 '전망대'로 관측하러 가기로 했다. 물론 '전망대' 자체의 고도를 고려해야 하지만, 그것은 이튿날 초급 기하학의 간단한 공식으로 계산하면 된다.

개척자들은 '은혜 강' 왼쪽 기슭을 거슬러 올라가 고원으로 갔다. 그리고 북서쪽에서 남동쪽으로 뻗어 있는 고원의 끝으로 가서, 강과 나란히 뻗어 있는 울퉁불퉁한 바위산 위에 섰다.

이곳에서는 '은혜 강' 오른쪽에 있는 15미터 높이의 언덕도 바라다볼 수 있었다. 이 언덕은 한쪽 비탈은 '발톱 곶' 끝으로, 또 한쪽 비탈은 섬의 남쪽 해안으로 내려가고 있었다. 시야를 가로막는 것이 아무것도 없었기 때문에, 발톱 곶에서 도마뱀 곶에 이르는 수평선을 한눈에 바라볼 수 있었다. 남쪽 수평선은 떠오르기 시작한 달빛을 받아 하늘과 뚜렷이 구별할 수 있었고, 상당히 정확하게 조준을 맞출 수 있었다.

이때 남십자성은 알파별이 아래쪽으로 내려가 역십자 모양이 되어 있었다. 이 알파별이 남극과 가장 가까운 위치에 있었다.

하지만 이 별은 북극성이 북극을 나타내는 것만큼 정확하게 남극 가까이 자리잡고 있는 것은 아니다. 알파별은 남극에서 약 27도 되는 곳에 있지만, 사이러스는 그것을 알고 있으니까 계산할 때 그 거리를 고려할 터였다. 그는 또한 이 별이 자오선을 통과할 때 관찰하려고 주의를 기울였다. 그래야 관찰하기가 쉬울 터였다.

이리하여 사이러스는 복축식 측량기로 측량하듯 나무로 만든 컴퍼스의 한쪽 다리를 수평선에, 또 한쪽 다리를 알파별로 향했다. 이 두 다리 사이의 거리가 알파별과 수평선 사이의 각거리*

이다. 이 각도가 움직이지 않도록 고정하기 위해 사이러스는 컴퍼스의 두 나무판 사이에 판을 또 하나 끼우고 가시로 고정시켰다. 이로써 컴퍼스가 단단히 고정되었다.

이 작업이 끝나면 남은 일은 그 각도를 계산하는 것뿐이다. 수평선을 위에서 내려다보고 있다는 것을 고려하여 해수면과 같은 높이에서의 관찰 결과를 얻으려면, 아무래도 고원의 고도를 계산할 필요가 있었다. 이렇게 얻은 각도의 수치가 알파별의 높이를 나타내게 될 것이다. 따라서 수평선상의 남극 위치, 즉 섬의 위도를 가르쳐줄 것이다. 지구상에 있는 한 점의 위도는 그 지점의 수평선상에 있는 극의 각도와 항상 일치하기 때문이다.

이런 계산은 이튿날 하기로 하고, 밤 열 시에 그들은 모두 깊은 잠에 빠져들었다.

---

* 각거리角距離_ 관찰점에서 두 점에 이르는 두 개의 직선이 만드는 각도로 두 점 사이의 거리를 나타낸 것.

14

암벽의 높이를 재다—닮은삼각형 정리의 응용—섬의 위도—

북부 탐험—굴 번식자—장래 계획—링컨 섬의 위치

이튿날인 4월 16일(부활절 일요일), 개척자들은 동이 트자마자 침니를 나와서 우선 속옷을 빨고 옷의 먼지도 털었다. 사이러스 스미스는 비누를 만들 때 없어서는 안 될 원료인 소다나 칼륨, 지방이나 기름을 구하면 당장이라도 비누를 만들기로 작정했다. 옷을 새로 짓는 중요한 문제도 적당한 기회에 해결해야 할 것이다. 어쨌든 지금 입고 있는 옷으로 반년은 버틸 수 있을 것이다. 옷감이 튼튼해서, 육체노동을 해도 찢어지는 일은 없었기 때문이다. 하지만 모든 것은 이 섬이 사람이 사는 땅에서 얼마나 떨어져 있느냐에 달려 있었다. 날씨만 좋으면 섬의 위치는 오늘 알 수 있을 것이다.

마침 태양은 깨끗한 수평선 위로 떠올라 화창한 날씨를 예고하고 있었다. 더운 계절에 마지막 작별을 고하듯 맑게 갠 가을날이었다.

우선 '전망대'가 해발 몇 미터인지를 측정하여, 전날 관찰한

그들은 속옷을 빨고 옷의 먼지도 털었다

자료를 마무리해야 했다.

"어제 사용한 도구는 필요없나요?" 하버트가 사이러스에게 물었다.

"응, 필요없어." 사이러스가 대답했다. "오늘은 다른 방법을 쓸 텐데, 이 방법도 거의 비슷하게 정확해."

하버트는 무엇이든 배우고 싶었기 때문에 사이러스를 따라갔다. 사이러스는 화강암 절벽 아래를 떠나 파도가 밀어닥치는 물가까지 내려갔다. 그동안 펜크로프와 네브와 스필렛은 각자 다른 일을 하고 있었다.

사이러스는 12피트(약 3.6미터) 길이의 곧은 막대기를 손에 들고 있었다. 자신의 키를 알고 있으니까, 그 키와 비교하여 되도록 정확하게 막대기의 길이를 재두었다. 하버트는 추를 매단 실을 사이러스한테서 건네받았다. 부드러운 섬유 끝에 돌멩이를 묶은 것이다.

물가에서 20피트(6미터), 수직으로 우뚝 솟은 암벽에서 약 500피트(150미터) 떨어진 곳에 오자, 사이러스 스미스는 모래밭에 막대기를 2피트(60센티미터)쯤 묻었다. 그리고 추를 매단 실을 이용하여 수평선의 평면과 수직을 이루도록 막대기를 똑바로 고정시켰다.

그 일이 끝나자 모래 위에 엎드려, 시선이 막대기 끝과 절벽 꼭대기를 일직선으로 연결할 때까지 뒤로 물러났다. 그리고 그 지점에 주의 깊게 말뚝을 세웠다.

그런 다음, 하버트에게 물었다.

"초급 기하는 알고 있니?"

"조금은 알아요." 하버트는 조심스럽게 대답했다.

"그럼 닮은삼각형 두 개의 특성은 무엇인지 기억하고 있니?"

"예, 대응하는 각 변은 비례합니다."

"잘했다, 하버트. 그래서 나는 지금 두 개의 닮은삼각형, 그중에서도 직각삼각형을 만들었어. 작은 삼각형은 저 수직 막대기와 막대기 밑에서 말뚝까지의 거리가 두 변이 되고, 내 시선이 빗변이 되지. 두 번째 삼각형은 수직 암벽(나는 지금 이 암벽의 높이를 측정하려 하고 있어)과 그 절벽에서 말뚝까지의 거리가 두 변을 이루고, 내 시선이 역시 빗변이 되지. 이것은 물론 첫 번째 삼각형의 빗변을 연장한 선 위에 있어."

"그렇군요. 알았어요!" 하버트가 소리쳤다. "말뚝에서 막대기까지의 거리가 말뚝에서 절벽 아래까지의 거리에 비례하는 것과 마찬가지로 막대기의 높이는 저 암벽의 높이와 비례하는군요."

"그래, 하버트. 막대기의 높이는 알고 있으니까, 말뚝에서 막대기까지의 거리와 말뚝에서 절벽까지의 거리를 재면 그 다음은 비례 계산만 하면 돼. 그러면 절벽의 높이를 알 수 있지. 절벽의 높이를 직접 재는 수고를 덜 수 있는 거야."

말뚝에서 막대기까지의 거리와 절벽까지의 거리는 막대기로 측정했다. 모래 위에 서 있는 막대기의 길이는 정확히 10피트(3미터)였다.

말뚝에서 모래에 꽂혀 있는 막대기까지의 거리는 15피트(4.5미터)였다.

말뚝에서 절벽 아래까지의 거리는 500피트(150미터)였다.

이 측량을 마치자 사이러스와 하버트는 침니로 돌아갔다.

침니에서 사이러스는 요전에 원정을 나갔을 때 가져온 평평한 점판암을 꺼내왔다. 이 돌에는 뾰족한 조가비로 쉽게 숫자를 쓸

기하학 수업

수 있었다. 그는 다음과 같은 비례식을 만들었다.

$$15 : 500 = 10 : X$$
$$500 \times 10 = 5000$$
$$5000 \div 15 = 333.33$$

여기서 화강암 절벽의 높이는 333피트(100미터)라는 결과를 끌어낼 수 있었다.

사이러스는 전날 만든 기구를 다시 가져왔다. 두 다리의 간격이 알파별과 수평선의 각거리를 이루는 컴퍼스다. 그는 360도로 등분한 원주에 맞춰 이 각도를 정확하게 쟀다. 각도는 10도였다. 알파별과 남극 사이의 각도인 27도를 여기에 더하고, 관찰 지점인 고원의 높이를 빼고 해수면과 맞추어보면, 남극과 수평선 사이의 각거리는 37도라는 이야기가 된다. 그래서 사이러스는 이렇게 결론을 내렸다. 링컨 섬은 남위 37도에 있거나, 이 관측 작업의 불완전함을 고려하여 5도의 오차를 인정하면 남위 35도에서 40도 사이에 있다.

이제 경도만 알면 섬의 위치를 확인할 수 있었다. 사이러스는 오늘 정오에 태양이 자오선을 통과할 때 그것을 측정하려 하고 있었다.

이 일요일에는 모두 호수 북부와 '상어 만' 사이에 있는 지역을 걸어 다니거나 탐험하기로 했다. 시간이 허락하면 '남턱 곶' 북쪽까지 탐색 범위를 확대해도 좋다. 모래언덕에서 점심을 먹고 저녁에 돌아올 예정이었다.

아침 여덟 시 반에 일행은 수로를 따라 나아갔다. 수로 건너편에 있는 '구원 섬'에는 많은 새들이 뒤뚱뒤뚱 걸어 다니고 있었다. 물에 잠수하는 펭귄 종류인데, 당나귀 울음소리를 연상시키는 꽥꽥 소리를 지르기 때문에 금방 펭귄인 것을 알 수 있었다. 펭귄 고기도 먹을 수 있는지 없는지에만 관심이 있었던 펜크로프는 펭귄 고기가 색깔은 검지만 충분히 먹을 수 있다는 것을 알고는 흡족한 표정을 짓고 있었다.

모래밭에는 덩치 큰 바다표범이 기어 다니는 모습도 보였다. 녀석들은 '구원 섬'을 피난처로 선택했을 것이다. 식량이라는 점에서 보면 바다표범 고기는 일부러 시식해볼 필요도 없었다. 기름기가 너무 많고 느끼해서 도저히 먹을 수 없기 때문이다. 그래도 사이러스는 주의 깊게 바다표범을 관찰했다. 그리고 무슨 생각을 했는지는 알려주지 않고, 조만간 '구원 섬'에 가보자고만 동료들에게 말했다.

개척자들이 걸어가는 해안에는 수많은 조개가 흩어져 있었다. 조개 수집가를 기쁘게 해줄 만한 조개도 있었다. 사라사조개·초롱조개·삼각조개도 있었다. 하지만 특히 유익하게 여겨진 것은 썰물 때 드러나는 드넓은 굴 번식지였다. 침니에서 5킬로미터쯤 떨어진 해안 바위에 굴이 다닥다닥 붙어 있는 것을 네브가 발견했다.

"네브는 시간을 잘 이용할 줄 아는 사람이야." 난바다까지 이어져 있는 굴 번식지를 바라보면서 펜크로프가 소리를 질렀다.

"정말 고마운 발견이야." 스필렛이 받았다. "굴 하나가 1년에 5, 6만 개의 알을 낳는다면 여기는 무진장한 식량 창고가 돼."

"하지만 굴은 별로 영양가가 없을 것 같은데요." 하버트가 말했다.

"그래." 사이러스가 받았다. "굴에는 단백질이 조금밖에 들어 있지 않으니까, 굴만으로 영양을 섭취하려면 하루에 백 개는 넘게 먹어야 할 거야."

"좋아!" 펜크로프가 말했다. "얼마든지 먹어주지. 이 굴이 다 없어질 때까지. 그런데 점심식사로 굴을 조금 가져갈까?"

선원과 네브는 동료들의 대답도 기다리지 않고 상당량의 굴을 바위에서 떼어내어 망태기에 담았다. 네브가 '하이비스커스'의 섬유질을 엮어서 만든 그 망태기 안에는 벌써 점심때 먹을 식량이 들어 있었다. 그들은 모래언덕과 바다 사이에 끼어 있는 연안을 계속 걸어갔다.

사이러스는 예정대로 정오 정각에 태양을 관측하려고 이따금 시계를 보면서 시간을 확인하고 있었다.

섬의 이 지역은 황량하기 이를 데 없었다. '유니언 만'으로 뻗어나간 '남턱 곶'까지 그런 상태가 계속되었다. 용암 부스러기가 섞인 모래땅과 조가비밖에 보이지 않았다. 이 황량한 해안에도 바닷새가 몇 종류나 와 있었다. 갈매기와 커다란 알바트로스의 모습도 보였지만, 야생오리는 당연히 펜크로프의 식욕을 돋우었다. 선원은 화살로 잡으려 했지만 잘되지 않았다. 새들이 좀처럼 내려앉지 않아서 날고 있는 새를 노릴 수밖에 없었지만, 날아다니는 새를 화살로 쏘아 떨어뜨리는 것은 거의 불가능했기 때문이다.

그래서 선원은 또다시 만물박사에게 투덜거렸다.

"아무래도 사냥총이 한두 자루 있어야겠어요. 이 활만 가지고는 불충분하다는 것을 선생님도 인정해야 합니다."

"나도 자네 말에 전적으로 동의하네, 펜크로프." 기자가 맞장

구쳤다. "하지만 그건 자네한테 달렸어! 총을 만들려면 쇠가 있어야 해. 격철을 만들려면 강철이 필요하고, 화약을 만들려면 초석과 석탄과 유황이 필요하고, 기폭제로는 수은과 질산이 필요하고, 총알을 만들려면 납이 필요해. 그런 걸 구하면 사이러스 씨가 최고로 좋은 총을 만들어줄 거야."

"아아, 그런 재료라면 모두 이 섬에서 찾을 수 있을 걸세." 사이러스가 대답했다. "하지만 화기는 아주 정교한 도구니까, 화기를 만들려면 여러 가지 정밀한 공구가 필요해. 그건 나중에 어떻게든 해보기로 하세."

"왜 기구에서 그걸 다 내던져버렸을까? 바구니에 실어서 가져온 무기와 온갖 도구며 주머니칼까지 왜 모두 내버렸을까?" 펜크로프가 소리를 질렀다.

"하지만 그걸 버리지 않았다면 우리도 기구와 함께 물고기 밥이 되어버렸을 거예요!" 하버트가 말했다.

"그건 그래." 선원이 소년에게 화답했다.

그리고 선원은 다른 것을 생각해내고 이렇게 덧붙였다.

"그런데 조녀선 포스터와 그 패거리들은 이튿날 아침에 광장이 텅 비어 있고 기구가 사라져버린 것을 알았을 때 무슨 생각을 했을까?"

"나도 그게 제일 궁금하다네." 신문기자가 대답했다.

"그리고 이게 다 내 아이디어라는 걸 생각해봐요." 펜크로프가 자기만족에 빠진 태도로 말했다.

"멋진 생각이었네, 펜크로프." 스필렛이 웃으면서 대답했다. "그 덕분에 우리가 모두 여기 있는 거니까!"

"남군에 붙잡혀 있기보다 여기 있는 편이 훨씬 나아요!" 선원이 소리를 질렀다. "특히나 사이러스 씨가 친절하게도 우리와 함께 있어주시니까."

"그 말에 전적으로 동의하네." 기자가 받았다. "그런데 뭐가 부족하다는 거지? 부족한 건 아무것도 없잖은가!"

"모든 게 다 부족한 것 말고는…… 부족한 게 없죠!" 펜크로프는 말하고 나서 넓은 어깨를 흔들며 웃음을 터뜨렸다. "하지만 언젠가는 여기서 빠져나갈 방법을 찾아낼 겁니다."

"아마 자네들이 생각하는 것보다 더 빨리 그 방법을 찾아내게 될 걸세." 사이러스가 말했다. "링컨 섬이 사람 사는 섬이나 대륙에서 그렇게 멀리 떨어져 있지 않다면 말이지만. 그건 앞으로 한 시간만 지나면 알게 될 거야. 태평양 지도는 없지만 내 머릿속에는 남태평양 지도가 분명히 새겨져 있지. 어제 알아낸 위도로 보면 링컨 섬은 서쪽의 뉴질랜드와 동쪽의 칠레 해안을 잇는 선상에 위치하고 있어. 하지만 이 두 곳 사이의 거리는 적어도 9600킬로미터나 돼. 그러니까 이제는 이 섬이 그 넓은 태평양의 어느 지점에 있는지를 측정해야 돼. 경도만 알면 당장 섬의 위치를 대충 확정할 수 있을 걸세."

"위도로 보면 가장 가까운 육지는 투아모투 제도인가요?" 하버트가 물었다.

"그래. 하지만 그곳까지도 거리는 2000킬로미터가 넘어."

"그럼 저쪽은 어떻습니까?" 흥미진진하게 귀를 기울이고 있던 네브가 남쪽 방향을 가리켰다.

"그쪽에는 아무것도 없어." 펜크로프가 대답했다.

"그래. 아무것도 없어." 사이러스가 말했다.

"그럼 링컨 섬이 뉴질랜드나 칠레에서 300이나 400킬로미터

거리에 있다면?" 기자가 물었다.

"그렇다면 집을 짓지 않고 배를 만들겠네." 사이러스가 대답했다. "배를 조종하는 일은 펜크로프가 맡아줄 테고……."

"물론입니다, 사이러스 씨!" 선원이 소리쳤다. "언제라도 선장이 되겠습니다. 거친 바다도 이겨낼 수 있는 배를 만들어만 준다면 말입니다!"

"배를 만들 필요가 있으면 만들기로 하세!" 사이러스가 대답했다.

배짱 좋은 남자들이 이런 대화를 주고받는 동안 태양을 관찰할 시각이 다가오고 있었다. 사이러스는 섬의 자오선을 태양이 통과하는 것을 확인하려 하고 있지만, 기구도 아무것도 없는데 대체 어떻게 하려는 것일까? 이것이 하버트가 이해할 수 없는 점이었다.

관찰자들은 침니에서 10킬로미터쯤 떨어진 지점에 있었다. 만물박사가 수수께끼 같은 상황에서 목숨을 건진 뒤 동료들에게 발견된 모래언덕에서도 그리 멀지 않았다. 일행은 그곳에서 휴식을 취하고 점심식사를 준비했다. 벌써 열한 시 반이었다. 하버트는 가까이 흐르는 시내로 물을 뜨러 가서, 네브가 가져온 항아리에 물을 길어왔다.

식사 준비를 하는 동안 사이러스 스미스는 천문 관측 준비를 갖추었다. 우선 썰물이 져서 완전히 평평해진 모래밭을 골랐다. 아주 고운 모래땅은 거울처럼 매끄럽고, 모래알도 모두 같은 크기였다. 물론 이 모래밭이 수평인지 어떤지는 별로 중요하지 않았다. 또한 그곳에 세워진 6피트(1.8미터) 길이의 막대기가 수직인지 아닌지도 별로 중요하지 않았다. 오히려 사이러스는 이 막대기를 남쪽, 즉 태양을 등진 방향으로 기울어지게 했다. 이 섬은 남반구에 있기 때문에, 링컨 섬의 개척자들은 빛나는 태양이 남쪽 하늘이 아니라 북쪽 하늘에 무지개를 그리며 지나가는 것을 바라보고 있었다.

하버트는 태양이 섬의 자오선을 통과하는 시점, 바꿔 말하면 이 섬의 정오를 확인하기 위해 사이러스가 어떤 방법을 쓸지를 이때 알았다. 모래에 던져지는 막대기의 그림자를 이용하는 것이다. 이 방법이라면 특별한 기구가 없어도 거의 정확한 결과를 얻을 수 있을 터였다.

막대기 그림자가 가장 짧아졌을 때가 정확히 정오가 되는 순간이다. 그림자가 점점 짧아지다가 다시 길어지는 순간을 포착하려면 그림자의 끝을 추적하면 된다. 사이러스는 태양의 반대쪽으로 막대기를 기울여 그림자를 더 길게 했다. 이렇게 하면 그림자의 변화를 포착하기가 더 쉬워진다. 시곗바늘이 길어질수록 그 끝이 이동하는 것을 보기도 쉬워지기 때문이다. 막대기 그림자도 시곗바늘과 마찬가지다.

시간이 되었다고 생각되자, 사이러스는 모래밭에 무릎을 꿇고 눈표가 될 작은 나무토막을 모래 속에 몇 개나 꽂아 넣고, 점점 짧아지는 막대기 그림자를 관찰하기 시작했다. 동료들도 그의 어깨너머로 넘겨다보면서 관측 작업이 어떻게 될지 지켜보고 있었다.

신문기자는 시계를 손에 들고 그림자가 가장 짧아졌을 때의 시간을 확인하려고 대기하고 있었다. 사이러스가 작업하고 있는 4월 16일은 시태양시와 평균태양시가 일치하는 날이니까, 스필렛이 알려주는 시각은 워싱턴에 있을 경우의 시각과 같아진다.

이것으로 계산이 단순해지는 것이다.

그러는 동안에도 태양은 천천히 돌고 있었다. 막대기 그림자는 조금씩 짧아져갔다. 그림자가 다시 길어지기 시작했다고 여겨졌을 때 사이러스가 물었다.

"몇 시인가?"

"다섯 시 1분." 스필렛이 곧 대답했다.

이제 남은 일은 작업 결과를 계산하는 것뿐이고, 이것은 아주 간단했다. 워싱턴의 자오선과 링컨 섬의 자오선에는 정확히 다섯 시간의 시차가 있었다. 링컨 섬이 정오일 때 워싱턴은 벌써 오후 다섯 시가 되어 있는 것이다. 그런데 지구 주위를 돌고 있는 것처럼 보이는 태양은 4분에 1도씩, 한 시간에 15도씩 움직인다. 여기에 다섯 시간을 곱하면 75도가 된다.

워싱턴은 서경 77도 3분 11초에 자리잡고 있다. 그리니치 자오선에서 77도 떨어진 지점에 있다고 해도 좋다(미국은 영국과 마찬가지로 그리니치를 경도의 출발점으로 삼고 있다). 따라서 링컨 섬은 그리니치 자오선에서 77도+75도, 즉 서경 152도에 위치하고 있다는 이야기가 된다.

사이러스 스미스는 이 결과를 동료들에게 알렸다. 하지만 위도를 결정할 때에도 그랬듯이 관찰의 오차를 고려하면, 링컨 섬은 남위 35도에서 40도 사이, 서경 150도에서 155도 사이에 있다고 말할 수 있을 것이다.

이렇게 사이러스가 위도와 경도에 할당한 오차 범위는 둘 다 5도인데, 1도의 거리는 96킬로미터니까 위도와 경도의 정확한 측정치와는 480킬로미터의 차이가 있을지도 모른다.

하지만 이 정도의 오차는 앞으로 내려야 할 결단에 영향을 미

태양은 천천히 돌고 있었다

치지 않을 것이다. 링컨 섬이 어떤 육지나 군도에서도 멀리 떨어져 있는 것은 분명했고, 조각배로 거친 바다를 멀리까지 항해하는 것은 도저히 불가능한 일이었기 때문이다.

계산에 따르면, 링컨 섬은 타히티나 투아모투 제도에서 적어도 1800킬로미터, 뉴질랜드에서는 2900킬로미터, 아메리카 대륙 해안에서는 7200킬로미터가 넘게 떨어져 있다.

사이러스는 기억을 더듬어보았지만, 링컨 섬이 있다고 여겨지는 태평양 해역에 어떤 섬이 있었는지 전혀 생각나지 않았다.

15

겨울을 나기로 결정하다―'구원 섬' 탐험―바다표범 사냥―
풀무를 만들다―코알라―제철 작업―어떻게 강철을 만들 것인가

이튿날인 4월 17일, 선원 펜크로프가 입 밖에 낸 첫마디는 신
문기자에게 던지는 질문이었다.

"오늘은 뭘 하죠, 스필렛 씨?"

"사이러스가 바라는 일이라면 뭐든지." 신문기자가 대답했다.

지금까지 벽돌공이나 도공으로 일해온 사이러스의 동료들은
이번에는 제철공이 되었다.

전날은 점심을 먹은 뒤에도 침니에서 10킬로미터쯤 떨어진
'남턱 곶' 끝까지 탐험을 계속했다. 길게 이어진 모래언덕은 여
기서 끝나고, 땅은 화산성의 외관을 띠게 된다. 이곳에는 '전망
대' 같은 높은 절벽은 없지만, 두 곶 사이에 낀 좁은 만을 둘러싸
고 있는 울퉁불퉁한 바위산은 바로 화산에서 토해낸 광물질 용
암이었다. 곶에 이르자, 일행은 왔던 길을 되짚어 해가 질 무렵에
는 침니로 돌아갔다. 하지만 링컨 섬을 떠나야 하느냐 마느냐 하
는 문제가 해결될 때까지 그들은 잠자리에 들지 않았다.

링컨 섬과 투아모투 제도 사이의 1800킬로미터라는 거리는 대단한 것이었다. 게다가 겨울이 다가오고 있었기 때문에 간단한 조각배로는 바다를 건널 수 없었다. 펜크로프는 동료들에게 분명히 그렇게 말했다. 그리고 조각배를 만드는 것도 필요한 도구가 갖추어져 있는 경우에도 그리 쉬운 일은 아니다. 개척자들은 연장이 없으니까 우선 망치와 도끼·손도끼·톱·송곳·대패 따위를 만들어야 하는데, 그러려면 상당한 시간이 필요할 것이다. 그래서 이곳 링컨 섬에서 겨울을 나기로 이야기가 결정되었다. 또한 겨울을 나기 위해 침니보다 쾌적한 거처를 찾기로 했다.

무엇보다 먼저 철광석(만물박사는 섬 북서쪽에 철광석 광맥이 있는 것을 발견했다)을 철이나 강철로 바꾸어야 했다.

대개 금속은 땅속에 그대로 묻혀 있는 게 아니다. 대부분 산소나 유황과 결합한 형태로 존재한다. 사이러스 스미스가 가져온 표본 두 개도 마찬가지여서, 하나는 산화철인 자철광이고 또 하나는 황화철인 황철광이었다. 철의 산화물인 자철광을 원래 상태로 돌려보내려면 석탄을 이용하여 산소를 제거하고 순수한 철을 끄집어내야 한다. 고온으로 가열한 석탄 속에 철광석을 넣는 방법인데, 거기에는 빠르고 간단한 카탈루냐 방식과 용광로 방식이 있다. 카탈루냐 방식은 한 번의 작업으로 철광석을 직접 철로 바꿀 수 있는 방법이고, 용광로 방식은 철광석을 우선 주철로 바꾸고 그것을 다시 철로 바꾸는 방법이다. 그러려면 주철에 함유되어 있는 3~4퍼센트의 탄소를 제거해야 한다.

사이러스가 필요로 하는 것은 주철이 아니라 철이었기 때문에, 빠르고 손쉽게 철을 끄집어내는 방법을 택해야 했다. 그가 수집해온 철광석은 순도가 아주 높아서 철을 많이 함유하고 있었다. 별로 산화하지 않은 이 철광석은 자연 상태에서 짙은 회색의 커다란 덩어리로 존재하고, 검은 가루로 만들면 정팔면체의 결정을 이룬다. 이 철광석에서 천연자석이 만들어지고, 유럽에서는 최상급 품질의 철제품을 만드는 데에도 쓰인다. 스웨덴과 노르웨이에서는 이런 철광석이 많이 산출된다. 링컨 섬에는 철광석이 있는 곳에서 그리 멀지 않은 곳에 개척자들이 이미 발견한 석탄 광상도 있었다. 그래서 철광석을 처리하기가 아주 쉬워졌다. 철을 만들 때 필요한 연료가 가까이 있기 때문이다. 영국이 그토록 풍요로운 것은 그 때문이다. 영국에서는 석탄과 같은 장소에서 동시에 광석이 채굴되어 그대로 철이 생산되고 있는 것이다.

"그럼 우리는 철광석을 가공하게 되는 건가요?" 펜크로프가 물었다.

"그렇다네." 사이러스가 대답했다. "이건 자네 마음에도 들겠지만, 그러기 위해 우선 작은 섬에서 바다표범을 사냥하기로 하세."

"바다표범을 사냥한다고요?" 선원이 스필렛 쪽을 돌아보며 외쳤다. "철을 만드는 데 바다표범이 필요합니까?"

"사이러스가 그렇게 말했으니까!" 기자가 대답했다.

하지만 사이러스는 벌써 침니 밖으로 나가 있었기 때문에, 펜크로프는 자세한 설명을 듣지 못한 채 바다표범을 사냥할 준비를 했다.

사이러스와 하버트, 스필렛과 네브와 펜크로프는 곧 모래밭에 모였다. 썰물이 지면 수로를 걸어서 건널 수 있는 지점이다. 물이 가장 많이 빠졌을 때여서 다섯 사냥꾼은 무릎까지만 적신 채 수로를 건널 수 있었다.

사이러스가 '구원 섬'에 발을 들여놓은 것은 이번이 처음이지만, 다른 동료들은 기구에서 처음 내던져진 곳이 여기니까 두 번째 상륙인 셈이다.

뭍으로 올라갈 때, 수백 마리의 바다오리가 천진한 눈으로 다섯 사람을 바라보고 있었다. 개척자들은 몽둥이를 들고 있었기 때문에 바다오리를 간단히 때려잡을 수도 있었지만, 아무도 그런 쓸데없는 살육을 하려고는 생각지 않았다. 수백 미터 앞 모래밭에 누워 있는 바다표범들을 놀라게 하지 않는 것이 더 중요했다. 그들은 역시 천진한 태도를 보이고 있는 펭귄들한테도 경의를 표했다. 펭귄의 날개는 퇴화해서 물고기 지느러미처럼 납작해지고, 비늘 같은 깃털이 나 있었다.

개척자들은 신중하게 북쪽 끝으로 나아갔다. 그들이 걸어가는 땅에는 작은 구멍이 수없이 뚫려 있었다. 그 구멍들은 모두 물새의 둥지였다. 작은 섬 끝에 수면을 헤엄쳐 다니는 크고 검은 물체가 보였다. 마치 암초가 물 위로 머리를 내밀고 돌아다니는 것 같았다.

그것이 지금부터 잡아야 할 바다표범이었다. 그 동물들을 어떻게든 뭍으로 끌어내야 한다. 좁은 골반과 빽빽이 돋아난 짧은 털, 방추 모양의 몸을 가진 바다표범들은 헤엄을 아주 잘 치기 때문에 바다 속에서 잡기는 여간 어렵지 않다. 그런데 일단 뭍으로 올라오면 물갈퀴가 달린 짧은 다리로 엉금엉금 기어 다닐 수밖에 없다.

펜크로프는 바다표범의 습성을 잘 알고 있었기 때문에, 녀석들이 모래밭에 엎드려 햇볕을 쬘 때까지 기다리는 편이 좋겠다

개척자들은 신중하게 북쪽 끝으로 나아갔다

고 조언했다. 곧 바다표범들은 일광욕을 즐기면서 곤히 잠들 것이다. 그러면 퇴로를 차단하고 때려잡으면 된다.

사냥꾼들은 해안 바위 뒤에 몸을 숨기고 가만히 기다렸다.

한 시간이 지나자 드디어 바다표범들이 모래밭에서 쉬려고 올라왔다. 전부 여섯 마리였다. 펜크로프와 하버트는 동료들과 헤어졌다. 작은 섬 끝을 돌아서 바다표범들의 퇴로를 차단하고 뒤에서 덮치려는 것이다. 그동안 사이러스와 스필렛과 네브는 배를 깔고 엎드린 채 바위를 따라 전쟁터로 나아갔다.

갑자기 펜크로프가 커다란 몸을 쭉 펴고 큰 소리를 질렀다. 사이러스와 두 동료도 서둘러 바다와 바다표범 사이로 뛰어들었다. 바다표범 두 마리가 몽둥이에 얻어맞고 모래밭에서 움직이지 않게 되었지만, 나머지 바다표범들은 바다로 달아나 멀리 난바다로 헤엄쳐갔다.

"원하신 바다표범입니다. 선생님." 펜크로프가 다가오면서 말했다.

"됐네. 이걸로 불을 피울 풀무를 만드세!" 사이러스가 말했다.

"불을 피울 풀무라고요?" 펜크로프가 외치듯이 말했다. "그럼 이 바다표범도 꽤 운이 좋은 녀석들이군요!"

사이러스가 바다표범 가죽으로 만들려 한 것은 철광석을 처리할 때 필요한 송풍기인 풀무였다. 바다표범 두 마리의 몸길이는 보통이어서 2미터를 넘지 않았다. 머리만 보면 개와 비슷했다.

바다표범은 아주 무거운 데다, 두 마리를 일부러 짊어지고 돌아갈 필요도 없기 때문에, 네브와 펜크로프는 그 자리에서 가죽을 벗기기로 했다. 한편 사이러스와 스필렛은 작은 섬에 대한 탐색을 계속했다.

바다표범 두 마리가 몽둥이에 얻어맞고……

선원과 흑인은 작업을 잘 해냈다. 세 시간 뒤에 사이러스는 바다표범 두 마리의 가죽을 손에 넣었다. 그는 가죽을 무두질하지 않고 그대로 쓸 생각이었다.

개척자들은 다시 썰물이 지기를 기다렸다가 수로를 건너 침니로 돌아갔다.

바다표범 가죽을 늘려두기 위해 나무틀 위에 펼쳐놓고, 안에 넣은 공기가 빠져나가지 않도록 나무의 섬유질로 가죽을 꿰매붙이는 것은 그리 쉬운 일이 아니었다. 몇 번이나 다시 해야 했다. 사이러스의 도구는 토비의 목걸이로 만든 칼 두 자루뿐이었지만 아주 솜씨가 좋았고, 동료들이 지혜를 짜서 도와주었기 때문에 사흘 뒤에는 개척자들의 연장에 풀무가 추가되었다. 철광석을 열로 처리하는 것은 철을 만드는 작업에서 빼놓을 수 없는 필수조건인데, 풀무는 철광석을 가열할 때 거기에 공기를 불어넣기 위한 도구였다.

4월 20일 아침부터 '제철 기간'이 시작되었다. 이것은 기자가 수첩에 기록한 말이다. 알다시피 사이러스는 석탄과 철광석을 채굴할 수 있는 광상에서 작업을 하기로 결정했다. 그런데 그의 관찰에 따르면 이 광상은 프랭클린 산의 북동쪽 기슭, 즉 침니에서 10킬로미터 떨어진 지점에 있었다. 날마다 그곳에서 침니까지 돌아올 필요는 없다. 중요한 작업을 밤낮없이 계속할 수 있도록 개척자들은 나뭇가지를 엮어 만든 오두막에서 야영을 하기로 결정했다.

이 계획이 세워지자, 모두 아침 일찍 작업장으로 출발했다. 네브와 펜크로프는 썰매에 풀무와 상당량의 식량을 실었다. 식량에는 식물도 있고 동물도 있었지만, 가는 도중에도 식량을 구할 예정이었다.

'벌잡이새 숲'을 지나기로 하고, 일행은 이 숲에서 나무가 가장 울창한 지대를 남동쪽에서 북서쪽으로 비스듬히 가로질렀다. 아무래도 나무를 베어 길을 내면서 가야 했다. 그러면 '전망대'와 프랭클린 산을 잇는 직선도로가 생길 터였다. 이미 보아서 알고 있는 나무들이 멋진 숲을 이루고 있었다. 하버트는 그곳에서 '용나무'라는 새로운 종류의 나무를 발견했다. 펜크로프는 이 나무를 '잘난 체하는 부추'라고 불렀다. 덩치는 컸지만 양파나 골파, 아스파라거스처럼 백합과에 속해 있었기 때문이다. 용나무 뿌리는 삶으면 아주 맛있고, 그것을 발효시키면 더욱 맛있는 음료가 된다. 모두 걸음을 멈추고 용나무 뿌리를 캤다.

숲을 헤치고 나아가는 데에는 시간이 걸렸다. 꼬박 하루나 걸렸지만, 덕분에 동물과 식물을 관찰할 수 있었다. 토비는 특히 동물 쪽을 맡아서, 풀숲이나 덤불 사이를 뛰어다니며 온갖 종류의 사냥감을 몰아냈다. 하버트와 스필렛은 활로 캥거루 두 마리를 잡았고, 고슴도치와 개미핥기 비슷한 동물을 한 마리씩 잡았다. 고슴도치처럼 몸이 가시로 덮여 있는 동물은 공처럼 몸을 동그랗게 말고 달아났고, 두 번째 동물은 흙을 파기 쉬운 발톱과 새의 부리처럼 가늘고 길게 뻗은 주둥이를 가지고 있었다. 늘었다 줄었다 하는 혀에는 벌레를 잡는 데 도움이 되는 작은 가시가 나 있었다.

"찌개에 넣으면 무슨 맛이 날까?" 펜크로프가 물었다.

"아주 맛있는 쇠고기 같을 거예요." 하버트가 대답했다.

"그보다 더 나은 건 바랄 수도 없지." 선원은 고개를 끄덕였다.

가는 동안 그들은 멧돼지도 몇 마리 목격했지만, 멧돼지는 그들을 덮칠 기색을 보이지 않았다. 그보다 더 무서운 짐승은 만나지 않을 것 같다고 다들 생각할 무렵, 울창한 덤불 속에서 신문기자가 몇 발짝 떨어진 나무의 아래쪽 가지 사이에 곰 비슷한 짐승이 숨어 있는 것을 보았다. 스필렛은 침착하게 그 동물을 스케치하기 시작했다. 그에게는 다행한 일이었지만, 문제의 동물은 무시무시한 척행성 동물*이 아니었다. 그것은 '나무늘보'라는 이름으로 더 알려져 있는 '코알라'였다. 몸은 큰 개만 하고, 털은 곤두서 있고, 털빛은 지저분하다. 발에 튼튼한 발톱이 나 있어서 나무를 기어 올라가 나뭇잎을 먹을 수 있다. 스필렛이 이 동물의 특징을 다 그릴 때까지 모두 그 작업을 지켜보았다. 기자가 스케치에서 '곰'이라는 제목을 지우고 '나무늘보'라고 고쳐 쓰자 일행은 다시 걷기 시작했다.

오후 다섯 시에 사이러스는 정지 신호를 보냈다. 그곳은 숲을 빠져나가 프랭클린 산에서 동쪽으로 뻗어 있는 굵은 지맥의 변두리였다. 200미터쯤 앞에 '붉은 내'가 흐르고 있었다. 음료수도 가까운 곳에서 구할 수 있는 곳이었다.

곧 야영 준비가 시작되었다. 한 시간도 지나기 전에 숲 가장자리의 나무 사이에 나뭇가지와 덩굴을 엮고 진흙을 발라서 빈틈을 메운 오두막이 완성되었다. 이 정도면 임시 거처로 삼기에 충분했다. 지질조사는 이튿날로 미루기로 했다. 저녁식사가 준비되고, 오두막 앞에서 모닥불이 기분 좋게 타오르고, 고기를 꽂은 꼬챙이가 빙글빙글 돌았다. 위험한 짐승이 부근을 어슬렁거릴 경우에 대비하여 불이 꺼지지 않도록 한 사람이 불침번을 서기

---

* 척행성 동물_ 곰처럼 발바닥을 완전히 땅에 붙이고 걷는 동물.

로 하고, 밤 여덟 시에 모두 기분 좋게 잠이 들었다.

이튿날인 4월 21일, 사이러스는 하버트를 데리고 전에 철광석을 발견한 오래된 지층을 찾으러 갔다. 그리고 '붉은 내' 수원지 근처, 북동쪽 지맥의 산기슭에서 거의 지표면 가까이 노출되어 있는 광상을 발견했다. 이 광석은 철분을 많이 함유하고 있고, 녹기 쉬운 불순물로 덮여 있었기 때문에, 사이러스가 철을 추출하기 위해 이용하려는 카탈루냐 방식에 잘 어울리는 광석이었다.

카탈루냐 방식을 쓰려면 아무래도 가마와 도가니가 필요했다. 이 가마와 도가니 속에 철광석과 석탄을 층층이 교대로 쌓아올리고 불을 때면 철이 추출된다. 하지만 사이러스는 가마와 도가니를 만들지 않고 그냥 광석과 석탄을 정육면체로 쌓아올리고 그 한가운데에 풀무로 바람을 불어넣을 작정이었다. 이것은 아마 두발가인*이나 인류 최초로 철을 만든 사람들이 이용한 방법일 것이다. 아담의 자손이 성공한 이 방법은 철광석과 석탄을 풍부하게 보유하고 있는 나라에서 지금도 쓰이고 있다. 그런데 링컨 섬의 개척자들이 놓여 있는 좋은 조건에서 이 방법이 성공하지 못할 리가 없었다.

철광석과 마찬가지로 석탄도 가까운 노천 광상에서 쉽게 채굴할 수 있었다. 광석은 미리 잘게 부수어놓고, 표면에 묻어 있는 불순물은 손으로 제거했다. 그런 다음 석탄과 광석을 차례로 번갈아 쌓아올렸다. 차곡차곡 쌓아올린 나무를 태워 숯을 만드는 것과 마찬가지였다. 이렇게 해놓고 불을 지핀 뒤 풀무로 공기를 불어넣으면 석탄은 탄산으로 바뀌고 이어서 일산화탄소가 되는

---

* 두발가인_ 성서에 나오는 인물. 금속을 제련하는 자들의 조상.

데, 이것이 산화철에서 산소를 제거하여 철로 환원시키는 구실을 한다.

이제 사이러스는 작업에 착수했다. 바다표범 가죽으로 만든 풀무가 내화(耐火) 토관(질그릇 가마에서 미리 만들어두었다) 끝에 연결되어 산더미처럼 쌓인 철광석 가까이 설치되었다. 풀무를 작동시키기 위해 나무틀과 섬유질로 짠 밧줄과 균형을 잡을 추가 만들어졌고, 풀무가 철광석 더미에 공기를 보내기 시작했다. 이러면 온도가 올라가서, 순수한 철을 추출하기 위한 화학 변화가 일어나기 쉬워진다.

하지만 이것은 결코 간단한 작업이 아니었다. 작업이 순조롭게 진행되도록 개척자들은 인내심과 창의력을 최대한 발휘해야 했다. 그래도 결국에는 성공을 거두어, 겉모양이 스펀지 같은 쇳덩어리를 만들어낼 수 있었다. 그 쇳덩어리에 녹아들어 있는 불순물을 제거하려면 쇠를 두드리고 늘려서 불려야 한다. 말할 나위도 없는 일이지만, 갑자기 대장장이가 된 개척자들에게는 쇠를 불릴 망치가 없었다. 그들은 인류 최초의 제철공들과 같은 조건에 놓여 있었다. 따라서 섬의 대장장이들도 인류 최초의 제철공과 같은 일을 했다.

처음 만들어진 쇳덩어리에 손잡이를 달아 망치를 만들고, 화강암 모루 위에서 그 망치로 두 번째 쇳덩어리를 두드려 불린 것이다. 이리하여 정련되지는 않았지만 충분히 쓸 수 있는 철을 얻을 수 있었다.

많은 노력과 많은 피로를 거듭한 뒤, 4월 25일에 드디어 쇠막대기가 몇 개 만들어졌다. 그것은 펜치와 집게, 작은 곡괭이와 대형 곡괭이 따위의 연장으로 바뀌었다. 펜크로프와 네브의 말에

결코 간단한 작업이 아니었다

따르면 그 연장들은 그야말로 보석 같은 것이었다.

하지만 좀더 유용한 금속은 순수한 철이 아니라 강철이었다. 강철은 철과 탄소의 화합물이다. 주철에서는 지나치게 많은 탄소를 제거하고 순철에는 부족한 탄소를 보충하면 강철을 만들 수 있다. 주철의 탄소를 제거하여 만든 것이 조강(粗鋼)이라고 불리는 강철이고, 순철에 탄소를 추가해서 만든 것이 침탄강(浸炭鋼)이라고 불리는 강철이다.

사이러스가 만들려고 하는 것은 두 번째 강철이었다. 순수한 철을 갖고 있었기 때문이다. 기사는 내화 벽돌로 만든 도가니 안에서 분탄으로 철을 가열하여 강철을 만들어내는 데 성공했다.

그후 사이러스는 뜨거워도 차가워도 불릴 수 있는 이 강철로 망치를 만들었다. 네브와 펜크로프도 사이러스의 지도를 받아 도끼를 만들어냈다. 도끼를 새빨갛게 달구었다가 곧바로 찬물에 담가 담금질을 했다.

물론 대팻날·도끼·손도끼 같은 연장에 쓰이는 강철도 대충 모양에 맞추어 만들어졌다. 띠 모양의 강철은 톱이나 끌로 바뀌었다. 대형 곡괭이와 소형 곡괭이, 삽, 망치, 못을 만들기 위한 강철도 만들어졌다.

드디어 5월 5일에 첫 번째 제철 기간이 끝나고, 링컨 섬의 대장장이들은 침니로 돌아갔다. 그들은 또 금방 다른 작업에 종사하게 될 테니까, 그때는 또 다른 이름으로 불리게 될 것이다.

16

주거 문제가 다시 제기되다―펜크로프의 기발한 생각―

호수 북쪽을 탐험하다―고원의 북쪽 끝―뱀―호수의 끝―

토비의 불안―호수를 헤엄치는 토비― 수중전―듀공

5월 6일이 되었다. 북반구에서는 11월 6일에 해당한다. 며칠 전부터 안개가 끼었기 때문에, 이제 슬슬 월동 준비를 갖추어야 했다. 하지만 아직은 기온이 별로 내려가지 않았다. 링컨 섬에 온도계가 있었다면, 눈금은 평균 10도에서 12도 사이를 가리키고 있었을 것이다. 이 평균 기온은 별로 놀랍지 않다. 링컨 섬은 남위 35도에서 40도 사이에 있는 것으로 짐작되니까, 북반구로 말하면 시칠리아 섬이나 그리스와 같은 기상 조건이라고 생각할 수 있다. 하지만 그리스나 시칠리아 섬에도 혹독한 추위가 찾아와 눈이 내리거나 얼음이 얼 때가 있으니까, 링컨 섬에서도 한겨울에는 기온이 뚝 떨어질 것이다. 거기에 대비해두는 게 좋을 터였다.

어쨌든 추위는 아직 별로 심하지 않지만, 우기가 다가오고 있었다. 태평양 한복판에 있는 이 외딴 섬은 난바다에서 다가오는 폭풍우에 그대로 노출되어 있으니까 거친 날씨가 계속될 것이고, 그 위력도 엄청날 것이다.

그래서 침니보다 쾌적한 거처를 마련하는 문제가 진지하게 논의되었다. 이 문제는 빨리 해결해야 한다.

당연히 펜크로프는 자기가 발견한 이 침니에 상당한 애착을 가지고 있었다. 하지만 그도 다른 거처를 찾아야 한다는 것은 잘 알고 있었다. 전에 침니가 높은 파도에 휩쓸렸을 때의 상황은 모두 잘 기억하고 있었고, 또다시 그런 재난을 당하는 것은 질색이었다.

그날 동료들과 거처 문제를 논의하고 있던 사이러스 스미스는 이렇게 덧붙여 말했다.

"우리는 여러 가지로 조심할 필요가 있네."

"그럴 필요가 있나요? 이 섬에는 아무도 살지 않는데……." 스필렛이 물었다.

"아직 이 섬 전체를 탐험한 건 아니지만, 아마 아무도 살고 있지 않을 걸세." 사이러스가 대답했다. "하지만 인간은 없어도 위험한 짐승은 많이 있을지 몰라. 그러니까 어떤 짐승이 공격해도 괜찮은 곳에 거처를 마련해서, 밤마다 불침번을 설 필요가 없게 하는 편이 좋아. 그리고 어떤 일이든 미리 예상해서 대비해두는 게 좋겠지. 여기는 태평양이니까 말레이 해적들이 나타날 수도 있고……."

"예?" 하버트가 깜짝 놀라 소리를 질렀다. "어떤 육지에서도 멀리 떨어져 있는데요?"

"그래. 그 해적들은 무서운 악당이지만, 대담한 선원들이기도 하단다. 그러니까 조심해야 돼." 사이러스가 말했다.

그러자 펜크로프가 끼어들었다.

"하지만 선생님, 뭔가 일을 시작하기 전에 섬 전체를 걸어서 탐험하는 편이 좋지 않을까요?"

"그게 좋겠군." 스필렛이 덧붙여 말했다. "이쪽에서 찾지 못한 동굴을 반대쪽에서 찾을 수 있을지도 모르니까."

"그래." 사이러스가 받았다. "하지만 강 가까이 사는 게 좋다는 것을 잊어서는 안 돼. 프랭클린 산에서 보았을 때, 서쪽에는 작은 시내도 큰 하천도 보이지 않았어. 그와는 반대로 이쪽은 은혜 강과 그랜트 호 사이에 끼어 있네. 이건 결코 무시해서는 안 될 커다란 이점일세. 그리고 이 해안은 동쪽에 면해 있으니까 다른 해안처럼 무역풍에 노출되지도 않아. 무역풍은 남반구에서는 북서쪽에서 불어오니까."

"그럼 호숫가에 집을 지읍시다." 선원이 말했다. "지금은 벽돌도 연장도 갖추어져 있습니다. 벽돌과 질그릇과 철을 만들고 대장장이 노릇도 해봤으니까, 집을 짓는 미장이도 될 수 있겠죠."

"좋은 생각이야. 하지만 집을 짓기로 결정하기 전에 다른 거처를 먼저 찾아보기로 하세. 자연이 만들어준 거처가 발견되면 일부러 집짓는 고생은 하지 않아도 되고, 자연이 훨씬 안전한 피난처를 제공해줄 테니까 말이야. 자연이 만든 거처라면, 섬 안의 적이나 섬 밖에 있는 적의 눈에도 잘 띄지 않을 걸세."

"맞는 얘기예요." 기자가 받았다. "하지만 이 해안의 절벽은 전부 조사했잖아요! 그런데 구멍이나 틈새를 하나도 찾지 못했어요!"

"그래요. 단 하나도!" 펜크로프가 말했다. "그 절벽의 적당한 높이에 구멍을 뚫어서, 아무도 쉽게 올라갈 수 없는 곳에 거처를 만들면 좋을 텐데! 그 광경이 눈앞에 떠오르는 것 같아요. 정면은 바다를 향해 있고, 방이 대여섯 개 있고……."

"채광창도 달려 있고!" 하버트가 웃으면서 말했다.

"집으로 올라가기 위한 층계도!" 네브가 덧붙여 말했다.

"다들 왜 웃고 있지?" 선원이 소리를 질렀다. "방금 내가 말한 게 불가능하다는 거야? 곡괭이도 있잖아. 바위를 날려 보낼 화약을 사이러스 씨가 만들 수 없다는 거야? 사이러스 씨, 필요하면 화약도 만들 수 있겠죠?"

사이러스 스미스는 펜크로프가 열띤 투로 지껄여대는 그 기발한 계획에 귀를 기울이고 있었다. 화강암 절벽에 구멍을 뚫는 것은 폭약을 사용해도 어려운 일이다. 자연이 지금까지 가장 어려운 일을 해주지 않은 것은 참으로 유감스러운 일이었다. 하지만 그는 '은혜 강' 어귀에서 북쪽 끝까지 암벽을 좀더 주의 깊게 조사해보자고 선원에게 말했다.

그래서 모두 밖으로 나갔다. 그리고 약 3킬로미터의 암벽을 면밀히 조사했다. 하지만 어느 암벽도 수직으로 매끄럽게 이어져 있을 뿐, 동굴 따위는 어디에도 보이지 않았다. 꼭대기 주위를 날아다니고 있는 비둘기 둥지도 벼랑 꼭대기나 바위 가장자리가 깔쭉깔쭉해진 곳의 오목한 구덩이에 만들어져 있을 뿐이었다.

정말로 곤란한 상황이었다. 이 암벽을 곡괭이로 내리찍고 화약을 터뜨려보아도 필요한 넓이의 동굴은 도저히 뚫을 수 없을 것 같았다. 우연히 펜크로프가 이 해안에서 사람이 살 수 있는 유일한 임시 거처를 발견했지만, 그 침니도 이제 버리고 떠날 수밖에 없었다.

탐험을 마친 개척자들은 암벽의 북쪽 모퉁이에 있었다. 암벽은 좁고 긴 비탈을 이루며 내려와 모래밭으로 사라지고 있었다.

여기에서 서쪽 가장자리까지는 단순한 경사면이 되어 있었다. 돌과 흙과 모래가 단단히 엉겨붙어 있고, 거기에 딸기나무와 풀 따위가 돋아나 있었다. 비탈의 각도는 45도 정도였다. 그래도 곳 곳에 바위가 얼굴을 내밀고, 절벽에서 날카로운 끝을 드러내고 있었다. 나무가 비탈에 층층이 계단 모양으로 자라고, 풀이 절벽 을 빽빽이 덮고 있었다. 하지만 식물의 이런 기세도 멀리까지는 미치지 못했다. 비탈 밑동에서 모래밭이 시작되어 해안까지 펼 쳐져 있기 때문이었다.

사이러스는 호수에서 넘쳐난 물이 이쪽으로 폭포가 되어 흘러 나갈 거라고 생각했다. 아무 이유도 없이 그렇게 생각한 것은 아 니었다. '붉은 내'가 호수에 쏟아부은 여분의 물은 어딘가에서 흘러나가고 있을 것이기 때문이다. 그런데 사이러스는 이미 탐 험한 호숫가, 즉 서쪽의 '은혜 강' 어귀에서 '전망대'까지는 아 직 어디에서도 물이 흘러나가는 출구를 찾지 못했다. 그래서 그 는 지금 조사하고 있는 비탈을 올라가 높은 곳을 지나서 호수의 북쪽 연안으로 나간 다음, 거기서 호수의 동쪽 연안을 따라 탐험 을 계속하면서 침니로 돌아가자고 동료들에게 제안했다.

아무도 반대하지 않았다. 몇 분 만에 하버트와 네브가 암벽 위 의 고원으로 올라갔다. 사이러스와 스필렛과 펜크로프는 천천히 그 뒤를 따랐다.

50미터쯤 앞에 깨끗한 호수의 수면이 햇빛을 받아 반짝반짝 빛나고 있는 것이 나뭇잎 사이로 보였다. 여기서 보는 경치는 무 척 아름다웠다. 잎이 노랗게 물든 나무들이 한 덩어리가 되어 보 는 사람의 눈을 즐겁게 해주고 있었다. 오래된 나무들의 굵은 줄 기가 쓰러져, 땅을 뒤덮은 초록빛 융단 위에서 거무스름한 나무

껍질이 두드러지게 눈에 띄었다. 그곳에서는 앵무새 무리가 시
끄럽게 울어대고 있었다. 가지에서 가지로 날아다니는 그 새들
은 그야말로 움직이는 프리즘 같았다. 빛은 그 불가사의한 가지
를 통과하면 분해되어 눈에 들어오는 모양이다.

개척자들은 호수의 북쪽 연안으로 곧장 가지 않고, 고원 가장
자리를 빙 돌아서 호수의 왼쪽 연안에 있는 '붉은 내' 어귀로 나
가기로 했다. 기껏해야 2킬로미터쯤 길을 돌아가는 것이다. 걷기
는 편했다. 나무들 사이의 간격이 벌어져 있어서, 그 사이를 유유
히 지나갈 수 있었다. 이 근처는 비옥한 토양의 경계가 되어 있는
것 같았다. 그래도 '붉은 내'와 '은혜 강' 사이에 비하면 식물이
그렇게 기세 좋게 자란다고는 말할 수 없었다.

사이러스와 동료들은 이곳에 처음 발을 들여놓았기 때문에,
주위를 살피면서 조심스럽게 나아갔다. 무기라고는 활과 화살,
끝에 뾰족한 쇠를 단 막대뿐이었다. 하지만 들짐승은 보이지 않
았다. 무서운 짐승들은 오히려 남부의 깊은 숲 속에 살고 있을 것
이다. 그래도 토비가 커다란 뱀 앞에서 걸음을 멈추는 것을 보았
을 때는 모두 흠칫 놀랐고 기분이 섬뜩했다. 몸길이가 5미터나
되는 큰 뱀이었다. 네브는 곧 몽둥이로 이 뱀을 때려잡았다. 사이
러스가 조사해보니 독사는 아니었다. 뉴사우스웨일스* 원주민의
중요한 식량 자원인 다이아몬드 비단뱀과 같은 종류인 모양이었
다. 하지만 치명적인 독사가 있을지도 모른다. 예컨대 몸을 똑바
로 세울 수 있고 꼬리가 둘로 갈라진 북살무사, 맹렬한 속도로 돌
진할 수 있고 두 개의 귀 같은 돌기를 가진 코브라는 무서운 독사

---

* 뉴사우스웨일스_ 오스트레일리아 남동부의 주.

커다란 뱀과 마주친 토비

다. 토비도 처음에는 깜짝 놀란 것 같았지만, 그 뒤로는 사람들을 걱정시킬 만큼 끈질기게 뱀 사냥을 시작했다. 그래서 사이러스는 계속 토비를 불러들여야 했다.

그들은 곧 '붉은 내'가 호수로 흘러드는 어귀에 이르렀다. 프랭클린 산을 내려왔을 때 이미 가보았던 지점이 강 건너편에 보였다. 사이러스는 '붉은 내'가 호수에 쏟아붓는 수량이 상당히 많은 것을 확인했다. 그렇다면 여분의 물을 토해내는 배출구가 어딘가에 반드시 있을 게 분명하다. 이 배출구를 어떻게든 찾아내야 한다. 그곳은 아마 폭포가 되어 있을 테니까, 그 수력을 활용해야 한다.

개척자들은 뿔뿔이 흩어지지 않도록 조심하면서 깎아지른 듯한 호숫가를 돌았다. 호수에는 물고기가 많이 있는 것 같았다. 펜크로프는 이곳을 좋은 낚시터로 삼기 위해 낚시 도구를 만들기로 마음먹었다.

우선 호수 북동쪽의 뾰족한 끝을 돌아야 했다. 그 부근에서 물이 빠져나가고 있을 게 분명했다. 호수 끝의 수면이 고원 가장자리에 거의 스칠 만큼 가까워 보였기 때문이다. 그런데 그곳에는 물이 빠져나가는 배출구가 없었다. 다들 그대로 호숫가 탐험을 계속했다. 동쪽 연안은 완만한 곡선을 그리면서 해안선과 나란히 남쪽으로 내려가고 있었다.

이쪽 호숫가는 나무가 적었지만, 곳곳에 작은 숲이 있어서 그림 같은 풍경을 만들어내고 있었다. 이때 그랜트 호 전체가 모습을 나타냈다. 바람 한 점 없이 조용해서, 수면에는 잔물결 하나 일지 않았다. 토비가 덤불에 들어가 온갖 새들을 날려 보냈기 때문에, 그때마다 스필렛과 하버트는 화살을 쏘아댔다. 소년의 화살이 용케 새 한 마리를 맞추어, 새가 호수의 수초 속에 떨어졌다. 토비가 그쪽으로 돌진하여 아름다운 물새를 물어왔다. 몸은 회색이고 부리는 짧고 이마에서 정수리에 이르는 액판이 넓적했다. 발가락은 폭이 넓고 가장자리가 깔쭉깔쭉하고 날개 가장자리는 흰색이었다. 이 새는 큰물닭이었다. 크기는 반시*만 하고, 섭금류**와 유금류의 중간인 장지류에 속한다. 결국 이 새는 대단한 사냥감이 아니고, 고기도 맛있을 리가 없었다. 하지만 토비는 주인들만큼 음식을 가리지 않았다. 큰물닭은 토비의 저녁거리로 결정되었다.

개척자들은 호수의 동쪽 연안을 따라 걷고 있었다. 이제 곧 아는 지역에 도착할 것이다. 사이러스는 무척 놀라고 있었다. 여분의 물이 호수에서 흘러나가고 있는 배출구가 어디에도 보이지 않았기 때문이다. 그는 놀란 표정을 굳이 감추지 않고 신문기자와 선원과도 이야기를 나누었다.

이때 지금까지 얌전했던 토비가 갑자기 흥분한 몸짓을 보였다. 이 영리한 개는 호숫가를 오락가락하는가 하면 갑자기 멈춰서서 발을 들고 호수를 들여다보았다. 무언가 눈에 보이지 않는 사냥감을 알아차린 것 같았다. 개는 요란하게 짖으면서 사냥감을 찾는가 하면 갑자기 입을 다물기도 했다.

사이러스와 동료들도 처음에는 토비의 이 신호에 주의를 기울이지 않았지만, 짖는 소리가 몇 번이나 계속되자 사이러스가 의아한 얼굴로 물었다.

---

* 반시_ 꿩과에 속하는 새. 메추라기와 비슷하나 좀더 크다.
** 섭금류涉禽類_ 백로나 두루미처럼 부리·목·다리가 길어서 물속을 거닐며 먹이를 찾기에 적합한 새.

"왜 그래, 토비?"

토비는 몇 번 주인 쪽으로 달려와서 자못 불안한 태도를 보였다. 그리고 다시 호숫가로 돌진하여 느닷없이 물속으로 뛰어들었다.

"토비, 돌아와!" 사이러스가 외쳤다. 무엇이 살고 있을지도 모르는 호수에서 토비가 위험에 빠지는 것을 가만 내버려둘 수는 없었다.

"물속에서 무슨 일이 일어나고 있지?" 펜크로프가 수면을 바라보며 물었다.

"토비가 양서류나 다른 무언가를 발견했나 봐요." 하버트가 대답했다.

"앨리게이터(악어의 일종)인지도 모르잖아." 기자가 말했다.

"그렇지는 않을 거야." 사이러스가 대답했다. "앨리게이터는 좀더 위도가 낮은 지역에만 살고 있으니까."

그러는 동안 토비는 주인의 부름을 받고 물가로 올라왔다. 하지만 쉴 새도 없이 풀숲으로 뛰어들어, 본능이 시키는 대로 눈에 보이지 않는 사냥감을 뒤쫓고 있는 것 같았다. 상대는 물속에 숨어서 호숫가를 따라 헤엄치고 있는 모양이었다. 하지만 수면은 잔잔하고 잔물결 하나 일지 않았다. 그들은 몇 번이나 물가에 멈춰 서서 주의 깊게 수면을 바라보았지만 아무것도 보이지 않았다. 정말 이상한 일이었다.

사이러스도 호기심에 사로잡혀 이렇게 말했다.

"이 탐험을 끝까지 계속해보세."

30분 뒤에 일행은 호수의 남동쪽 모퉁이까지 와 있었다. '전망대'로 돌아온 것이다. 이 지점에서 호수에 대한 탐사는 일단 끝났다고 해야겠지만, 사이러스는 아직도 호수의 물이 어디서 어떻게 흘러나가고 있는지를 알아내지 못했다.

"하지만 물이 빠져나가는 곳은 반드시 있을 거야. 눈에 보이는 곳에는 없으니까, 암벽 안쪽에 있는 구멍으로 물이 흘러나가고 있는 게 분명해."

"하지만 그걸 아는 게 왜 그렇게 중요하죠?" 스필렛이 물었다.

"아주 중요하지. 물이 암벽 안에서 밖으로 흘러나가고 있다면, 어딘가에 구멍이 뚫려 있을지도 몰라. 그 물줄기를 다른 곳으로 돌리면, 그 동굴 안에 살 수 있지 않을까?"

"하지만 호수 밑바닥에서 물이 흘러나가고 있을 가능성도 있잖아요?" 하버트가 말했다. "지하수로를 통해 바다로 흘러들고 있을 수도 있어요."

"그럴 가능성도 있지. 그렇다면 우리 손으로 집을 지을 수밖에 없어. 자연이 미리 만들어주지 않았으니까."

개척자들은 고원을 가로질러 침니로 돌아가려 하고 있었다. 벌써 오후 다섯 시가 되었기 때문이다. 그때 토비가 또다시 흥분한 태도를 보였다. 맹렬히 짖기 시작하더니, 주인이 말릴 새도 없이 또 호수로 뛰어들었다.

모두 호숫가로 달려갔다. 토비는 벌써 기슭에서 5미터가 넘게 떨어져 있었다. 사이러스가 큰 소리로 부르려고 했지만, 그때 거대한 머리가 수면 위로 불쑥 나타났다. 그 일대는 물이 별로 깊지 않은 모양이었다.

방추형 머리와 커다란 눈, 비단 같은 긴 입수염을 가진 동물의 정체를 하버트는 금방 알아차렸다.

"매너티다!"

실제로는 매너티가 아니라 매너티와 같은 바다소목에 속하는 듀공이었다. 콧구멍이 콧등 위쪽에 뚫려 있는 것이 특징이었다.

거대한 듀공은 토비를 향해 돌진해왔다. 토비는 적을 피해 물가로 달아나려고 했지만 때가 늦었다. 주인이 도와주려 해도 어떻게 해볼 도리가 없었다. 스필렛과 하버트가 화살을 쏘려고 준비하기 전에 토비는 듀공에게 붙잡혀 물속으로 사라져버렸다.

네브는 창을 들고 개를 구하러 물로 뛰어들려고 했다. 적진에 뛰어들어 무서운 상대와 싸울 각오였다.

"그만둬, 네브!" 사이러스가 이렇게 외치면서 용감한 하인을 붙잡았다.

그러는 동안에도 물속에서는 싸움이 계속되고 있었다. 이런 상황에서는 토비가 오래 버틸 수 없을 게 분명한데, 도무지 이해할 수 없는 싸움이었다. 격렬한 싸움이 벌어지고 있다는 것은 수면에 물거품이 떠오르는 것을 보면 알 수 있었다. 이 싸움은 결국 토비의 죽음으로 끝날 것이다! 그런데 갑자기 물거품의 고리 한복판에 토비가 나타나는 것이 보였다. 무언지 알 수 없는 힘으로 공중에 내던져진 토비는 수면에서 3미터나 공중으로 날아오르는가 싶더니 밑바닥까지 혼탁해진 물속으로 다시 떨어졌다. 하지만 곧 기슭으로 기어 올라왔다. 토비는 별다른 상처도 입지 않고 기적적으로 살아났다.

사이러스와 동료들은 영문도 모른 채 그저 바라보고 있을 뿐이었다. 상황은 여전히 설명할 수 없었다! 물속에서는 아직도 싸움이 계속되고 있는 것 같았다. 아무래도 듀공은 힘이 센 다른 적의 습격을 받고 개를 내던진 뒤, 이번에는 자신을 지키기 위해 적과 싸우고 있는 모양이었다.

토비는 수면에서 3미터나 공중으로 내던져졌다

하지만 싸움은 오래 계속되지 않았다. 물이 피로 붉게 물들었다. 새빨간 피가 넓게 번져갔다. 그 수면 위로 듀공의 몸뚱이가 불쑥 떠오르더니 이윽고 호수의 남쪽 끝에 있는 작은 모래밭으로 밀려 올라왔다.

개척자들은 그곳으로 달려갔다. 듀공은 죽어 있었다. 거대한 듀공은 몸길이가 5미터나 되고, 몸무게도 1.5톤에서 2톤 정도는 될 것 같았다. 목에 날카로운 칼로 잘린 듯한 상처가 나 있었다.

이 거대한 듀공에게 이런 타격을 주어 죽음에 이르게 한 동물은 도대체 무엇일까? 그것은 아무도 몰랐다. 사이러스와 동료들은 이 사건이 마음에 걸렸지만, 그냥 침니로 돌아갔다.

17

호수에 대한 조사―길을 안내하는 물줄기―사이러스의 계획―
듀공의 지방―황철광―황산철―글리세린 제조법―비누―
초석―황산―질산―새로 생긴 폭포

이튿날인 5월 7일, 사이러스 스미스와 기디언 스필렛은 식사
준비를 하는 네브를 남겨놓고 '전망대'에 올라갔다. 한편 하버트
와 펜크로프는 땔나무를 비축해두려고 '은혜 강'을 거슬러 올라
갔다.

만물박사와 신문기자는 곧 호수의 남쪽 끝에 있는 작은 모래
밭에 도착했다. 그곳에는 듀공이 밀려 올라와 있었다. 벌써 새떼
가 그 커다란 고깃덩어리를 뜯어먹고 있었기 때문에, 새들을 쫓
아내기 위해 돌멩이를 던져야 했다. 사이러스는 듀공의 지방을
채취하여 생활에 이용할 생각이었다. 듀공의 고기도 좋은 식량
이 되어줄 터였다. 말레이 제도에서는 듀공 고기가 왕족의 식탁
에 오를 정도다. 하지만 이 고기를 식탁에 올리느냐 마느냐는 네
브에게 맡기기로 했다.

지금 사이러스는 다른 생각으로 머리가 가득 차 있었다. 전날
목격한 사건이 머리에 달라붙어 줄곧 그를 괴롭히고 있었다. 사

이러스는 그 수중전의 수수께끼를 풀고 싶었다. 마스토돈*이나 다른 수중 괴물이 듀공에게 그 괴상한 상처를 입혔을까?

사이러스는 호숫가에 서서 수면을 바라보며 관찰했지만, 아침 햇살을 받아 반짝이는 조용한 수면 아래에는 아무것도 보이지 않았다.

듀공의 사체가 누워 있는 작은 모래밭은 수심이 얕았다. 하지만 호수 바닥은 조금씩 내려가고 있으니까, 호수 한복판의 수심은 상당히 깊어 보였다. 아무래도 이 호수는 절구통 모양으로 되어 있고, 거기에 '붉은 내'의 물을 가득 담고 있는 모양이었다.

"사이러스 씨." 기자가 말했다. "호수에는 괴상한 동물이 있을 것 같지 않은데요."

"나도 그렇게 생각하네." 사이러스가 대답했다. "하지만 어제의 사건을 아무래도 설명할 수가 없어!"

"그건 나도 인정합니다. 이 듀공이 입은 상처는 아무리 보아도 이상해요. 하지만 그보다는 토비가 왜 그렇게 격렬하게 물 위로 내던져졌는지, 그게 더 이상한 것 같습니다. 마치 강력한 팔이 토비를 그렇게 내던진 다음, 그 손에 단검을 쥐고 듀공을 베어 죽인 것 같지 않습니까?"

사이러스는 고개를 끄덕이고 깊은 생각에 잠긴 표정을 지었다.

"그걸 아무래도 모르겠어. 하지만 그보다 자네는 알고 있나? 내가 어떻게 살아났는지, 어떻게 거친 파도를 벗어나 모래언덕으로 옮겨졌는지? 아마 모르겠지? 그래서 이 섬에는 무언가 수수께끼가 숨어 있는 듯한 기분이 들어. 언젠가는 반드시 그 수수

---

* 마스토돈_ 고대 동물의 일종. 코끼리와 비슷한 거대한 포유류 동물.

께끼를 풀고야 말겠어. 어쨌든 잘 관찰해보세. 하지만 다른 사람들 앞에서는 이 괴상한 사건을 화제로 삼지 않는 게 좋겠네. 이 일은 우리 둘만의 비밀로 해두세. 자, 일을 계속할까?"

알다시피 사이러스는 호수에서 물이 어디로 흘러나가고 있는지를 아직 발견하지 못했다. 하지만 호수의 물이 넘친 흔적이 어디에도 없는 이상, 어딘가에 반드시 배수구가 있을 것이다. 바로 그때 사이러스는 호수에 물의 흐름이 있는 것을 알아차리고 깜짝 놀랐다. 호숫가 근처에 물의 흐름이 상당히 뚜렷하게 생겨나 있었다. 그는 나무토막 몇 개를 던져 넣고, 그것이 호수의 남쪽 끝으로 떠내려가는 것을 확인했다. 호숫가를 걸으면서 그 물줄기를 따라가자 호수의 남쪽 끝에 이르렀다.

그곳에서는 수위가 한층 낮아지는 것 같았다. 마치 땅바닥이 갈라져 있어서 물이 거기로 갑자기 흘러드는 듯한 느낌이었다.

사이러스는 호수면에 귀를 가까이 대고 소리를 들으려고 했다. 그러자 땅속을 흘러내리는 물소리가 또렷이 들렸다.

"여기야." 사이러스가 일어나면서 말했다. "여기서 물이 흘러나가고 있어. 암벽 속에 수로가 뚫려 있고, 그 수로가 호수와 바다를 이어주고 있는 게 분명해. 어쩌면 우리가 이용할 수 있는 지하동굴이 있을지도 몰라. 잠깐 조사해보세."

사이러스는 긴 나뭇가지를 잘라서 잎을 모두 떼어냈다. 그리고 호수의 두 연안이 만나는 합류점에 그 나뭇가지를 꽂아 넣고, 수면에서 30센티미터쯤 밑에 커다란 구멍이 뚫려 있는 것을 확인했다. 그 구멍이야말로 지금까지 찾지 못한 배수구였다. 거기로 흘러드는 물의 힘은 아주 강해서, 나뭇가지도 눈 깜짝할 사이에 사이러스의 손을 떠나 물속으로 빨려 들어가버렸다.

"이제 의심할 여지가 없네. 여기가 배수구야. 이 배수구가 밖으로 분명히 드러나게 해보세."

"어떻게요?" 스필렛이 물었다.

"호수의 수위를 1미터쯤 낮추면 돼."

"어떻게 수위를 낮추죠?"

"이 배수구보다 훨씬 넓은 출구를 따로 만들어주면 되지."

"어디에 그런 출구를 만들 작정입니까?"

"해안과 가장 가까운 호숫가에."

"하지만 그곳엔 암벽이 있잖습니까!"

"그러니까 그 암벽을 폭파하면 돼. 물은 거기로 흘러나가 수위가 낮아지고, 그러면 이쪽 배수구가 밖으로 모습을 드러내겠지."

"그러면 물은 폭포가 되어 모래밭으로 떨어진다는 건가요?"

"그 폭포도 이용할 수 있을 거야! 자, 가세!"

사이러스는 신문기자를 잡아끌듯이 걷기 시작했다. 스필렛은 사이러스를 깊이 신뢰했기 때문에, 그의 계획이 성공하리라는 것을 조금도 의심하지 않았다. 그래도 저 화강암 절벽을 어떻게 뚫는다는 것일까? 화약도 없고 충분한 연장도 없는데 저 바위산을 어떻게 붕괴시킨단 말인가? 아무리 만물박사라고 하지만, 그가 하려는 일은 그의 역량을 넘어서는 일이 아닐까?

사이러스와 스필렛이 침니로 돌아갔을 때, 하버트와 펜크로프는 뗏목에서 땔나무를 내리고 있는 중이었다.

"나무꾼 일은 이제 곧 끝납니다." 선원이 웃으면서 말했다. "다음에는 석공이 필요하다면……."

"석공보다는 화학자가 필요하네." 사이러스가 대답했다.

"그래. 섬을 폭파하게 될 거야." 스필렛이 덧붙였다.

"섬을 폭파한다고요?" 펜크로프가 외쳤다.

"아주 일부만!" 스필렛이 고쳐 말했다.

"자, 다들 들어보게." 사이러스는 관찰한 결과를 동료들에게 알려주었다. '전망대'를 떠받치고 있는 암벽 안에 상당히 큰 동굴이 있을 것이다. 그 동굴에 들어가보고 싶은데, 그러기 위해서는 먼저 호숫가 암벽에 커다란 구멍을 뚫어야 한다. 그러면 물은 이 커다란 배출구로 흘러나갈 테니까 호수의 수위가 낮아지게 된다. 호숫가 암벽에 커다란 배출구를 뚫으려면 폭발물을 만들어야 한다. 사이러스는 자연이 풍부하게 베풀어준 광물을 사용하여 폭발물을 만들려 하고 있었다.

다른 사람들도 그렇지만 특히 펜크로프가 이 계획을 열광적으로 환영한 것은 말할 나위도 없다. 비상수단을 사용하여 그 암벽에 구멍을 뚫어서 폭포를 만드는 것은 선원에게 딱 들어맞는 일이었다! 석공도 제화공도 될 수 있지만, 사이러스가 화학자를 필요로 한다면 화학자가 될 수도 있을 터였다. 사이러스가 원한다면 무엇이든 되어 보이겠다. 필요하면 춤과 예절을 가르치는 교사도 될 수 있다고 선원은 네브에게 말했다.

네브와 펜크로프는 우선 듀공의 지방을 떼어내고 고기도 식용으로 보존하는 일을 맡았다. 두 사람은 사이러스에게 설명도 요구하지 않고 곧바로 출발했다. 그들은 사이러스를 절대적으로 신뢰했다.

두 사람이 떠나자마자 사이러스와 하버트와 스필렛은 썰매를 끌고 강기슭을 거슬러 올라가 석탄 광상으로 향했다. 거기에 새로 지층이 어긋난 것으로 보이는 곳이 있어, 겹겹이 벗겨지는 황철광이 많이 발견되었다. 사이러스는 그 표본도 이미 가져왔다.

그날은 온종일 이 황철광을 침니로 나르면서 하루를 보냈다. 저녁때는 그 양이 몇 톤에 이르렀다.

이튿날인 5월 8일, 사이러스는 일을 시작했다. 겹겹이 벗겨지는 황철광은 주로 탄소와 이산화규소, 알루미나(산화알루미늄), 황화철(이 성분이 특히 많았다)로 이루어져 있으니까 이 황화철을 분리하여 되도록 빨리 황산염으로 바꾸어야 한다. 이렇게 황산염이 만들어지면 거기에서 황산을 끄집어낼 수 있을 것이다.

바로 이 목적을 달성해야 한다. 황산은 가장 자주 쓰이는 화학물질 가운데 하나라서, 그 소비량으로 국가의 산업력을 헤아릴 수 있을 정도다. 황산은 나중에 개척자들이 초를 만들거나 가죽을 무두질할 때 큰 도움이 될 터이지만, 우선 사이러스는 이 황산을 다른 목적에 사용할 생각을 하고 있었다.

사이러스는 침니 뒤쪽에 적당한 땅을 골라서 지면을 평평하게 골랐다. 평평해진 그 땅에 나뭇가지와 목재를 쌓아올리고, 그 위에 다시 많은 황철광 덩어리를 무너지지 않도록 쌓아올렸다. 그리고 미리 호두 크기로 만들어둔 황철광을 그 위에 뿌려서 전체를 얇게 덮었다.

이 작업이 끝나자 나뭇가지와 목재에 불을 붙였다. 불이 옮겨붙자 황철광은 붉은 불꽃을 내며 타올랐다. 거기에는 탄소와 유황이 함유되어 있기 때문이다. 그후 다시 잘게 부순 황철광을 그 위에 산더미처럼 쌓아올리고 공기구멍을 몇 개 뚫은 뒤 바깥쪽을 흙과 풀로 완전히 덮었다. 숯을 구울 때 산더미처럼 쌓아올린 나무에 불을 붙이는 것과 같은 요령이었다.

이제는 물질이 화학변화를 일으키기를 기다리기만 하면 된다. 황화철이 황산염으로 바뀌고, 알루미나가 황산알루미늄으로 바뀔 때까지는 열흘에서 열이틀 걸린다. 이 두 가지 물질—황화철과 알루미나—은 용해하지만 이산화규소와 불에 탄 석탄과 재는 녹지 않는다.

이 화학변화가 일어나고 있는 동안 사이러스는 다른 작업도 함께 진행했다. 이 일에도 모두가 몰두했다. 지칠 줄 모르고 아주 열심히 일했다.

네브와 펜크로프는 듀공의 지방을 가져와서 커다란 항아리에 넣어두었다. 이 지방을 분해하여 그 안에 함유되어 있는 글리세린 성분을 추출해내야 한다. 그러기 위해서는 소다나 석회로 지방을 처리하면 된다. 소다와 석회는 지방을 분해한 뒤 글리세린을 분리하여 비누를 만들어낸다. 사이러스는 바로 그 글리세린을 얻고 싶어했다. 석회는 많다. 그런데 석회로 지방을 처리하면 석회질 비누밖에 만들 수 없다. 이 비누는 물에 녹지 않으니까 쓸모가 없다. 소다로 처리한 경우에는 물에 녹는 비누가 만들어지니까, 옷을 빨 때 쓸 수 있을 것이다. 그래서 현실 감각을 가진 사이러스는 역시 소다를 얻으려고 애썼다. 그것은 어려운 일일까? 그렇지는 않다. 해안지대에 바다 식물이 많이 있기 때문이다. 퉁퉁마디·솔잎채송화·다양한 갈조류 등. 그런 식물을 대량으로 모아서 말린 다음, 땅에 구덩이를 파고 그 속에서 태웠다. 식물을 태우는 이 작업도 며칠 동안 계속되었다. 식물의 잔해가 녹아버릴 만큼 온도를 높여야 한다. 그 결과 회색을 띤 고형물이 만들어졌는데, 이것이 예로부터 '천연소다' 라는 이름으로 알려진 물질이다.

이 작업이 끝나자 사이러스는 듀공의 지방을 소다로 처리했다. 그 결과, 물에 녹는 비누와 중성물질인 글리세린이 얻어졌다.

하지만 이것으로 모든 일이 끝난 것은 아니다. 장래 계획을 위해 사이러스는 아직도 질산칼륨이 필요했다. 이것은 초석 또는 칠레초석이라는 이름으로 더 잘 알려져 있다.

해조(바닷말) 잔해에서 간단히 추출할 수 있는 탄산칼륨을 질산으로 처리하면 질산칼륨을 만들어낼 수 있을 터였다. 그런데 중요한 질산이 없다. 결국 사이러스가 얻고 싶어한 것은 이 질산이었다. 그래서 빠져나가기 어려운 악순환에 빠진 셈이 된다. 그런데 이번에도 다행히 모으기만 하면 되는 상태로 이 질산칼륨, 즉 초석을 자연이 제공해주었다. 하버트가 섬 북쪽의 프랭클린 산기슭에서 초석을 발견한 것이다. 이제는 이 초석의 순도를 높이기만 하면 된다.

이런 여러 가지 작업은 일주일쯤 계속되었다. 그 작업이 끝난 뒤 황화철을 황산철로 바꾸게 되었다. 그후 며칠 동안 개척자들은 부드러운 점토로 내열 도기를 만들거나 벽돌을 특수하게 배열한 용광로를 만들면서 시간을 보냈다. 이 벽돌 용광로는 황산철이 만들어졌을 때 그것을 건류*하는 데 쓰인다. 이런 일도 5월 18일쯤 물질의 화학변화가 끝나는 것과 거의 동시에 끝났다. 스필렛와 하버트, 네브와 펜크로프는 만물박사의 지휘를 받아 아주 솜씨 좋은 장인이 되어 있었다. 물론 필요는 어떤 선생보다도 뛰어난 선생이다. 사람은 필요하면 열심히 귀를 기울이고 부지런히 배우니까.

산더미 같은 황철광이 불에 완전히 분해되자, 거기서 나온 황산철과 황산알루미늄, 이산화규소, 탄소 찌꺼기와 그밖의 잔류

---

* 건류乾溜_고체 유기물을 가열 분해하여 휘발성분과 탄소 잔류물로 나누는 조작.

물은 물을 가득 채운 항아리로 옮겨졌다. 이런 다양한 물질을 섞어서 그대로 내버려두면, 여분의 것은 밑에 가라앉고 투명한 액체가 만들어진다. 여기에 황산철과 황산알루미늄이 녹아 있는 것이다. 다른 물질은 물에 녹지 않으니까 고체 상태로 가라앉게 된다. 마지막으로 이 투명한 액체를 기화시키면 황산철 결정이 만들어진다. 증발하지 않은 액체, 즉 황산알루미늄을 함유한 액체는 버려진다.

사이러스 스미스는 이리하여 상당량의 황산철 결정을 얻을 수 있었지만, 이번에는 거기에서 황산을 추출해내야 한다.

실제로 공업제품으로 황산을 만들려면 값비싼 설비가 필요하다. 큰 공장, 특수 시설, 백금으로 만든 기구, 산(酸)에 영향을 받지 않는 납으로 된 용기, 물질의 화학변화를 견딜 수 있는 용기 따위가 필요하기 때문이다. 물론 사이러스는 이런 설비를 갖고 있지 않았지만, 보헤미아* 지방에서는 훨씬 간단한 방법으로 황산이 만들어진다는 것을 알고 있었다. 그 방법을 이용하면 오히려 농도가 높은 황산을 만들 수 있다는 이점이 있다. 그것은 '노르트하우젠 산'**이라는 이름으로 알려진 황산이다.

이 황산을 얻기 위해 사이러스는 한 가지 조작만 했을 뿐이다. 황산철 결정을 밀폐된 항아리에 넣고 가열하는 것이다. 그러면 증기가 피어오르고, 그것을 응결시킨 것이 이른바 황산이다.

이를 위해 황산철 결정을 넣을 수 있는 내열 항아리와 황산을 증류시키기 위한 고열 가마가 사용되었다. 이 작업은 아주 순조

---

* 보헤미아_ 체코의 서부 지역.
** 노르트하우젠 산_ 발연황산. 독일의 노르트하우젠에서 처음으로 제조되었다.

롭게 이루어져, 일이 시작된 지 12일 뒤인 5월 20일에 사이러스는 앞으로 다양하게 이용할 수 있는 황산을 얻는 데 성공했다.

그런데 사이러스는 무엇 때문에 이 화학물질을 얻고 싶어했을까? 단지 질산을 만들고 싶었기 때문이다. 질산을 만드는 것은 간단했다. 질산칼륨을 황산으로 분해하여 증류하면 질산을 얻을 수 있다.

하지만 사이러스는 이 질산을 결국 무엇에 쓰려는 것일까? 그것은 동료들도 아직 모르고 있었다. 그 일에 대해서는 사이러스도 끝내 설명하지 않았다.

그래도 그는 목표에 다가가고 있었다. 지금까지 많은 조작을 거쳐 마침내 질산을 얻었기 때문이다.

사이러스는 이 질산을 미리 열탕으로 기화시킨 농축 글리세린과 섞어서, 냉각제를 사용하지 않고 누런 색깔의 유성 액체를 몇 리터 만들었다.

사이러스는 이 마지막 작업을 침니에서 멀리 떨어진 곳에서 혼자 해냈다. 폭발 위험이 있었기 때문이다. 이 액체를 항아리에 담아서 동료들에게 돌아왔을 때 그는 다만 이렇게 말했을 뿐이었다.

"니트로글리세린이야!"

이것은 참으로 무서운 물질이었다! 그 폭발력은 보통 화약의 10배는 될 것이다. 이미 많은 사고도 일으켰다. 그래도 이것을 다이너마이트로 바꾸는 방법이 발명된 이후, 즉 니트로글리세린을 어떤 고형물, 즉 점토나 설탕처럼 표면이 거칠고 폭발을 억제하는 물질과 섞는 방법이 발견된 이후로는 이 위험한 액체를 훨씬 안전하게 이용할 수 있게 되었다. 하지만 개척자들이 링컨 섬

"니트로글리세린이야!"

에서 작업하고 있던 시대에는 다이너마이트가 아직 알려져 있지 않았다.[*]

"이런 액체가 그 바위를 날려 보낸단 말입니까?" 펜크로프가 의심 어린 투로 물었다.

"그렇다네. 그 화강암은 아주 단단하고 폭발에 대한 저항력이 크니까, 그만큼 이 니트로글리센이 효과를 발휘할 거야."

"그걸 언제 보여주실 겁니까?"

"내일이라도 발파공만 뚫으면 당장 보여주지."

이튿날(5월 21일) 날이 밝자마자 그들은 발파 작업을 하기 위해 그랜트 호 동쪽 연안, 해안에서 400미터쯤 떨어진 지점으로 갔다. 이곳은 고원이 호수의 수면보다 낮았기 때문에 화강암 절벽이 호수의 물을 둑처럼 막고 있을 뿐이다. 따라서 이 암벽을 부수면 그곳이 배출구가 되어 물이 흘러나오고 하천이 될 게 분명했다. 하천은 고원의 비탈을 흘러내린 뒤 모래밭으로 떨어질 것이다. 그렇게 되면 호수 전체의 수위가 낮아져, 호수의 남쪽 끝에 있는 배수구가 모습을 드러낼 것이다. 이것이 최종 목표였다.

어쨌든 암벽을 부수어야 한다. 사이러스의 지휘 아래 펜크로프는 곡괭이를 솜씨 좋게 휘둘러 암벽 바깥쪽을 부수려고 했다. 호숫가의 평평한 곳에서 출발하여 수면보다 훨씬 아래쪽에 이르도록 비스듬히 구멍을 파 내려가야 한다. 그러면 폭발로 암벽이 뚫렸을 때 물이 한꺼번에 밖으로 흘러나와 수위가 충분히 내려갈 것이다.

---

[*] 스웨덴의 발명가 알프레드 노벨이 니트로글리세린을 규조토에 스며들게 하는 방법으로 안전한 고형 폭약—다이너마이트—을 발명한 것은 1866년이다.

펜크로프는 곡괭이를 솜씨 좋게 휘둘러……

구멍을 파는 일은 시간이 걸렸다. 효과를 최대한 올리고 싶은 욕심에, 사이러스가 니트로글리세린을 10리터나 넣을 수 있는 구멍을 파게 했기 때문이다. 그래도 펜크로프는 네브와 교대로 훌륭하게 일을 해냈고, 오후 네 시쯤에는 발파공이 완성되었다.

남은 문제는 폭발물에 어떻게 불을 붙이느냐 하는 것이다. 보통 니트로글리세린은 뇌산염이라는 기폭제로 발화시킨다. 뇌산염이 파열하여 폭발을 일으키는 것이다. 폭발을 일으키려면 뭔가 충격이 필요하고, 그냥 불만 붙이면 니트로글리세린은 폭발하지 않고 불에 타기만 할 뿐이다.

물론 사이러스는 기폭제를 만들어낼 수 있었다. 뇌산염은 없었지만 질산을 사용할 수 있었기 때문에 솜화약*과 비슷한 물질을 간단히 손에 넣을 수 있었다. 이 물질을 관에 채워넣고 니트로글리세린에 담근다. 도화선을 이용하여 그것을 파열시키면 폭발이 일어날 터였다.

하지만 사이러스는 충격만으로도 폭발을 일으키는 니트로글리세린의 특성을 알고 있었다. 그래서 그는 잘되지 않으면 다른 방법을 사용하기로 하고, 이 물질의 특성을 이용하기로 했다.

실제로 단단한 돌 위에 니트로글리세린을 몇 방울 떨어뜨리고 망치로 때리기만 해도 폭발이 일어난다. 하지만 그렇게 하면 망치로 때리는 사람이 희생될 수밖에 없다. 그래서 사이러스는 발파공 위에 기둥을 세우고 2~3킬로그램의 쇳덩어리를 덩굴에 매달아 늘어뜨리는 방법을 생각했다. 그리고 미리 유황을 바른 긴

---

* 솜화약_ 정제한 솜이나 기타 섬유소를 황산과 질산 혼합액에 담가서 만든 화약. 보기에는 솜과 비슷하지만 불을 붙이면 폭발한다.

덩굴을 또 하나 준비하여, 한쪽 끝은 첫 번째 덩굴의 중간쯤에 잡아매고 또 한쪽 끝은 발파공에서 5~6미터 떨어진 곳까지 가져간다. 이 두 번째 덩굴 끝에 불을 붙이면, 불은 천천히 타면서 첫 번째 덩굴로 다가간다. 이윽고 첫 번째 덩굴에 불이 옮겨 붙으면 덩굴은 끊어지고 쇳덩어리가 니트로글리세린 위에 떨어져 충격을 가하는 구조다.

이와 같은 장치가 준비되었다. 이어서 사이러스는 동료들을 멀리 피하게 하고, 발파공이 가득 찰 만큼 니트로글리세린을 부어넣었다. 또한 덩굴에 매달린 쇳덩어리 밑의 바위에도 니트로글리세린을 몇 방울 떨어뜨렸다.

작업이 끝나자 사이러스는 유황을 바른 덩굴 끝에 불을 붙이고 서둘러 그 자리를 떠나 침니의 동료들에게 돌아갔다.

덩굴은 25분 동안 탈 것으로 계산되었다. 정확히 25분 뒤에 어마어마한 폭발음이 울려 퍼졌다. 섬 전체가 밑바닥부터 뒤흔들린 듯한 느낌이었다. 화산이 분출한 것처럼 수많은 돌멩이가 공중으로 날아올랐다. 폭풍의 충격이 너무 강해서 침니의 바위까지 진동했을 정도였다. 폭발 현장에서 3킬로미터 넘게 떨어져 있었는데도 개척자들은 땅바닥에 나동그라졌다.

모두 땅바닥에서 일어나자, 고원으로 올라가 폭발 현장으로 달려갔다.

그들의 입에서 만세삼창이 터져 나왔다! 화강암 절벽이 뻥 뚫려 있었다. 물은 세차게 호수에서 흘러나와 거품을 일으키면서 고원을 가로질렀고, 고원 끝에 이르자 100미터 가까운 높이에서 모래밭으로 떨어졌다.

사이러스는 유황을 바른 덩굴 끝에 불을 붙이고……

18

자신만만해진 펜크로프―호수의 배수구―지하로 내려가다―
암벽 속의 길―중앙 동굴―아래 우물―곡괭이를 휘두르다―귀로

사이러스 스미스의 계획은 멋지게 성공했다. 하지만 그는 여
느 때처럼 별로 만족한 표정도 짓지 않고 입을 꽉 다문 채 앞을
바라보며 꼼짝도 하지 않았다. 하버트는 감격했고, 네브는 기뻐
서 펄쩍펄쩍 뛰고 있었다. 펜크로프는 고개를 끄덕이면서 이렇
게 중얼거리고 있었다.

"역시 대단한 분이야! 못하는 게 없어."

니트로글리세린의 위력은 정말 대단했다.

호수에 뚫린 구멍은 아주 컸기 때문에, 이 새로운 배출구로 흘
러나가는 수량은 오래된 배수구를 통해 흘러나가던 수량의 세
배는 되었다. 따라서 이제 곧 호수의 수위는 적어도 60센티미터
정도는 내려갈 터였다.

개척자들은 곡괭이, 쇠로 만든 날을 단 창, 식물 섬유로 만든
밧줄, 부싯돌과 부싯깃 따위를 가져오기 위해 일단 침니로 돌아
갔다가 다시 고원으로 돌아왔다. 토비도 함께 따라왔다.

오는 도중에 펜크로프는 사이러스에게 묻지 않을 수 없었다.

"그 놀라운 액체로 이 섬 전체를 날려 보낼 수도 있나요?"

"물론이지. 섬도 대륙도 지구 자체도 날려 보낼 수 있다네. 양이 얼마나 많으냐에 달려 있지만."

"그럼 그 니트로글리세린을 총에 넣어서 쓰는 건 어떨까요?"

"그건 안 돼. 파괴력이 너무 커서 말이야. 하지만 솜화약이나 보통 화약을 만드는 건 간단할 걸세. 지금은 질산과 질산칼륨, 유황과 석탄이 있으니까. 유감스러운 것은 총이 없다는 거야."

"아아, 선생님. 그런 박정한 말은 하지 마세요."

정말로 펜크로프는 링컨 섬의 사전에서 '불가능'이라는 낱말을 지워버렸다.

개척자들은 '전망대'로 돌아가자마자 호수의 남쪽 끝으로 향했다. 오래된 배수구가 이제 모습을 드러내고 있을 터였다. 이젠 물도 흘러들지 않으니까 배수구 안으로 들어갈 수 있을 것이다. 배수구 내부의 상황도 간단히 살필 수 있을 것이다.

곧 개척자들은 호수의 남쪽 끝에 도착했다. 언뜻 본 것만으로도 그들의 예상이 들어맞은 것을 확인할 수 있었다.

실제로 암벽에 지금까지 찾고 있던 배수구가 수면 위로 모습을 드러내고 있었다. 물이 빠져서 좁은 어깨 같은 바위가 노출되었기 때문에 배수구까지 다가갈 수 있었다. 배수구 입구의 너비는 약 6미터였지만, 높이는 60센티미터 정도밖에 안 되었다. 도시의 간선도로 가장자리에 있는 하수도 같았다. 모든 사람이 이 출입구로 쉽게 들어갈 수 있는 것은 아니었다. 하지만 네브와 펜크로프가 곡괭이를 열심히 휘둘렀기 때문에 한 시간도 지나기 전에 출입구 높이를 충분히 넓힐 수 있었다.

사이러스는 옆에 다가와서 배수구 내벽의 기울기가 입구 부근에서는 30도에서 35도 정도인 것을 확인했다. 이 정도면 내려갈 수 있을 것이다. 기울기가 더 가팔라지지만 않으면 해수면까지도 쉽게 내려갈 수 있을 것이다. 이 바위산 내부에 널찍한 동굴이라도 있다면(그럴 가능성이 아주 높았다), 그 동굴도 이용할 수 있을 것이다.

"선생님, 우물쭈물하고 있을 필요가 없잖습니까?" 좁은 통로로 어서 빨리 뛰어들고 싶어서 좀이 쑤시는 선원이 물었다. "토비가 우리를 앞질렀어요."

"좋아." 사이러스가 대답했다. "하지만 불이 필요해. 네브, 송진이 많은 나뭇가지를 몇 개 잘라와."

네브와 하버트는 소나무가 그림자를 드리우고 있는 호숫가로 달려갔다가 곧 나뭇가지를 횃불처럼 다발로 묶어서 돌아왔다. 횃불에 부싯돌로 불을 붙인 뒤, 개척자들은 사이러스를 앞세우고 조금 전까지만 해도 물이 흘러들고 있던 어두운 지하수로로 들어갔다.

예상했던 것과는 반대로 지하수로의 지름이 점점 넓어졌기 때문에, 탐험대는 곧 허리를 펴고 똑바로 선 자세로 내려갈 수 있게 되었다. 암벽은 아득히 먼 태곳적부터 물에 씻겨서 미끄러웠기 때문에 넘어지지 않도록 조심해야 했다. 그래서 개척자들은 등산가처럼 서로 밧줄로 몸을 묶었다. 다행히 바닥이 울퉁불퉁 튀어나와 천연 계단을 만들고 있었기 때문에 아래로 내려가는 것이 그렇게 위험하지는 않았다. 아직도 바위에 매달려 있는 물방울이 불빛을 받아 무지개처럼 빛나고, 암벽에 수많은 종유석이 매달려 있는 것처럼 보였다. 사이러스는 이 검은 화강암을 유심히 관찰했다. 거기에는 몇 개로 나뉜 지층도 단층도 전혀 보이지 않았다. 바위는 밀도가 높고, 바위의 결도 아주 고왔다. 이 지하수로는 물이 서서히 구멍을 뚫어서 생긴 것이 아니라, 섬이 탄생했을 때부터 존재한 것이다. 넵투누스가 만든 것이 아니라 플루톤*이 자기 손으로 구멍을 뚫은 것이다. 암벽에서는 거센 물줄기도 완전히 지우지 못한 분화작용의 흔적을 찾아볼 수 있었다.

개척자들은 아주 천천히 아래로 내려갔다. 모두 이 바위산 깊숙한 곳으로 내려가는 데 일종의 감동을 느끼지 않을 수 없었다. 물론 인간이 이러한 곳에 발을 들여놓은 것은 처음이다. 일행은 입을 다물고 생각에 잠겼다. 문어 같은 거대한 두족류가 바다와 이어져 있는 이 지하수로의 우묵한 곳에 살고 있을지도 모른다고 생각했을 것이다. 그래서 역시 신중하게 내려가지 않을 수 없었다.

하지만 토비가 이 작은 부대의 선두에 서 있었기 때문에 모두 그 영리한 개를 의지할 수 있었다. 만일의 경우에는 토비가 짖어서 경보를 울려줄 터였다.

상당히 구불구불한 길을 따라 30미터쯤 내려갔을 때, 앞에서 걷고 있던 사이러스가 걸음을 멈추었다. 동료들도 그 옆에 모였다. 일행이 멈춰 선 곳은, 별로 크지는 않았지만 동굴 같은 공간을 이루고 있었다. 천장에서 물방울이 떨어지고 있었지만, 그것은 바위 속에서 스며나온 것이 아니라 오랫동안 이 동굴을 지나온 급류가 남긴 마지막 흔적일 뿐이었다. 공기는 약간 눅눅하게 습기를 머금고 있었지만, 이상한 천연가스 냄새 따위는

* 넵투누스_로마 신화에서 바다의 신. 플루톤_로마 신화에서 저승의 왕.

개척자들은 천천히 아래로 내려갔다

전혀 없었다.

"어떻습니까, 사이러스 씨?" 기디언 스필렛이 입을 열었다. "여기는 알려지지 않은 은신처 같아요. 땅속 깊은 곳에 꽁꽁 숨겨진 피난처 말입니다. 어쨌든 사람이 살 수는 없지만."

"왜 살 수 없습니까?" 선원이 물었다.

"너무 좁고 너무 어두워."

"좀더 넓히고 구멍을 뚫어서 햇빛이나 공기가 들어오는 창을 만들 수도 있잖아요?" 펜크로프가 대꾸했다. 그는 이제 뭐든지 할 수 있다고 생각하고 있었다.

"이대로 계속 내려가세. 좀더 내려가다 보면 그런 수고를 하지 않아도 되는 곳이 나타날지도 몰라." 사이러스가 말했다.

"그래요. 아직 3분의 1 정도밖에 내려오지 않았으니까요." 하버트가 말했다.

"대충 3분의 1이야. 입구에서 30미터쯤 내려왔을 테니까. 앞으로 30미터쯤 더 내려가면 혹시……."

"토비는 어디 갔죠?" 네브가 주인의 말을 가로막았다.

다들 동굴 속을 찾아보았지만 개는 보이지 않았다.

"아마 계속 앞으로 걸어갔겠지." 펜크로프가 말했다.

"토비를 따라가세." 사이러스가 받았다.

그들은 다시 아래로 내려가기 시작했다. 사이러스는 지하수로가 구불구불한 것을 주의 깊게 관찰했다. 지하수로는 여기저기 구부러져 있기는 했지만, 대체로 바다 쪽을 향하고 있다는 것은 쉽게 확인할 수 있었다.

개척자들은 수직으로 다시 15미터 정도 내려갔을 때 멀리서 들려오는 소리에 주의를 빼앗겼다. 그 소리는 암벽 아래쪽에서 들려왔다. 모두 걸음을 멈추고 귀를 기울였다. 지하수로를 통해 전달되는 소리가 마치 송화관으로 전달되는 목소리처럼 또렷이 들렸다.

"토비가 짖는 소리예요!" 하버트가 외쳤다.

"맞아. 그 용감한 개가 미친 듯이 짖고 있어." 펜크로프가 대답했다.

"우리한테는 끝에 날이 달린 창이 있어. 그러니 조심해서 전진하세!" 사이러스가 말했다.

"점점 재미있어지는군." 스필렛이 선원의 귀에 대고 속삭이자, 펜크로프가 고개를 끄덕였다.

사이러스와 동료들은 개를 구하러 가기 위해 걸음을 빨리했다. 토비가 짖는 소리는 점점 확실해졌다. 토막토막 끊기는 그 소리는 무언가를 열심히 호소하고 있는 듯했다. 토비는 휴식을 방해받은 동물과 싸우고 있는 것일까? 개척자들은 앞에 어떤 위험이 도사리고 있는지도 생각지 않고 호기심에 사로잡혀 걸음을 서둘렀다. 모두 지하수로를 내려간다기보다 암벽을 미끄러져 내려갔다. 그리고 몇 분 만에 20미터 가까이나 내려가서 토비를 따라잡았다.

지하수로는 여기서 넓고 훌륭한 동굴과 이어져 있었다. 토비는 그곳을 오락가락하면서 미친 듯이 짖고 있었다. 펜크로프와 네브는 횃불을 들고 바위가 우묵하게 파인 곳에 일일이 밝은 불빛을 던졌다. 사이러스와 스필렛과 하버트는 창을 거머잡고 만약의 사태에 대비했다.

커다란 동굴은 텅 비어 있었다. 개척자들은 주위를 대충 둘러보았다. 아무것도 없었다. 어떤 동물도, 어떤 생물도 없었다. 그런데도 토비는 계속 짖고 있었다. 머리를 쓰다듬어주어도, 거친 목소리로 나무라도 토비는 짖기를 멈추지 않았다.

"어딘가에 호수의 물이 바다로 흘러나가고 있던 배출구가 있을 거야." 사이러스가 말했다.

"맞아요." 펜크로프가 받았다. "그 구멍에 떨어지지 않도록 조심들 하세요."

"자, 토비, 어서 가!" 사이러스가 명령했다.

개는 주인의 말에 용기를 얻어 동굴 끝으로 달려갔다. 그러고는 그곳에서 또다시 전보다 더 요란하게 짖어댔다.

모두 토비의 뒤를 따라갔다. 바위산에 뻥 뚫린 우물 같은 구멍이 횃불빛 속에 나타났다. 지금까지 이 바위산에 흘러든 물은 바로 이곳을 지나 바다로 흘러나가고 있었던 것이다. 하지만 이번에는 사람이 내려갈 수 있는 비탈진 지하수로가 아니라 우물처럼 수직을 이루고 있어서, 거기로 내려가는 것은 도저히 불가능했다.

횃불로 구멍 속을 비추어보았지만 아무것도 보이지 않았다. 사이러스는 횃불을 하나 빼내어 우물 속에 던져 넣었다. 붉게 타오르는 송진은 낙하하면서 우물 안을 더욱 밝게 비추었지만 역시 아무것도 보이지 않았다. 이윽고 횃불은 희미하게 흔들리다가 꺼져버렸다. 수면, 즉 바다에 도달한 게 분명했다.

사이러스는 횃불이 떨어지는 시간을 계산하여 우물의 깊이를 추정했다. 그것은 약 30미터였다.

따라서 이 동굴은 해발 30미터쯤 되는 곳에 있었다.

"이곳을 우리 거처로 삼기로 하세." 사이러스가 말했다.

"하지만 이곳에는 다른 동물이 살고 있었을 거예요." 스필렛이 받았다. 그의 호기심은 아직 채워지지 않았다.

"그게 어떤 동물인지는 모르겠지만, 벌써 이 우물에서 달아났을 거야." 사이러스가 대답했다. "이 동굴을 우리한테 양보해주었어."

"그건 좋지만……" 펜크로프가 입을 열었다. "아까 나는 토비가 되고 싶었어요. 토비가 그렇게 짖은 건 무언가 이유가 있었을 테니까!"

사이러스는 토비를 바라보고 있었다. 누군가가 사이러스에게 다가갔다면 그가 이렇게 중얼거리는 소리를 들었을 것이다.

"그래, 토비가 우리보다 더 많은 것을 알고 있을 거야."

그래도 개척자들은 소망을 거의 이루었다. 지도자의 훌륭한 지혜와 우연이 용케 일치하여, 모두 운 좋게도 괜찮은 거처를 발견한 것이다. 앞으로는 이 널찍한 동굴을 자유롭게 쓸 수 있다. 횃불이 부족해서 아직 동굴의 크기를 어림할 수는 없었지만, 벽돌로 칸막이를 만들면 방을 몇 개나 만들 수 있을 터였다. 저택 같지는 않더라도 널찍한 아파트처럼 만들 수는 있을 것이다. 물은 완전히 빠져나갔고, 두 번 다시 이곳으로 흘러들지는 않을 것이다. 이곳은 이제 마음대로 쓸 수 있는 공간이었다.

다만 두 가지 어려운 문제가 남아 있었다. 첫 번째는 이 바위산 한복판에 만들어진 동굴에 햇빛을 끌어들일 수 있을까 하는 문제였고, 두 번째는 동굴에 좀더 쉽게 드나들 수 있게 하는 문제였다. 천장으로 햇빛을 받아들이는 것은 생각할 수도 없는 일이다. 동굴 천장은 무겁고 두꺼운 화강암으로 되어 있기 때문이다. 하지만 바다 쪽으로 면해 있는 앞쪽 암벽이라면 구멍을 뚫을 수 있을지도 모른다. 사이러스는 여기까지 내려오는 동안 물을 토해내고 있던 지하수로의 길이와 경사도를 계산하고 있었기 때문에, 앞쪽 암벽은 별로 두껍지 않을 거라고 생각했다. 앞쪽 벽으로 햇빛을 받아들일 수 있다면, 그쪽에서 동굴에 드나들 수도 있을 것이다. 창만이 아니라 출입구도 뚫고, 바깥쪽에 사다리를 세워 두면 된다.

사이러스는 이 생각을 동료들에게 이야기했다.

"그럼 당장 시작합시다. 곡괭이를 가져왔으니까 이 벽을 뚫겠습니다. 어디서부터 시작하면 됩니까?" 펜크로프가 말했다.

"여기야." 사이러스는 암벽이 우묵하게 들어간 부분을 가리켰다. 여기라면 암벽 두께가 그렇게 두껍지 않을 것이다.

펜크로프는 바위에 덤벼들었다. 그는 횃불빛을 받으며 30분쯤 주위에 바위 조각을 날려 보냈다. 곡괭이 끝에서 불꽃이 튀었다. 네브가 선원과 교대했고, 얼마 후에는 스필렛이 네브와 교대했다.

작업이 시작된 지 벌써 두 시간이 지나고 있었다. 이 암벽이 곡괭이로는 뚫을 수 없을 만큼 두꺼운 게 아닐까 하고 다들 걱정하기 시작했다. 바로 그때 스필렛이 휘두른 곡괭이가 벽을 뚫고 밖으로 떨어졌다.

"만세! 이번에도 만세!" 펜크로프가 외쳤다.

암벽의 두께는 1미터 정도밖에 되지 않았다.

사이러스는 구멍으로 밖을 내다봤다. 지상에서의 높이는 25미터 정도였다. 눈앞에 해안선이 뻗어 있고, 작은 섬이 보였다. 그리고 그 너머에는 망망대해가 펼쳐져 있었다.

특히 바위가 많이 풍화되어 있었기 때문에 구멍이 상당히 크게 뚫렸다. 그 구멍으로 햇빛이 충분히 들어와 동굴 안을 비추면서 마법 같은 효과를 내고 있었다. 동굴의 왼쪽 부분은 높이와 너비가 10미터도 채 안 되고 안쪽 길이는 30미터 정도였지만, 오른쪽 부분은 공간도 널찍하고 25미터가 넘는 높이에 둥근 천장이 덮여 있었다. 군데군데 화강암 기둥이 늘어서서, 대성당 내부처럼 아치형 천장을 떠받치고 있었다. 양쪽 측면에서는 아치의 기둥 같은 바위들이 천장을 떠받치고 있었는데, 이쪽에서는 반원형 부분이 낮아지고 있는가 하면 저쪽에서는 다시 높아져 있었다. 어둠 속에서 어렴풋이 보이는 그 다양한 아치들은 거무스름한 기둥들 사이로 사라지는가 하면, 교회 벽면처럼 돌출한 장식이 잔뜩 달려 있기도 했다. 이 둥근 천장은 인간의 손이 만들어낸 비잔티움 양식과 로마네스크 양식과 고딕 양식을 모두 뒤섞어서 지은 멋진 건축물 같았다. 하지만 이것은 어디까지나 자연이 빚어낸 것이다! 자연의 힘만으로 화강암 절벽 속에 알람브라 궁전* 같은 환상적인 동굴을 파놓은 것이다!

개척자들은 감탄한 나머지 입만 벌리고 있었다. 기껏해야 좁은 동굴밖에 발견하지 못할 줄 알았는데 멋진 궁전 같은 동굴을 찾아낸 것이다. 네브는 사원 안에 끌려 들어온 것처럼 모자까지 벗고 있었다.

모두의 입에서 찬탄하는 소리가 새어나왔다. 몇 번이나 만세 소리가 울려 퍼지고, 어두운 동굴 속까지 메아리치면서 퍼져 나갔다.

사이러스 스미스가 외치듯이 말했다.

"여러분! 이 동굴 안에 햇빛을 좀더 많이 끌어들입시다. 동굴 왼쪽에는 방이며 창고며 부엌을 만듭시다. 그래도 이쪽에 넓은

---

* 알람브라 궁전_ 스페인 그라나다에 있는 14세기의 이슬람 건축물.

화강암 기둥이 대성당 내부처럼 천장을 떠받치고 있었다

공간이 남으니까, 이쪽은 서재와 박물관으로 만듭시다!"

"그런데 이곳에는 어떤 이름을 붙일까요?" 하버트가 물었다.

"그래닛 하우스(화강암 저택)라고 하자." 사이러스가 대답했다. 동료들은 만세로 이 이름에 동의했다.

이때 횃불이 거의 다 타서 꺼지려 하고 있었다. 돌아갈 때도 지하수로를 거슬러 올라가 고원 위로 나가야 하기 때문에 새 저택의 내장 공사는 이튿날로 미루기로 했다.

출발하기 전에 사이러스는 다시 한 번 어두운 우물로 가서 아래를 들여다보았다. 우물은 해수면까지 수직으로 떨어지고 있었다. 그는 주의 깊게 귀를 기울였다. 아무 소리도 들리지 않았다. 으르렁거리는 파도가 이따금 이 우물 속에도 밀려오고 있을 텐데, 그 파도 소리조차 들리지 않았다. 그는 또다시 불타고 있는 횃불 하나를 우물에 던져 넣었다. 우물 안쪽 벽이 잠깐 비추어졌지만, 아까처럼 이번에도 수상쩍은 것은 전혀 보이지 않았다. 거기에 살고 있던 바다 괴물이 뜻밖에 물이 빠져서 당황했다 해도, 지금쯤은 모래밭 밑으로 뻗어 있는 지하수로를 따라 난바다로 나가버렸을 것이다. 호수에서 넘친 물은 새 출구가 만들어지기 전에는 그 지하수로를 흐르고 있었을 게 분명하다.

그래도 사이러스는 꼼짝도 않고 귀를 기울이며 깊은 우물 속을 들여다본 채 아무 말도 하지 않았다.

선원이 다가가서 그 팔을 잡았다.

"선생님!"

"뭔가?" 사이러스가 되물었다. 마치 꿈나라에서 돌아온 듯한 표정이었다.

"횃불이 이제 곧 꺼질 겁니다."

"자, 떠나세!" 사이러스가 말했다.

일행은 동굴을 떠나 어두운 지하통로를 올라가기 시작했다. 토비는 맨 뒤에서 따라왔지만, 아직도 기묘하게 으르렁거리는 소리를 내고 있었다. 올라가는 것은 상당히 힘들었다. 개척자들은 지하통로 위쪽 동굴에서 잠시 걸음을 멈추었다. 그곳은 말하자면 긴 화강암 계단의 중간쯤에 있는 층계참 같은 곳이었다. 잠시 후 그들은 다시 지하통로를 올라가기 시작했다.

곧 공기가 신선하게 느껴졌다. 암벽에 매달려 있던 작은 물방울은 이미 증발하여 말라버렸고, 이제 반짝거리는 물방울은 없었다. 횃불에서는 연기가 나기 시작했고 불빛이 약해졌다. 네브가 들고 있던 횃불이 꺼졌기 때문에 깊은 어둠 속에서 위험에 빠지지 않으려면 서둘러야 했다.

이렇게 걸음을 빨리했기 때문에, 네 시 조금 전에 선원이 들고 있는 횃불이 막 꺼지려 할 때 사이러스 일행은 배수구를 통해 밖으로 나올 수 있었다.

19

사이러스 스미스의 계획—그래닛 하우스의 정면—줄사다리—
펜크로프의 꿈—토끼 서식지—새 집을 위해 물을 끌어들이다—
그래닛 하우스의 창문에서 바라본 전망

이튿날인 5월 22일, 새 거처를 살기 좋은 곳으로 꾸미기 위한
작업이 시작되었다. 실제로 개척자들은 한시라도 빨리 임시 거
처인 침니를 떠나, 암벽 한복판에 있어서 파도도 비도 들이치지
않는 그 널찍하고 안전한 동굴로 이사하고 싶었다. 물론 침니도
완전히 버려지는 것은 아니었다. 사이러스 스미스는 큰 공사를
위한 작업장으로 침니를 사용할 계획이었다.

사이러스는 우선 그래닛 하우스의 정면 구멍이 정확히 어디에
뚫려 있는지를 조사하려고 했다. 그는 거대한 암벽 기슭에 있는
모래밭으로 갔다. 신문기자의 손에서 미끄러져 나간 곡괭이는
수직으로 곧장 떨어졌을 테니까, 그 곡괭이를 찾으면 암벽 어디
에 구멍이 뚫려 있는지 쉽게 알 수 있을 터였다.

곡괭이는 금방 발견되었다. 역시 구멍은 곡괭이가 모래밭에
꽂혀 있는 지점 바로 위, 모래밭에서 25미터 위쪽에 뚫려 있었
다. 벌써 양비둘기 몇 마리가 그 좁은 구멍으로 드나들고 있었다.

자신들을 위해 사람들이 그래닛 하우스를 발견해주기라도 한 것처럼!

사이러스는 동굴 오른쪽 부분을 몇 개의 방으로 나누고, 입구에서 시작되는 복도로 그 방들을 연결할 생각이었다. 정면에 출입구 하나와 다섯 개의 채광용 창문을 뚫으면 햇빛은 충분히 안으로 끌어들일 수 있을 터였다. 펜크로프는 창문을 뚫는 것에는 찬성했지만, 출입구가 무슨 쓸모가 있는지는 이해하지 못했다. 물을 토해내고 있던 원래의 지하수로가 천연 계단을 이루고 있으니까, 그 지하통로를 이용하면 언제나 쉽게 그래닛 하우스에 드나들 수 있지 않은가.

그러자 사이러스 스미스가 대답했다.

"그 지하통로를 통해 그래닛 하우스에 쉽게 드나들 수 있다면, 우리가 아닌 다른 사람도 쉽게 드나들 수 있다는 걸세. 나는 오히려 그쪽 배수구를 막아버릴 생각이야. 입구를 단단히 막아버리는 걸세. 필요하면 배수구를 완전히 숨기고, 그쪽에 봇둑을 만들어 수위를 높여도 좋겠지."

"그럼 그래닛 하우스에는 어떻게 들어갑니까?"

"바깥쪽에 사다리를 늘어뜨릴 거야. 줄사다리를. 쓰지 않을 때는 끌어올려버리면 아무도 올라올 수 없을 거야."

"하지만 왜 그렇게 조심해야 합니까? 지금까지 무서운 짐승도 만난 적이 없고, 이 섬에 원주민이 살고 있는 낌새도 없잖아요?"

"그게 확실한가?" 사이러스는 선원을 뚫어지게 바라보면서 물었다.

"물론 이 섬 전체를 탐험해보지 않는 한 확실한 건 모르지만……" 펜크로프가 대답했다.

"맞아. 우리는 아직 섬의 일부밖에 몰라. 하지만 섬 안에 적이 없다 해도 밖에서 적이 쳐들어올 가능성도 있어. 태평양의 이 언저리는 위험한 지역이야. 그러니까 어떤 사태가 일어나도 좋도록 대비해두기로 하세."

사이러스의 말이 옳았다. 펜크로프도 더는 반대하지 않고 사이러스의 지시에 따르기로 마음먹었다.

이리하여 그래닛 하우스의 정면은 다섯 개의 채광창과 하나의 출입구로 햇빛을 받아들이게 되었다. 이런 창문과 출입구는 이른바 '아파트'에 설치되는 것이다. 넓은 출입구와 창문으로 그 멋진 공간에 햇빛을 넉넉히 끌어들일 수 있을 것이다. 그 공간은 대청으로 쓸 수 있을 것이다. 그 정면은 지상 25미터 높이에 있고 동쪽에 면해 있으니까 아침해가 새벽빛을 던져줄 것이다. 그래닛 하우스의 정면은 '은혜 강' 어귀를 내려다보는 돌출 바위와 침니를 이룬 바위산 꼭대기에서 옆으로 곧장 그은 선의 중간에 가로놓여 있었다. 따라서 북동쪽에서 불어오는 강풍도 비스듬히 불어올 뿐이다. 돌출한 바위가 바람을 막아주기 때문이다. 사이러스는 창틀이 완성될 때까지 두꺼운 덧문으로 벽의 구멍을 막아둘 생각이었다. 덧문은 바람과 비를 막아줄 테고, 필요하면 벽의 구멍을 가려주기도 할 것이다.

그래서 맨 처음 할 일은 암벽에 구멍을 뚫는 것이었다. 하지만 이 단단한 암벽에 곡괭이를 휘둘러도 시간만 낭비할 뿐이다. 알다시피 사이러스 스미스는 뛰어난 재능의 소유자였다. 그에게는 아직도 상당량의 니트로글리세린이 남아 있었기 때문에 그것을 유효적절하게 사용하기로 했다. 사이러스는 이 폭발물의 효력을 적절히 한정하여, 그가 점찍은 곳에 정확히 구멍을 뚫었다. 그후 크고 작은 곡괭이를 휘둘러, 채광용 창문 다섯 개와 넓은 출입구를 아치 모양으로 만들었다. 둥근 창문과 출입구 가장자리는 매끄럽게 깎였는데, 그 윤곽은 상당히 다양했다. 공사가 시작된 지 며칠 뒤, 그래닛 하우스는 아침 햇살을 듬뿍 받아 대청 구석구석까지 환하게 밝혀졌다.

사이러스는 동굴을 바다가 바라보이는 방 다섯 개로 분할할 계획이었다. 오른쪽에는 문이 달린 출입구가 있고, 거기에 줄사다리를 늘어뜨린다. 출입문 옆에 있는 첫 번째 방은 너비 10미터의 부엌, 그 옆에 너비 13미터인 식당과 같은 크기의 공동 침실이 이어지고, 마지막에 펜크로프가 요구한 '사랑방'이 있고, 그 옆에 대청이 있는 구조다.

이런 방들이 그래닛 하우스의 아파트를 이루지만, 그 아파트가 동굴 안쪽까지 차지하지는 않는다. 다섯 개의 방은 복도와 길쭉한 창고로 연결된다. 창고에는 연장과 식량을 비롯하여 비축해두어야 할 온갖 것들이 보관될 것이다. 여기에는 섬의 산물, 즉 다양한 식물과 동물을 아주 좋은 상태로 보존할 수 있고, 습기도 완전히 막을 수 있다. 공간은 충분하니까 무엇이든 질서정연하게 정리할 수 있을 것이다. 그리고 이 커다란 동굴 위에는 작은 동굴도 있어서, 새 집의 다락방처럼 사용할 수 있었다.

이렇게 계획이 정해지면, 남은 일은 그 계획을 실행에 옮기는 것뿐이다. 이리하여 지하에 지뢰를 설치한 인부들은 다시 벽돌공이 되었다. 당장 벽돌이 운반되어 그래닛 하우스 기슭에 늘어놓였다.

지금까지 사이러스와 동료들은 배수구였던 지하수로를 지나야만 동굴에 도달할 수 있었다. 이 통로를 이용하려면 우선 강둑을 따라 길을 우회하여 '전망대'에 오른 다음 지하수로를 60미터가 넘게 내려가야 한다. 그리고 고원으로 돌아가려면 다시 지하수로를 60미터가 넘게 올라가야 한다. 이것은 시간 낭비에다 피곤한 일이다. 그래서 사이러스는 당장 튼튼한 줄사다리를 만들기로 했다.

이 줄사다리는 세심한 주의를 기울여 만들어졌다. 사다리 양쪽의 세로줄은 '등나무' 섬유로 만들어졌고, 회전 막대를 사용하여 엮었기 때문에 굵은 케이블처럼 튼튼했다. 세장(가로대)에는 히말라야삼나무와 같은 종류의 나무를 사용했다. 이 나무는 가지가 가볍고 튼튼하다. 줄사다리는 솜씨 좋은 펜크로프의 손으로 마무리되었다.

그밖에도 식물 섬유를 사용한 밧줄이 만들어졌고, 조잡한 것이긴 하지만 입구에 도르래도 설치되었다. 덕분에 벽돌도 그래닛 하우스까지 쉽게 끌어올릴 수 있게 되었고, 자재 운반이 아주 간단해졌다. 이른바 내장 공사가 곧 시작되었다. 석회는 충분히 있었고 벽돌 수천 장도 당장 쓸 수 있도록 쌓여 있었다. 소박한 것이긴 했지만 칸막이벽 골조도 간단히 완성되었기 때문에, 아파트는 짧은 기간에 방과 창고로 나뉘었다.

이런 다양한 작업은 사이러스 스미스의 지휘 아래 척척 순조롭게 진행되었다. 사이러스 자신도 망치와 흙손을 손에 들었다. 사이러스는 어떤 작업에 대해서도 순서를 잘 알고 있었기 때문에, 이해가 빠른 동료들에게 본보기를 보였다. 모두 서로 믿고 유쾌하게 일했다. 펜크로프는 목수 일을 할 때도, 밧줄을 만들 때도, 석공 일을 할 때도 언제나 농담을 하여 이 작은 집단에 유쾌한 기분을 퍼뜨렸다. 펜크로프는 사이러스 스미스를 절대적으로 신뢰했다. 어떤 것도 그 신뢰를 흔들지 못했을 것이다.

사이러스라면 뭐든지 계획할 수 있고 뭐든지 성공할 거라고 펜크로프는 생각했다. 옷과 신발 문제(이것은 확실히 중요한 문제다), 겨울철 야간 조명 문제, 섬의 비옥한 토지 개발, 야생 식물을 개량하여 새로운 품종을 만들어내는 문제, 이 모든 문제가 사이러스의 도움으로 간단히 해결될 거라고 생각했다. 펜크로프는 농산물을 운반하기에 편리한 운하를 꿈꾸었고, 채석장과 광산 개발, 어떤 공업제품에도 사용할 수 있는 기계와 철도를 꿈꾸었다. 그렇다. 펜크로프는 철도까지 꿈꾸고 있었다. 언젠가는 링컨 섬에 철도망이 깔릴 것이다.

사이러스는 펜크로프의 열변을 잠자코 듣고만 있었다. 정직한 선원의 열띤 이야기에 찬물을 끼얹는 짓은 하지 않았다. 신뢰감이 있으니까 털어놓고 이야기할 수 있다는 것을 알고 있었다. 그래서 펜크로프의 이야기를 들으며 미소까지 지었고, 이따금 장래가 불안해졌지만 그것을 입 밖에 내지는 않았다. 확실히 태평양의 이 언저리는 선박 항로에서 벗어나 있기 때문에 구조의 손길이 미치지 않을 우려도 있었다. 따라서 개척자들이 의지할 수 있는 것은 자신들뿐이었다. 링컨 섬에서 다른 육지까지의 거리는 아주 멀 테니까 중간 정도의 배는 필요하겠지만, 그런 배를 타고 바다로 나갔다 해도 큰 위험을 겪을지 모른다.

그래도 펜크로프의 말마따나 그들은 옛날의 로빈슨 크루소보다는 훨씬 운이 좋은 편이었다. 로빈슨은 모든 일에서 기적을 기다릴 수밖에 없었기 때문이다.

실제로 그들은 '알고 있었다.' 다른 사람이라면 근근이 목숨을 이어가다가 결국 죽을 수밖에 없다 해도, 만물박사인 사이러스가 있으면 틀림없이 살아남을 수 있다는 것을.

작업이 진행되는 동안 하버트의 활동은 특히 눈에 띄었다. 그는 머리가 좋고 활동적이고 이해가 빠른 데다 실행력이 있어서, 사이러스는 점점 소년에게 마음이 끌렸다. 하버트도 사이러스에게 강한 친밀감과 존경심을 품고 있었다. 펜크로프도 두 사람을 이어주는 긴밀한 우정을 느끼고 있었지만, 그것을 시샘하지는 않았다.

네브는 여전했다. 여느 때처럼 용기와 정열, 헌신과 자기희생의 덩어리였다. 그는 펜크로프와 마찬가지로 주인을 신뢰했지만, 선원처럼 그것을 일일이 말로 표현하지는 않았다. 펜크로프가 감격하여 떠들어대면, 네브는 언제나 "그거야 당연하지 않습니까?" 하고 대꾸하는 듯한 몸짓을 했다. 펜크로프와 네브는 친구가 되어, 곧 친밀한 투로 이야기를 나누게 되었다.

기디언 스필렛도 공동 작업에 참여했고, 일솜씨가 그렇게 서투르지도 않았다. 선원에게는 그것이 좀 뜻밖이었다. 모든 것을 이해하는 유능한 '신문기자'일 뿐만 아니라 무슨 일이든 해낼 수 있는 기자였다니!

5월 28일, 마침내 줄사다리가 설치되었다. 수직으로 25미터 길이의 줄사다리에는 100개가 넘는 세장이 들어가 있었다. 다행히 사이러스는 지상 13미터 높이에 튀어나와 있는 바위를 이용하여 줄사다리를 둘로 나눌 수 있었다. 이 돌출한 바위는 곡괭이로 평평하게 깎아내자 층계참처럼 되었다. 지상에서 동굴로 올라가는 첫 번째 줄사다리는 거기에 고정되어 사다리의 흔들림이 절반으로 줄어들었다. 이 첫 번째 사다리에 밧줄을 묶으면, 사다리를 그래닛 하우스까지 끌어올릴 수도 있었다. 두 번째 줄사다

그래닛 하우스로 통하는 줄사다리

리는 아래쪽 부분을 돌출한 바위에 고정시키고 위쪽 부분은 그 래닛 하우스 입구에 묶었다. 이리하여 새 거처로 올라가기가 훨씬 편해졌다. 또한 사이러스는 장차 수력 엘리베이터를 설치하는 것까지 생각하고 있었다. 그렇게 되면 그래닛 하우스 주민들은 힘들게 사다리를 타고 오르내릴 필요도 없고, 시간 낭비도 피할 수 있을 것이다.

개척자들은 곧 줄사다리를 타고 오르내리는 데 익숙해졌다. 모두 몸이 날래고 재주가 있었다. 선원답게 마스트의 줄사다리를 오르는 데 익숙한 펜크로프가 코치 역할을 맡게 되었다. 그는 토비에게도 줄사다리 타는 법을 가르쳐야 했다. 네발짐승인 불쌍한 개는 물론 이런 훈련에 적합하지 않다. 그래도 펜크로프가 워낙 열성적으로 가르쳤기 때문에 토비도 겨우 오를 수 있게 되었고, 곧 서커스에서 멋진 묘기를 보이는 개처럼 쉽게 줄사다리를 올라갔다. 선원은 제자인 토비를 뭐라고 표현하기 어려울 정도로 자랑스럽게 여겼을 것이다. 하지만 펜크로프는 몇 번이나 토비를 등에 업고 줄사다리를 올라갔고, 토비는 이것을 무척 좋아했다.

겨울이 다가오고 있었기 때문에 모두 열심히 일해서 작업은 착착 진행되었지만, 그러는 동안에도 식량 문제를 잊은 것은 아니었다. 스필렛과 하버트는 개척지의 식량 공급 책임자로 결정되어 날마다 몇 시간씩 사냥을 하면서 보내고 있었다. 두 사람은 강 왼쪽의 '벌잡이새 숲'에만 발을 들여놓았다. 다리도 배도 없기 때문에 아직은 '은혜 강'을 건널 수 없었다. 그래서 '서쪽 숲'이라고 이름 붙인 그 넓은 숲은 아직 탐험도 끝내지 못했다. 거기까지 원정을 가는 것은 내년 봄에 날씨가 좋아질 때까지 기다려야 했다. 하지만 '벌잡이새 숲'에만도 사냥감은 부족하지 않았다. 캥거루와 멧돼지가 많았기 때문에 사냥꾼들은 창과 화살로 대단한 성과를 거두었다. 또한 하버트는 호수 남서쪽 끝에서 토끼 서식지를 발견했다. 그 일대는 습기가 많은 초원으로, 버드나무와 향초로 덮여 있었다. 타임·백리향·바질·층층이꽃·차조기 같은 향기로운 풀이 많아서 주위의 공기까지 향기로웠다. 이것들은 모두 토끼가 무척 좋아하는 꿀풀과에 딸린 향초들이다.

토끼가 좋아하는 먹이는 있는데 정작 토끼가 없는 것은 이상하다고 스필렛이 말했기 때문에, 두 사냥꾼은 이 토끼 서식지를 주의 깊게 살피며 돌아다녔다. 어쨌든 그곳에는 유용한 식물이 풍부하게 자라고 있었다. 박물학자라면 많은 식물표본을 채집할 좋은 기회였을 것이다. 하버트도 바질과 로즈메리·멜리사·석잠풀 따위를 여러 줌 땄다. 이런 식물은 질병을 치료하는 특성이 있어서, 어떤 것은 진해거담제나 수렴제나 해열제로 쓰이고, 또 어떤 것은 경련을 막는 진경제나 류머티즘 약으로 쓰인다. 나중에 펜크로프가 이런 풀을 캐서 무슨 쓸모가 있느냐고 묻자 소년은 대답했다.

"병을 치료해줘요. 우리가 병이 났을 때 치료할 약이에요."

"섬에는 의사도 없는데 왜 우리가 병에 걸리겠어?" 펜크로프가 진지하게 되물었다.

이 질문에는 대답할 말이 없었지만 소년은 여전히 약초를 캤고, 그래닛 하우스에서 대환영을 받았다. 그것은 하버트가 약초만이 아니라 북아메리카에서 '오스위고 차'라고 불리는 일종의 박하를 많이 캐서 가져갔기 때문이다. 이것은 아주 맛있는 차의 원료가 된다.

드디어 그날 두 사냥꾼은 토끼의 진짜 서식지를 찾아냈다. 그곳은 땅에 많은 구멍이 숭숭 뚫려 있었다.

"토끼굴이다!" 하버트가 외쳤다.

"그래. 전부 다 토끼굴이야." 스필렛이 받았다.

"하지만 안에 뭐가 들어 있을까요?"

"그게 문제야."

그 문제는 곧 확인되었다. 구멍토끼로 여겨지는 작은 동물 수백 마리가 사방팔방으로 도망쳐 달아났기 때문이다. 토비도 따라잡을 수 없을 만큼 빨랐다. 사냥꾼과 토비가 아무리 뒤쫓아도 토끼들은 여유있게 도망쳤다. 하지만 스필렛은 토끼를 적어도 대여섯 마리 잡기 전에는 그 자리를 떠나지 않을 각오였다. 나중에 잡는 토끼는 기르기로 하고, 우선은 부엌으로 토끼를 가져가고 싶었던 것이다. 굴 입구에 올무를 설치하면 틀림없이 잡을 수 있겠지만, 지금은 올무도 없고 올무를 만들 재료도 없었다. 그것은 체념하고 굴을 하나씩 살피며 막대기로 휘저어야 했다. 끈기를 가지고 그렇게 할 수밖에 없었다.

한 시간쯤 막대기로 휘저은 끝에 겨우 토끼 네 마리를 잡을 수 있었다. 그것은 유럽에 사는 구멍토끼와 상당히 비슷하지만, 일반적으로 '아메리카 토끼'라는 이름으로 알려진 종류였다.

이렇게 잡은 토끼는 그래닛 하우스로 옮겨져서 저녁 식탁에 올랐다. 토끼굴의 주민을 얕보아서는 안 되었다. 고기가 아주 맛있었기 때문이다. 토끼는 개척자들의 귀중한 식량 자원이었고, 그 토끼굴은 무진장한 식량 창고가 될 터였다.

5월 31일, 방을 구분하는 칸막이벽이 만들어졌다. 이제는 방마다 가구를 갖추기만 하면 되는데, 그것은 긴 겨울 동안 할 일이었

토끼 수백 마리가 사방팔방으로 달아났다

다. 부엌으로 쓸 첫 번째 방에는 난로가 설치되었다. 연기를 밖으로 내보내기 위한 굴뚝 공사도 임시변통으로 굴뚝공이 된 그들에게는 대수롭지 않은 일이었다. 찰흙으로 굴뚝용 토관을 만드는 것은 식은 죽 먹기였다. 천장으로 연기를 내보내는 것은 생각할 수도 없는 일이었기 때문에, 부엌 창문 위의 바위에 구멍을 뚫었다. 그리고 토관은 가정용 난로의 연통처럼 이 구멍에 비스듬히 끼워넣었다. 강한 동풍이 그래닛 하우스 정면에서 불어와 굴뚝 연기가 빠져나가지 못하고 제자리에서 맴돌 때도 분명 있겠지만, 그런 강풍은 별로 불지 않았다. 그리고 주방장인 네브는 그런 사소한 일에는 별로 신경을 쓰지 않았다.

이런 내장 공사가 끝나자, 사이러스는 호수에 연결되어 있는 원래의 배수구를 막는 작업에 착수했다. 이제 그 배수구로는 출입할 수 없게 하고 싶었다. 지하통로 입구에 바윗덩어리를 몇 개 갖다놓고 시멘트로 단단히 고정시켰다. 사이러스는 물을 막아 호수의 수위를 원래대로 높여서 배수구를 수몰시킬 계획도 세우고 있었지만, 이 계획은 아직 실행에 옮겨지지 않았다. 사이러스는 바위틈에 잡초나 관목을 옮겨 심어서 덤불처럼 위장하여 배수구 흔적을 감추는 것으로 만족했다. 봄이 오면 식물은 무성해져서 배수구를 덮을 것이다.

하지만 사이러스는 이 지하통로를 이용하여 새 거처까지 호수의 담수를 끌어들이기로 했다. 지하통로에 가느다란 수로가 만들어졌다. 이리하여 그들은 결코 마르지 않는 깨끗한 물을 하루에 100리터에서 120리터나 얻을 수 있었다.

드디어 모든 공사가 끝났다. 겨우 때맞춰 끝냈다고 말해야 할 것이다. 추운 겨울이 코앞에 닥쳐와 있었기 때문이다. 사이러스

지하통로에 가느다란 수로가 만들어졌다

에게 유리창을 만들 시간 여유가 생길 때까지 정면 창문에는 두꺼운 덧문이 끼워졌다.

기디언 스필렛은 창문 주위의 돌출한 바위선반에 다양한 식물과 잎사귀가 길게 자라는 풀을 아름답게 심었다. 이제 창문은 상쾌한 초록빛으로 둘러싸여 사람들의 눈을 즐겁게 해주었다.

튼튼하고 깨끗하고 안전한 거처를 마련한 그들은 완전히 만족했다. 창문으로 내다보면 끝없는 수평선이 펼쳐져 있고, 북쪽 끝에는 두 개의 '턱 곶', 남쪽 끝에는 '발톱 곶'이 보이고, 눈 밑에는 '유니언 만'이 훤히 바라보였다. 이 용감한 개척자들이 만족하는 것도 당연했다. 펜크로프는 이 거처를 농담조로 '메자닌*이 딸린 6층짜리 아파트'라고 부르면서 찬사를 아끼지 않았다.

---

* 메자닌_ 복층 건물에서 1층과 2층 사이에 있는 중간층.

20

우기―바다표범 사냥―양초 만들기―그래닛 하우스의 실내 작업―
두 개의 작은 다리―굴 번식지―하버트가 주머니에서 발견한 것

6월과 함께 겨울이 시작되었다. 6월은 북반구의 12월에 해당한다. 우선 소나기와 돌풍이 잦아지고, 바람은 끊임없이 휘몰아쳤다. 그래닛 하우스의 주민들은 어떤 악천후에도 끄떡없는 이 훌륭한 거처에 만족하고 있었다. 지금도 침니에 살았다면 혹독한 겨울 날씨를 견뎌낼 수 없었을 것이고, 바람과 함께 일어난 큰 파도가 또다시 밀어닥칠 우려도 있었다. 사이러스 스미스는 그런 사태에 대비하여 침니에 놓아둔 용광로와 가마를 최대한 지키기 위해 여러 가지 예방조치를 취했다.

6월 한 달은 다양한 작업으로 시간을 보냈지만, 사냥과 낚시도 여전히 계속되었다. 식량도 많이 비축할 수 있었다. 펜크로프는 한가해지면 당장이라도 큰 사냥감을 잡기 위한 덫을 만들 계획이었다. 그는 이미 식물 섬유로 토끼용 올무를 만들어, 그 서식지에서 하루도 빠짐없이 토끼를 잡았다. 그리고 네브는 언제나 고기를 소금에 절이거나 훈제하는 일에 열성을 쏟고 있었다. 그렇

게 하면 고기를 오래 보존할 수 있기 때문이다.

옷 문제도 진지하게 논의되었다. 개척자들은 기구에서 섬에 내던져졌을 때 몸에 걸치고 있던 옷밖에는 갖고 있지 않았다. 그 옷은 따뜻하고 튼튼했기 때문에, 모두 겉옷과 속옷을 소중히 다루었다. 그들은 옷을 되도록 깨끗하게 입으려고 애썼지만, 언젠가는 갈아입어야 할 것이다. 게다가 겨울 날씨가 혹독해지면 개척자들은 추위에 시달리게 될 터였다.

옷 문제에서는 사이러스의 재능이 아직 발휘되지 않았다. 그는 긴급조치로 우선 거처를 마련하고 식량을 확보해야 했다. 하지만 옷 문제가 해결되기 전에 추위가 닥쳐올 것 같은 기미가 보였다. 그래서 이 첫 번째 겨울은 참고 지낼 수밖에 없을 것 같았다. 다시 좋은 계절이 오면 야생 산양인 무플론을 본격적으로 사냥해야 할 것이다. 무플론이 있다는 것은 프랭클린 산을 탐험했을 때 이미 확인했다. 양털이 손에 들어오면 따뜻하고 튼튼한 옷감을 만들 수 있을 것이다. 어떻게? 그것은 사이러스가 생각해줄 것이다.

"그럼 그래닛 하우스에서 따뜻하게 지내고 있으면 된다는 거군요!" 펜크로프가 말했다. "땔감은 얼마든지 있으니까 인색하게 굴 필요는 없어요."

그러자 기디언 스필렛이 말을 이었다.

"링컨 섬의 위도는 그렇게 높지 않으니까 겨울 추위도 별로 심하지 않을 거야. 35도라는 위도는 북반구로 치면 스페인의 위도와 같다고 하지 않았습니까, 사이러스 씨?"

"그렇게 말했는지도 모르지." 사이러스가 대답했다. "하지만 스페인도 겨울에는 사뭇 추울 때가 있다네. 눈도 내리고 얼음도

얼지. 링컨 섬도 혹독한 겨울을 맞게 될지 몰라. 하지만 여기는 섬이니까, 보통 섬의 기후가 그렇듯이 날씨가 훨씬 온난할 거라고 기대해보세."

"왜 섬은 온난하죠?" 하버트가 물었다.

"바다는 여름 더위를 안에 저장하고 있는 거대한 저장고나 마찬가지라고 생각하면 돼. 겨울이 오면 바다는 그 열을 발산하지. 그래서 대양에 가까운 지역은 여름에도 별로 기온이 올라가지 않고 겨울에도 기온이 별로 내려가지 않는 온난한 기후가 되는 거야."

"추위가 얼마나 심할지는 이제 곧 알게 되겠죠." 펜크로프가 받았다. "춥든 춥지 않든 나는 별로 신경쓰지 않지만, 확실한 건 이제 낮이 짧아지고 밤이 길어지기 시작했다는 겁니다. 그러니까 조명 문제를 생각해봐야 하지 않을까요?"

"그거야 간단하지." 사이러스가 대답했다.

"생각하는 게 간단하다는 건가요?" 선원이 물었다.

"문제 해결이 간단하다는 걸세."

"그럼 언제 일을 시작할 겁니까?"

"내일 바다표범을 사냥하는 것으로 시작하세."

"바다표범의 지방을 굳혀서 양초 대신 쓸 건가요?"

"무슨 말을 그렇게 하나? 양초 자체를 만들 거야."

바로 그것이 사이러스의 생각이었다. 석회와 황산이 있고 '구원 섬'에 있는 바다표범이 양초 제조에 필요한 지방을 제공해줄 테니까, 이 계획은 충분히 실현할 수 있었다

그날은 6월 4일, 성령강림절 일요일이었다. 이 축일을 기리자는 데 모두 의견이 일치했다. 그들은 모든 작업을 중단하고 하늘

에 기도를 드렸다. 이 기도는 신에게 감사의 뜻을 표하기 위한 기도였다. 링컨 섬의 개척자들은 이제 더는 작은 섬에 내던져진 비참한 조난자가 아니었다. 그들은 신에게 무언가를 요구하지 않고 감사를 드리고 있었다.

이튿날인 6월 5일, 상당히 변덕스러운 날씨였지만 모두 작은 섬으로 출발했다. 수로를 걸어서 건너려면 또 썰물이 지기를 기다릴 수밖에 없었다. 수로를 마음대로 건너기 위해 어떻게든 보트를 만들기로 했다. 보트가 있으면 해상 왕래가 편해지고, 내년 봄에 섬의 남서부를 탐험할 때도 '은혜 강'을 거슬러 올라갈 수 있다.

바다표범은 많이 있었다. 사냥꾼들은 쇠날을 붙인 창을 휘둘러 바다표범 여섯 마리를 쉽게 잡았다. 네브와 펜크로프가 껍질을 벗겨, 지방과 가죽만 그래닛 하우스로 가지고 돌아왔다. 가죽은 튼튼한 구두를 만드는 데 쓸 예정이었다.

이 사냥의 성과물은 150킬로그램이나 되는 지방이었다. 이 지방이 모두 양초를 만드는 데 쓰일 예정이었다.

작업은 아주 간단했다. 완벽한 제품이 만들어진 것은 아니었지만, 충분히 쓸 만한 초였다. 사이러스는 황산밖에 갖고 있지 않았지만, 이 황산을 중성유지(지금 경우에는 바다표범의 지방)와 함께 가열하면 글리세린을 추출할 수 있었다. 열탕을 사용하면 이 새로운 화합물에서 올레인·마가린·스테아린을 쉽게 분리할 수 있었을 것이다. 하지만 사이러스는 작업을 간단히 하기 위해 석회를 사용하여 지방을 비누처럼 만드는 방법을 택했다. 이리하여 그는 황산으로 쉽게 분해할 수 있는 석회 비누를 얻었고, 석회를 황산염으로 침전시켜 지방산을 분리했다.

이제 사이러스는 세 가지 산—올레산·마르가르산·스테아르산—의 화합물을 얻었다. 올레산은 액체니까 압력으로 쉽게 제거되었다. 남은 두 가지 산이 바로 양초를 만드는 데 필요한 물질이었다.

작업이 모두 끝나는 데 24시간도 채 걸리지 않았다. 양초 심지는 여러 가지를 실험해본 끝에 식물 섬유로 만들기로 했다. 녹인 밀랍에 심지를 박고 손으로 모양을 다듬자 스테아린 양초가 만들어졌다. 부족한 것은 하얀색과 윤기뿐이다. 보통 양초 심지는 붕산에 담가놓기 때문에 불에 타면 흐물흐물 녹아서 다 타버리지만, 이 심지는 그렇게 잘 타지 않을지도 모른다. 그래도 사이러스가 심지를 자를 훌륭한 가위를 만들어주었기 때문에, 이 양초는 그래닛 하우스에서 긴 밤을 보내는 데 큰 도움이 되었다.

6월 한 달 동안, 새 집에서 할 실내 작업은 끊임없이 이어졌다. 이번에는 연장을 만들 차례였다. 아주 단순한 것이긴 했지만 여러 가지 도구가 만들어졌고, 부족한 연장이 보충되었다.

특히 가위를 만든 덕분에 이제 드디어 개척자들은 머리를 깎을 수 있게 되었다. 면도는 할 수 없었지만, 적어도 수염을 자기가 원하는 모양으로 깎을 수는 있었다. 하버트는 아직 수염이 없고 네브도 수염이 거의 나지 않았지만, 다른 사람들은 이런 가위를 만드는 것이 당연하게 여겨질 만큼 수염이 텁수룩하게 자라 있었다.

작은 톱을 만드는 것은 무척 힘들었지만, 그래도 힘껏 당기면 나무를 자를 수 있는 연장이 생겼다. 이리하여 책상과 걸상과 찬장이 만들어져 주요 방에 배치되었다. 침대틀도 만들어졌고, 매트리스는 거머리말로 만들어졌다. 부엌에도 선반이 설치되어 질그릇 식기가 진열되었다. 또한 벽돌 아궁이와 돌로 만든 싱크대도 설치되어 부엌이 상당히 훌륭해졌기 때문에, 네브는 화학 실험실에라도 있는 것처럼 진지한 표정으로 부엌일을 했다.

하지만 가구 만드는 일은 곧 목수 일로 바뀌었다. 화약을 터뜨려 만든 새 수로에 작은 다리 두 개를 놓을 필요가 생겼기 때문이다. 하나는 '전망대', 또 하나는 모래밭으로 연결되는 다리다. 실제로 지금은 '전망대'도 모래밭도 수로로 차단되어 있어서, 섬의 북부로 가려면 수로를 뛰어넘어야 한다. 그것을 피하려면 길을 멀리 돌아서 '붉은 내'의 수원지까지 서쪽으로 거슬러 올라가야 한다. 따라서 가장 간단한 해결책은 '전망대'와 모래밭에 작은 다리를 두 개 놓는 것이었다. 다리의 길이는 6미터에서 8미터 정도. 나무를 몇 그루나 잘라서 도끼로 다듬어 다리의 골조를 만들었다. 이 다리를 짓는 데에는 며칠이 걸렸다.

다리가 완성되자 네브와 펜크로프는 당장 다리를 건너 예전에 모래밭에서 발견한 굴 번식지로 갔다. 두 사람은 과거의 불편하기 이를 데 없는 썰매 대신 조잡하나마 손수레를 끌고 가서 굴을 수천 개나 가져왔다. 그리고 '은혜 강' 어귀의 작벼리에 굴을 뿌려두었기 때문에, 그곳도 곧 굴 번식지가 되었다. 이 굴이 무척 맛있는 종류여서 개척자들은 거의 날마다 이것을 먹었다.

개척자들은 섬을 아직 일부밖에 탐험하지 않았는데, 링컨 섬은 이미 그들에게 필요한 것을 거의 다 제공해주고 있었다. 따라서 '은혜 강'에서 '도마뱀 곶'까지 펼쳐져 있는 그 삼림지역을 신비에 싸인 오지까지 모두 탐험하면, 이 섬은 또 새로운 보물을 제공해줄지도 모른다.

단 하나 부족한 것이 있어서 링컨 섬의 개척자들을 아직도 괴롭히고 있었다. 단백질 식품은 얼마든지 있고, 식물성 식품도 삶거나 조려서 익혀 먹어야 했지만 불편하지는 않았다. 용혈수 뿌리를 발효시키면 물보다 훨씬 맛있고 맥주처럼 약간 시큼한 맛이 나는 음료가 만들어졌다. 사탕수수도 사탕무도 없었지만, 단풍나뭇과에 딸린 '아케르 사카리눔'에서 뚝뚝 떨어지는 수액을 모아 설탕도 만들었다. 단풍나뭇과에 딸린 나무는 온대에는 어디에서나 번성하지만, 이 섬에서도 많이 볼 수 있었다. 또한 그들은 토끼 서식지에서 가져온 박하로 맛있는 차도 만들었다. 소금도 충분히 있었다. 그런데 빵이 없었다.

시간이 지나면 개척자들은 밀가루 대용품, 예를 들면 야자 가루나 뽕나무 전분 따위를 손에 넣을 수 있을 것이다. 실제로 남쪽 숲에 가면 여러 종류의 나무들 사이에 이런 귀중한 나무가 자라고 있을지도 모른다. 하지만 지금까지는 그런 나무를 발견하지 못했다.

그런데 이때 하느님이 개척자들에게 직접 구원의 손길을 뻗어 주셨다. 물론 아주 작은 도움이긴 했지만 말이다. 사이러스가 아무리 지혜를 짜내고 아무리 창의력을 발휘해도 하버트가 우연히 찾아낸 것을 인공적으로 만들어낼 수는 없었을 것이다. 하버트는 어느 날 윗옷을 수선하다가 안감에서 무언가를 발견했다.

그날은 비가 억수같이 퍼붓고 있었다. 개척자들이 그래닛 하우스 대청에 모여 있을 때, 소년이 갑자기 소리를 질렀다.

"여기요, 밀알이 하나 있어요!"

이렇게 말하면서 소년은 밀알을 사람들에게 보여주었다. 주머니에 난 구멍을 통해 윗옷 안감 속으로 들어간 단 하나의 밀알이었다.

리치먼드에 살고 있을 때 하버트는 펜크로프한테 받은 비둘기 몇 마리를 키우고 있었다. 그래서 비둘기 모이인 밀이 주머니에 들어 있었던 것이다.

"밀알이라고?" 사이러스가 물었다.

"예, 아저씨. 하지만 한 알, 딱 한 알밖에 없어요!"

"하버트! 우리가 많이 진보하고 있는 건 사실이지만, 밀알 하나로 뭘 만들 수 있겠니?" 펜크로프가 웃으면서 말했다.

"빵을 만들 수 있지." 사이러스가 대답했다.

"빵도 케이크도 파이도 만들 수 있죠." 선원이 익살스럽게 받았다. "적어도 이것만은 확실해요. 그 밀알로 만든 빵이 목구멍에 걸려서 질식할 위험은 전혀 없다는 거예요."

하버트도 이 발견을 그렇게 중요한 일로는 여기지 않았기 때문에 밀알을 버리려고 했지만, 사이러스는 밀알을 손에 들고 자세히 살핀 끝에 밀알이 온전한 상태라는 것을 확인했다. 사이러스는 선원을 지그시 바라보면서 부드러운 어조로 물었다.

"펜크로프, 밀알 하나에서 이삭이 몇 개나 나오는지 알고 있나?"

"하나겠죠." 선원은 이 질문에 놀란 얼굴로 대답했다.

"열 개라네. 그러면 이삭 하나에 밀알이 몇 개나 달리는지 알고 있나?"

"그런 거 몰라요."

"평균 여든 개야. 그러니까 이 밀알을 심으면 첫 수확에서 밀알 8백 개를 얻을 수 있지. 그게 두 번째 수확에는 64만 개가 되고, 세 번째에는 5억 개, 네 번째에는 4천억 개가 넘어. 이런 비율로 늘어나는 걸세."

"밀알 하나에서 이삭이 몇 개나 나오는지 알고 있나?"

동료들은 말없이 귀를 기울이고 있었다. 이 숫자에 모두 놀란 것이다. 하지만 그것은 정확한 숫자였다.

"그렇다네." 사이러스가 말을 이었다. "자연의 번식력은 대단해서 계산상으로는 그런 식으로 늘어나지. 그런데 밀알 하나가 8백 개로 늘어난다는 말을 듣고 놀랐겠지만, 겨자는 한 포기에 3만 개나 되는 씨가 달리고, 담배는 무려 36만 개나 되는 씨를 만들어낸다네. 실제로는 식물의 번식을 막는 여러 가지 요인이 있지만, 그렇지 않다면 이런 식물들이 몇 년 만에 지구 전체를 뒤덮어버릴 걸세."

사이러스는 다시 질문을 시작했다.

"그런데 펜크로프, 밀알 4천억 개가 한 말들이 됫박으로 몇 되나 되는지 알고 있나?"

"모르겠는데요." 선원이 대답했다. "내가 알고 있는 건 내 머리가 별로 좋지 않다는 겁니다."

"한 됫박에 밀알 13만 개가 들어간다면 3백만 되가 넘는다네."

"3백만 되!"

"3백만 되!"

"4년 뒤에?"

"4년 뒤에." 사이러스가 받았다. "위도상으로 보면 이 섬은 이모작도 기대할 수 있으니까, 그렇게 되면 2년 뒤에라도 그만한 양의 밀을 수확할 수 있지."

이 대답에 대해 펜크로프는 여느 때처럼 큰 소리로 만세를 불러 기쁨을 표현했다.

"하버트." 사이러스가 덧붙여 말했다. "너는 더없이 중요한 것을 발견한 거야. 이런 상황에서는 어떤 것도…… 그래, 어떤 것도 도움이 되지. 그걸 잊지 마라."

"잊지 않겠습니다. 절대로." 펜크로프가 대답했다. "언젠가 내가 36만 배로 늘어나는 담배씨를 발견하면, 그것을 바람에 날려 보내거나 하지는 않겠습니다. 그런데 이제 뭘 해야 하죠?"

"이 밀알을 땅에 심어야죠." 하버트가 대답했다.

"그래. 당연히 경의를 표해야 하니까, 모든 경의를 담아서 정성껏 심어야지. 장래의 수확이 이 밀알 하나에 달려 있으니까 말이야." 스필렛이 진지하게 말했다.

"싹이 나오면 얼마나 좋을까." 선원이 큰 소리로 말했다.

"싹은 나와." 사이러스가 받았다.

6월 20일이었다. 이 귀중한 하나의 밀알을 심기에는 마침 좋은 시기였다. 처음에는 화분에 심자는 의견도 나왔지만, 깊이 생각한 끝에 씨를 땅에 직접 심어 그 결과를 자연의 손에 맡기기로 결정했다. 씨뿌리기는 바로 그날 이루어졌다. 싹이 잘 나오도록 여러 가지 배려가 이루어진 것은 물론이다.

하늘이 아직 어슴푸레 밝았기 때문에 개척자들은 그래닛 하우스 위의 고원으로 올라갔다. 그리고 이 언덕에서 바람이 닿지 않는 곳을 골랐다. 그곳에는 한낮의 태양이 따뜻한 햇볕을 쏟아줄 터였다. 그들은 주의 깊게 잡초를 뽑아내고, 곤충과 땅벌레를 쫓아내기 위해 땅을 일구었다. 그리고 석회를 조금 섞은 검은 흙을 깐 뒤 울타리로 둘러쌌다. 그리고 축축한 모종판에 밀알을 정성껏 심었다.

개척자들은 큰 건물의 토대를 쌓은 듯한 기분을 느꼈다. 펜크로프는 하나뿐인 성냥개비에 불을 붙인 날, 불을 붙이는 데 온 신경을 집중했던 그날을 생각했다. 하지만 이번에는 일이 더욱 중대했다. 조난자가 불을 얻을 수 있는 방법은 여러 가지 있지만, 하나의 밀알이 불행히도 썩어버리면 인간의 힘으로는 절대로 그것을 재생시킬 수 없기 때문이다!

21

영하의 추위―남동부 늪지대 탐험―클페오여우―바다 풍경―

태평양의 미래에 대한 대화―적층류의 끊임없는 노동―

지구는 어떻게 될까?―사냥―혹부리오리늪

이때부터 펜크로프는 하루도 빠짐없이 '밀밭'에 다니게 되었다. 그 주변을 돌아다니는 곤충에게는 참으로 불행한 노릇이었다! 가차 없이 죽임을 당했으니까.

6월이 끝나갈 무렵, 비가 계속 내리더니 기온이 뚝 떨어졌다. 6월 29일, 온도계가 있다면 분명 화씨 20도(섭씨로는 영하 6.67도)를 가리키고 있었을 것이다.

이튿날인 6월 30일은 북반구에선 12월 31일에 해당하는 날이었고, 금요일이었다. 네브는 "1년의 마지막 날이 좋은 요일이 아니군요"* 하고 말했지만, 펜크로프는 "내년이 좋은 요일로 시작되잖아" 하고 대답했다. 새해가 기분 좋게 시작되는 편이 낫다.

어쨌든 새해는 혹독한 추위로 시작되었다. '은혜 강' 어귀에는 얼음 덩어리가 쌓였고, 이윽고 호수도 꽁꽁 얼어붙었다.

---

* 서양에서 금요일은 예수 그리스도가 십자가에 못박힌 재수 없는 날이다.

몇 번이나 땔감 비축량을 늘려야 했다. 펜크로프는 강이 얼기 전에 큰 뗏목을 목적지로 운반하기로 했다. 강물은 지칠 줄 모르는 엔진 같아서 추위로 얼어붙을 때까지 뗏목 운반에 이용되었다. 숲이 공급해주는 땔나무 외에도 석탄을 짐수레로 몇 번씩이나 운반했다. 석탄은 프랭클린 산기슭까지 가지러 가야 했다. 석탄의 강한 화력은 기온이 낮을 때에는 특히 환영을 받았다. 7월 4일, 기온은 화씨 8도(섭씨로는 영하 13도)까지 내려갔다. 식당에 두 번째 난로가 설치되어, 공동작업장으로 쓰이게 되었다.

이 추운 시기에 사이러스 스미스는 그랜트 호에서 그래닛 하우스까지 좁은 수로를 만들어둔 데 만족했다. 물은 얼어붙은 수면 밑에서 과거의 배수로를 통해 계속 흘러 창고 안쪽 구석에 파놓은 저수조로 들어갔다. 거기서 넘쳐흐른 물은 우물을 지나 바다로 흘러들고 있었다.

이 시기에는 날씨가 무척 건조했기 때문에 개척자들은 되도록 따뜻하게 옷을 입고 '은혜 강'과 '발톱 곶' 사이에 낀 섬의 남동부를 탐험하면서 하루를 보내기로 했다. 그곳은 광대한 늪지대여서 좋은 사냥터가 될 듯싶었다. 물새가 많이 서식하고 있을 게 분명하기 때문이다.

거리는 편도 14킬로미터쯤 되니까, 돌아올 때 걸리는 시간도 고려하면 탐험에는 결국 하루가 걸릴 것이다. 섬에서 지금까지 가보지 못한 미지의 곳을 탐험하는 것이므로 모두 함께 가기로 했다. 그래서 7월 5일 아침 여섯 시, 날이 밝자마자 사이러스 스미스와 기디언 스필렛, 하버트와 네브, 펜크로프는 창과 올무, 활과 화살을 들고 식량도 충분히 준비하여 그래닛 하우스를 떠났다. 토비가 앞에서 펄쩍펄쩍 뛰어다니고 있었다.

가장 빠른 지름길은 얼어붙은 '은혜 강'을 건너는 것이었다.

"하지만 이건 진짜 다리를 건너는 것과는 달라!" 신문기자가 주의를 주었다.

이 말 때문에 '진짜' 다리를 놓는 것이 장래의 공사 계획에 들어가게 되었다.

'은혜 강' 왼쪽 기슭에 처음으로 발을 들여놓은 개척자들은 침엽수가 울창한 눈 덮인 숲을 뚫고 나아갔다.

800미터쯤 걸어갔을 때, 울창한 덤불 속에서 네발짐승 가족이 도망쳐 나왔다. 그 덤불을 보금자리로 삼고 있었던 모양인데, 토비가 짖는 소리를 듣고 뛰쳐나온 것이다.

"여우 같아요!" 하버트가 외쳤다. 짐승들은 쏜살같이 달아났다.

과연 그것은 여우와 비슷했지만, 몸집이 훨씬 크고 으르렁대는 듯한 소리까지 내고 있었다. 그래서 토비도 깜짝 놀란 듯 뒤쫓던 걸음을 멈추었다. 재빠른 짐승 무리는 순식간에 모습을 감추고 말았다.

토비는 물론 박물학을 모르니까 깜짝 놀라는 것도 당연했다. 하지만 갈색 섞인 회색 털, 끝에 하얀 술이 달린 검은 꼬리를 가진 여우 비슷한 이 짐승은 짖는 소리로 자신의 정체를 드러내고 있었다. 그래서 하버트는 주저 없이 이 동물을 '쿨페오 여우'라고 부를 수 있었다. 쿨페오 여우는 칠레나 포클랜드 제도,* 남위 30도에서 40도에 걸친 남아메리카 해안지역에서 흔히 볼 수 있다. 하버트는 토비가 이 육식동물을 한 마리도 잡아주지 않은 것

---

* 포클랜드 제도_ 남아메리카 대륙 남부, 마젤란 해협 동쪽의 대서양에 있는 섬무리. 영국령이다.

그들은 얼어붙은 '은혜 강'을 건넜다

을 몹시 아쉬워했다.

"먹을 수 있는 거냐?" 섬의 동물들을 특별한 관점에서만 보고 있는 펜크로프가 물었다.

"먹을 수는 없어요." 하버트가 대답했다. "하지만 동물학자들도 아직 쿨페오 여우의 동공이 낮에 열리는지 밤에 열리는지, 쿨페오 여우를 개과로 분류하는 게 좋을지 어떨지 모르고 있으니까, 잡아서 조사해보고 싶었어요."

사이러스는 소년의 진지한 말을 듣고 빙긋 웃지 않을 수 없었다. 펜크로프는 쿨페오 여우가 먹을 수 없다는 것을 알고 난 뒤에는 별로 관심을 두지 않았다. 다만 그래닛 하우스에 조류 사육장을 만들면 그 위험한 약탈자의 습격에 대비하여 대책을 세워두는 편이 좋겠다는 것이 펜크로프의 의견이었다. 여기에는 아무도 반대하지 않았다.

'표류물 곶'을 돌자, 드넓은 바다의 파도가 밀려오는 긴 해변이 한눈에 바라다보였다. 벌써 여덟 시가 되어 있었다. 하늘은 구름 한 점 없이 맑았다. 혹독한 추위가 계속되고 있을 때 볼 수 있는 날씨였다. 그래도 사이러스 일행은 여기까지 걸어왔기 때문에 몸이 따뜻해져서, 바늘로 찌르는 듯한 추위도 별로 느끼지 못했다. 그리고 바람이 없었다. 바람이 없으면 기온이 뚝 떨어져도 훨씬 견디기 쉬워진다. 빛나는 태양이 바다에서 떠올랐지만, 사람들을 따뜻하게 해줄 만한 힘은 없이 그저 수평선에서 거대한 원반을 흔들고 있을 뿐이었다. 맑은 날 지중해의 어느 만처럼 바다는 잔잔하고 파랗게 펼쳐져 있었다. '발톱 곶'은 초승달처럼 곡선을 그리고, 가늘어진 끝을 남동쪽으로 6킬로미터쯤 내밀고 있었다. 왼쪽의 늪지대 가장자리는 작은 곶에서 쑥 내민 끝부분으로 갑자기 차단되어 있고, 그 끝부분을 햇빛이 밝게 비추고 있었다. '유니언 만'의 이 부근은 난바다에서 밀려오는 파도를 막아주는 것이 아무것도 없고 모래톱도 없으니까, 배가 동풍을 맞고 떠내려온다 해도 피난처를 찾지 못할 것이다. 여울이 없기 때문에 파도가 일지 않고 바다가 잔잔한 것, 물빛이 온통 푸른색을 띠고 있는 것, 암초가 전혀 보이지 않는 것 등으로 미루어보아 이 해안은 절벽으로 되어 있고 수심이 아주 깊다는 것을 알 수 있었다. 등뒤의 서쪽에는 '서쪽 숲'의 첫 부분이 펼쳐져 있었지만, 그곳은 여기서 6킬로미터나 떨어져 있었다. 이 일대는 유빙이 밀려오는 남극의 어느 황량한 해안 같았다. 개척자들은 이곳에서 잠시 쉬면서 아침을 먹기로 하고, 마른 나뭇가지와 마른 해조류에 불을 붙였다. 네브는 아침식사로 차가운 고기를 내놓았고 '오스위고 차'를 몇 잔 대접했다.

식사를 하는 동안에도 그들은 계속 주위를 둘러보았다. 링컨 섬의 이 부근은 서쪽과는 정반대로 진짜 불모지였다. 그래서 스필렛은 이 해안지역에 내던져졌다면 모두 비관적인 생각을 했을 거라고 자신의 감상을 이야기했다.

"여기라면 과연 해안에 당도할 수 있었을지도 의문이야." 사이러스가 받았다. "이곳은 바다가 깊고, 붙잡고 매달릴 바위도 하나 없어. 그래닛 하우스 앞에는 적어도 모래톱이나 작은 섬이 있어서 살아날 가능성이 높았지만, 이곳엔 깊은 바다뿐이야!"

"정말 이상하지 않습니까?" 스필렛이 말했다. "별로 크지도 않은 이 섬에 이렇게 다양한 지형이 모여 있다니 말입니다. 이처럼 풍경이 다양하게 바뀌는 것은 보통은 상당히 큰 대륙에서나 볼 수 있는 일이니까요. 링컨 섬 서부는 땅이 아주 비옥해서 마치 멕시코 만류가 연안을 흐르고 있는 것 같고, 반대로 북부나 남동부 해안은 북극해에 면해 있는 것 같아요."

"나도 같은 생각일세. 이 섬은 형태도 자연도 아주 기묘한 것 같아. 대륙이 갖고 있는 온갖 성질을 한데 모아놓은 듯한 느낌이 들어. 여기가 과거에 대륙이었다 해도 나는 별로 놀라지 않을 걸세."

"예? 태평양 한복판에 대륙이라고요?" 펜크로프가 소리를 질렀다.

"그럼 어때서?" 사이러스가 대꾸했다. "오스트레일리아와 뉴질랜드, 영국의 지리학자들이 오스트랄아시아라고 부르는 섬들과 태평양의 섬들이 일찍이 세계의 여섯 번째 대륙을 이루고 있었다고 생각해도 좋지 않은가. 나는 이 드넓은 바다에 떠 있는 섬들이 지금은 바다 밑에 가라앉아 있지만 선사시대에는 바다 위에 드러나 있었던 대륙의 산꼭대기가 아닐까 하는 생각을 부인할 수 없다네."

"옛날의 아틀란티스* 대륙처럼요." 하버트가 말했다.

"그래. 아틀란티스가 정말 존재했다면 말이지만."

"링컨 섬은 그 여섯 번째 대륙의 일부였나요?" 펜크로프가 물었다.

"그럴지도 모르지. 그렇게 되면 이 섬의 자원이 다양한 이유도 설명이 돼."

"이 섬에 살고 있는 동물의 수가 많은 것도 설명이 돼요." 하버트가 덧붙여 말했다.

---

* 아틀란티스_ 그리스 신화에서 대서양에 가라앉은 것으로 되어 있는 사라진 대륙.

"그래, 하버트." 사이러스가 받았다. "너는 내 주장을 뒷받침하는 새로운 근거를 주었어. 우리가 지금까지 보았듯이 이 섬에는 확실히 동물이 많아. 더 이상한 것은 동물의 종류가 아주 다양하다는 거야. 거기에는 반드시 이유가 있을 거야. 내 생각으로는 링컨 섬도 과거에는 광대한 대륙의 일부였지만 그 대륙이 조금씩 태평양 해저로 가라앉은 게 아닐까 싶어."

"그러면……" 아직 완전히 납득하지 못한 듯한 펜크로프가 말했다. "옛날 대륙의 일부였던 이 섬도 언젠가는 사라질 운명이고, 미국과 아시아 사이에 있는 태평양에는 아무것도 남지 않게 된다는 겁니까?"

"아니, 그렇지는 않네." 사이러스가 대답했다. "새로운 대륙이 생겨나겠지. 지금도 수백억, 수천억 마리의 아주 작은 동물이 대륙을 만들어내려고 열심히 노력하고 있다네."

"대륙을 만드는 그 동물은 뭡니까?" 펜크로프가 물었다.

"적충류*라네." 사이러스가 대답했다. "이 적충류가 끊임없이 일을 해서 클레르몽토뇌르 섬이나 환초, 태평양에 있는 수많은 산호초를 만들었지. 1그레인(약 65밀리그램)의 무게가 되려면 4700만 마리의 적충류가 필요한데, 이 작은 동물은 바다의 소금기를 흡수하거나 바닷물의 미네랄을 소화하여 석회암을 만들어내지. 이 석회암이 바다 밑에 거대한 토대를 쌓아올리는 것일세. 그것은 화강암과 맞먹을 만큼 단단해. 옛날 천지가 창조된 초기에는 자연이 불의 힘으로 육지를 융기시켰지만, 지금은 아주 작은 미생물이 불 대신 그 역할을 맡고 있다네. 불의 활동력은 지구

* 적충류_ 옛날 분류법에 따른 명칭. 섬모충강에 딸린 원생동물.

312

내부에서 분명히 약해지고 있으니까 말일세. 현재 지구상의 많은 화산이 활동을 멈추고 있는 게 그것을 말해주고 있지. 그래서 나는 수많은 세월 동안 수많은 적충류가 쉬지 않고 일해서 이 태평양이 언젠가는 드넓은 대륙으로 바뀔 날이 올 거라고 생각하네. 그러면 미래 세대가 대대로 그 대륙에 살면서 자기네 문명을 만들어내겠지."

"그러려면 시간이 좀 걸리겠군요." 펜크로프가 말했다.

"자연에는 자연의 시간이 있는 법일세." 사이러스가 대답했다.

"하지만 새로운 대륙이 무슨 쓸모가 있죠?" 하버트가 물었다. "지금 인간이 살 수 있는 땅만으로도 충분할 것 같은데…… 그리고 자연은 쓸데없는 것을 만들어내지 않을 거예요."

"그래. 쓸데없는 것은 만들어내지 않아." 사이러스가 말을 이었다. "그러면 왜 장차 새로운 대륙이 필요해지는지 설명해보마. 이 대륙은 정확히 말하면 산호초 섬들이 차지하고 있는 열대지방의 대륙이지만…… 적어도 이렇게 설명하면 납득할 수 있을 것 같다는 기분이 들어."

"꼭 듣고 싶어요, 아저씨." 하버트가 받았다.

"내 생각은 이렇다. 이건 학자들의 일반적인 생각이기도 하지만, 언젠가 이 지구는 아주 차가워져서 죽어버린다고 할까, 동물과 식물이 더는 살아갈 수 없는 곳이 되어버릴 거야. 물론 지구가 차가워지는 원인에 대해서는 학자들 사이에 의견이 분분해. 어떤 사람은 수백만 년 뒤에 태양의 온도가 떨어져서 지구를 냉각시킬 거라고 생각하고, 또 어떤 사람은 지구 내부의 불이 서서히 꺼져가서 지구가 식을 거라고 생각하지. 이 지구 내부의 불은 흔히 상상하는 것보다 훨씬 큰 영향을 지구에 미치고 있어. 나는 이 두 번째 가설을 지지하는 쪽이야. 그건 달이 완전히 차가워진 천체이고, 그곳에는 이제 사람이 살 수 없다는 사실에 바탕을 두고 있지. 태양은 언제나 지구에 주고 있는 것과 같은 열량을 달에도 쏟아붓고 있는데, 그런데도 달은 완전히 차가우니까 말이야. 달이 차갑게 식은 것은 달 내부의 불이 완전히 꺼졌기 때문이야. 모든 천체가 생겨난 것은 바로 그 불 덕분이지.

그 원인이 무엇이든, 지구도 언젠가는 완전히 차가워질 거야. 물론 그것은 아주 조금씩 서서히 진행되겠지만 말이야. 그러면 어떤 사태가 벌어질까? 언젠가는 지구의 온대지방이 오늘날의 극지방처럼 사람이 살 수 없는 곳이 될 거야. 그래서 인간과 동물이 떼를 지어 좀더 태양열을 직접 받을 수 있는 지방으로 이동하는 대규모 민족 이동이 일어날 거야. 유럽과 중앙아시아, 북아메리카는 점점 버림받고, 오스트랄아시아나 남아메리카 남부 지방도 그렇게 되겠지. 식물도 인간과 함께 이동할 거야. 식물도 동물과 동시에 적도 쪽으로 이동하는 거지. 남아메리카나 아프리카 대륙 중앙부가 어느 곳보다도 사람이 많이 사는 지역이 될 거야. 라프족이나 사모예드족*은 지중해 연안에서 북극해와 같은 기상 조건을 발견하게 되겠지. 그런 시대가 되면 적도 지방도 지구상의 인류를 받아들여 먹여 살리기 위해 지금보다 훨씬 면적을 넓히지 않을까?

그런데 자연은 선견지명을 갖고 있으니까, 이주해오는 동물이나 식물에 피난처를 제공하기 위해 벌써부터 적도 부근에서 신

---

* 라프족_ 스칸디나비아 반도 북부에 사는 민족. 사모예드족_ 시베리아 북서부에 사는 민족.

대륙 기초 공사를 시작하고 있지 않을까? 적충류가 그 신대륙 건설을 위해 일하고 있는 게 아닐까? 나는 이따금 그런 생각을 해봤지. 그리고 지구의 모양이 언젠가는 완전히 달라져버릴 거라고 생각하고 있어. 새로운 대륙이 출현하기 위해 낡은 대륙은 바다에 덮여버리고, 먼 장래에 새로운 콜럼버스가 태어나 침보라소* 섬이나 히말라야 섬, 몽블랑 섬을 발견하겠지. 아메리카 대륙과 아시아 대륙과 유럽 대륙이 침몰한 뒤에도 그런 산들은 바다 위로 얼굴을 내밀고 있을 테니까. 하지만 결국에는 그 신대륙에도 사람이 살 수 없게 될 때가 오겠지. 영혼이 빠져나간 육체에서 열이 사라져가듯 지구의 열도 사라져가겠지. 결정적으로는 아닐지 모르지만, 적어도 일시적으로는 지구상에서 생명이 사라져버릴 거야. 그렇게 우리의 천체는 휴식기에 들어가겠지. 죽음 속에서 기력을 되찾아 언젠가는 멋지게 되살아나겠지. 하지만 이런 건 모두 만물의 창조주인 하느님의 비밀이야. 적충류가 하는 일에 대해서도 나는 너무 서둘러 결론을 내리고, 미래의 비밀을 지나치게 깊이 파고들었는지도 몰라."

"사이러스 씨." 기디언 스필렛이 끼어들었다. "그 이론은 왠지 예언처럼 들리는군요. 언젠가는 틀림없이 그렇게 될 겁니다."

"그건 신만이 아는 비밀일세."

"그건 아무래도 좋지만, 링컨 섬도 그 적충류인지 뭔지가 만든 건가요?" 열심히 귀를 기울이고 있던 펜크로프가 물었다.

"아니야. 이 섬은 완전히 화산 분화로 생긴 화산섬일세."

"그럼 언젠가는 사라질 운명인가요?"

---

* 침보라소_ 에콰도르의 안데스 산맥에 해발 6212m의 침보라소 산이 있다.

"아마 그렇겠지."

"그때는 이 섬에 있고 싶지 않군요."

"안심하게, 펜크로프. 그때는 우리도 이 섬에 없을 테니까. 여기서 죽고 싶지도 않고, 결국에는 여기에서 탈출할 수 있을 테니까."

"하지만 당분간은 여기서 살 각오를 해둡시다. 무슨 일이든 어중간한 것은 좋지 않아요." 스필렛이 말했다

대화는 이렇게 끝났다. 식사도 끝나고, 다시 탐험이 시작되었다. 개척자들은 늪지대가 펼쳐져 있는 경계에 이르렀다.

그곳은 문자 그대로 늪지대였다. 초승달처럼 둥근 해안이 섬의 남동쪽 끝까지 뻗어 있고 늪도 거기까지 펼쳐져 있으니까, 그 면적은 30평방킬로미터가 넘을 것 같았다. 규소질 점토에 썩은 식물이 많이 섞여 있었다. 녹조류·등심초·사초·큰고랭이 같은 풀이 여기저기 무리지어 돋아나 늪지대를 융단처럼 뒤덮고 있었다. 늪의 수면은 거의 얼어붙었고, 햇빛을 받아 반짝반짝 빛나고 있었다. 이곳은 비가 많이 내려서 물이 넘쳐도 하천이 되지 않고 저수지도 생기지 않았다. 따라서 이 늪지대의 물은 땅속에서 솟아나는 것으로 여겨졌고, 사실이 그러했다. 걱정스러운 것은 더운 여름에 말라리아열의 원인이 되는 독가스가 이 주위에서 발생할 가능성이 있다는 것이었다.

고인 물에서 자라는 수초 위를 많은 새들이 날아다니고 있었다. 이 늪지대에서 사냥을 하는 직업 사냥꾼이 있다면, 총알 한 방 쏘지 않고도 새를 잡을 수 있었을 것이다. 물오리·고방오리·쇠오리·꺅도요 따위가 무리지어 살면서 조금도 경계심을 보이지 않았기 때문에 쉽게 접근할 수 있었다.

산탄총이 있다면 한 번에 몇 마리나 잡을 수 있었을 것이다. 그 만큼 빽빽이 모여 있었다. 하지만 지금은 화살로 쏘아 잡을 수밖에 없었다. 그렇게 많이 잡을 수는 없었지만, 화살은 소리를 내지 않으니까 새들을 놀라게 하지 않는다는 이점이 있었다. 총을 쏘면 새들은 사방팔방으로 흩어져 사라졌을 것이다. 그래서 사냥꾼들도 이번에는 오리를 여남은 마리 잡은 것으로 만족하기로 했다. 그것은 하얀 몸에 적갈색 줄무늬가 들어가 있고 머리는 초록색이고 날개에는 검은색과 흰색과 적갈색이 섞인 오리였다. 하버트는 이 오리를 '혹부리오리'로 판정했다. 토비가 교묘히 뛰어다니며 이 오리를 잡는 데 협력했다. 결국 이 늪지대에는 '혹부리오리 늪'이라는 이름이 붙여졌다. 개척자들은 필요하면 언제든지 와서 물새를 잡을 수 있는 풍부한 식량 창고를 찾아낸 셈이다. 그리고 물새 가운데 몇 종류는 가축으로 사육할 수는 없다 해도 그랜트 호수 주변 환경에 익숙해지게 할 수는 있을 것이다. 그렇게 되면 좀더 가까운 곳에서 물새를 사냥할 수 있을 것이다.

오후 다섯 시쯤 사이러스 일행은 귀로에 올라 '혹부리오리 늪'을 가로지른 뒤, 꽁꽁 얼어붙은 '은혜 강'을 다시 건넜다.

일행이 그래닛 하우스로 돌아간 것은 여덟 시가 지나서였다.

22

덫―여우―페커라―북서풍으로 바뀌다―눈보라―
바구니 만들기―가장 혹독한 추위―단풍당을 만들다―
수수께끼의 우물―탐험 계획―납으로 만든 총알

혹독한 추위는 8월 15일까지 계속되었지만, 지금까지 겪은 최저 기온을 밑돌지는 않았다. 바람이 잔잔할 때는 이 정도 기온은 쉽게 견딜 수 있다. 그런데 바람이 불면 따뜻한 옷을 입지 않은 사람들은 괴로웠다. 펜크로프는 링컨 섬에 곰이 살지 않는 것을 유감스럽게 생각했다. 여우나 바다표범의 모피로는 불충분했다.

"곰은 좋은 모피코트를 입고 있어. 녀석이 입고 있는 코트를 겨울 동안 빌릴 수 있다면 얼마나 좋을까." 펜크로프가 말했다.

그러자 네브가 웃으면서 대답했다.

"곰은 펜크로프 씨한테 코트를 빌려주지 않을 거예요. 곰은 생 마르탱*이 아니니까요!"

---

* 생 마르탱_ 성 마르티노(316~397). 프랑스 수호성인의 한 사람. 아미앵에서 군복 무하고 있던 시절, 어느 추운 겨울 날 거의 벌거벗은 채 성문에서 구걸하고 있는 거지를 만났다. 가진 것이라고는 옷과 칼밖에 없었던 마르티노는 칼을 뽑아 제 망토를 두 쪽으로 잘라서 하나는 거지에게 주고 남은 한쪽은 자기가 걸쳤다고 한다.

"어떻게든 건네받으면 돼. 곰이 좋아하든 말든 억지로 받아내는 거야." 펜크로프가 우격다짐하는 말투로 대꾸했다.

하지만 그 무서운 짐승은 섬에 살지 않았다. 적어도 그때까지는 모습을 보이지 않았다.

그래도 하버트와 펜크로프와 스필렛은 '전망대'와 숲 언저리에 덫을 파는 데 열중했다. 펜크로프의 의견에 따르면 동물은 무엇이든 훌륭한 사냥감이었고, 새 덫에 걸려든 동물은 설치류도 육식동물도 그래닛 하우스에서는 대환영을 받게 되었다.

이 덫은 아주 간단한 것이었다. 땅에 구덩이를 파고 그 위에 나뭇가지와 풀을 덮어서 구덩이를 감춘다. 구덩이 안에는 냄새로 사냥감을 끌어들일 수 있는 미끼를 놓아둔다. 단지 그것뿐이었다. 하지만 그 구덩이를 아무 데나 멋대로 판 것은 아니다. 네발 짐승의 발자국이 되도록 많이 나 있는 곳을 골라서 팠다. 세 사람은 날마다 구덩이를 둘러보았지만, 처음 얼마 동안은 '은혜 강' 오른쪽 기슭에서 본 적이 있는 쿨페오 여우가 세 번이나 구덩이 안에 들어 있을 뿐이었다.

"또 이 녀석이야? 이곳에는 이런 여우 놈밖에 없나!" 펜크로프가 세 번째에는 실망한 표정으로 구덩이에서 여우를 꺼내면서 외치듯이 말했다. "정말 아무짝에도 쓸모없는 놈들이라니까!"

"아니, 쓸모는 있네. 이 동물도 쓸모가 있어." 스필렛이 이렇게 말했다.

"무엇에 쓸모가 있다는 겁니까?"

"다른 사냥감을 끌어들이는 미끼로 쓰면 돼."

기자의 말이 옳았다. 그후 덫에는 미끼로 여우 시체를 넣어두었다.

펜크로프는 등나무 섬유질을 이용하여 토끼를 잡을 올무도 만들었는데, 덫보다 오히려 올무에 사냥감이 걸려들었다. 구멍토끼가 걸려들지 않는 날은 드물었다. 식탁에는 언제나 토끼고기가 올랐지만, 네브가 매번 소스를 바꾸었기 때문에 불평하는 사람은 없었다.

그래도 8월 둘째 주에는 여우가 아니라 그보다 훨씬 유익한 동물이 두 번이나 덫에 걸려들었다. 그것은 전에 호수 북쪽에서 본 멧돼지였다. 이번에는 펜크로프도 먹을 수 있는 동물이냐고 물어볼 필요가 없었다. 미국이나 유럽의 돼지와 비슷했기 때문에 구태여 묻지 않아도 대답은 뻔했다.

"하지만 미리 말해두겠는데, 이건 돼지가 아니에요." 하버트가 말했다.

"하버트." 펜크로프가 덫을 들여다보면서 말했다. 그리고 돼지와 비슷한 이 짐승의 짧은 꼬리를 잡고 끌어올렸다. "나는 돼지라고 생각할 테니, 그렇게 하게 해주면 안 되겠니?"

"왜요?"

"그게 더 기분이 좋으니까!"

"돼지고기를 좋아하세요?"

"아주 좋아하지. 특히 족발을 좋아해. 돼지발이 네 개가 아니라 여덟 개라면 두 배로 좋아해줄 텐데!"

문제의 동물은 4개 속으로 분류되는 페커리과 동물이었다. 이번에 잡힌 것은 '목도리페커리'였다. 몸빛깔이 거무스름하고 다른 페커리과 동물이 갖고 있는 기다란 송곳니가 없는 것을 보면 알 수 있었다. 이 페커리는 보통 무리지어 살고 있으니까, 숲지대에는 페커리가 많이 있을 것이다. 어쨌든 페커리라면 머리부터

"나는 돼지라고 생각할 테니……"

발까지 먹을 수 있으니까 펜크로프는 불평할 수가 없었다.

8월 15일, 바람이 북서풍으로 바뀌면서 기상 상태가 급변했다. 기온이 몇 도 올라가고 대기 중에 모인 수증기가 이윽고 눈이 되었다. 섬 전체가 눈으로 하얗게 덮여 주민들에게 새로운 풍경을 보여주었다. 눈은 며칠 동안 계속 내려서 50센티미터나 쌓였다.

곧 바람이 맹렬하게 불기 시작했고, 암초에 부딪치는 파도 소리가 높은 곳에 위치한 그래닛 하우스까지 들려왔다. 곳에 따라서는 바람이 빙글빙글 소용돌이치고, 눈은 커다란 원기둥이 되어 빙글빙글 돌면서 공중으로 올라갔다. 그것은 이따금 바다 한복판에서 볼 수 있는 용오름 같았다. 물 위에서 소용돌이치며 올라가는 용오름을 억누를 수 있는 것은 가까운 군함에서 발사한 대포알뿐이다. 하지만 이 폭풍은 북서쪽에서 불어왔기 때문에 섬을 뒤에서 덮치는 꼴이 되었고, 그래닛 하우스는 폭풍의 직접적인 공격을 면할 수 있었다. 극지방에서나 볼 수 있는 무서운 눈보라가 한창일 때는, 사이러스 스미스도 그의 동료들도 외출하고 싶은 마음은 있었지만 밖에 나갈 수가 없었다. 8월 20일부터 25일까지 엿새 동안 그들은 줄곧 실내에만 갇혀 있었다. '벌잡이새 숲'에서 폭풍이 으르렁거리는 소리가 들렸다. 숲이 피해를 보고 있는 게 분명했다. 많은 나무가 뿌리째 뽑히고 있을 것이다. 하지만 펜크로프는 나무를 베는 수고를 덜 수 있다는 생각에 아무 걱정도 하지 않았다.

"바람이 나무꾼 노릇을 해주니까, 마음대로 하게 내버려둡시다." 선원은 몇 번이고 되풀이 말했다.

물론 바람한테 불지 말라고 말해봤자 소용없는 일이다.

그래닛 하우스의 주민들은 이 튼튼하고 안전한 피난처를 제공

암초에 부딪치는 파도 소리가 그래닛 하우스까지 들려왔다

해준 신에게 감사했다. 사이러스 스미스도 당연히 감사를 받아야 하겠지만, 결국 이 커다란 동굴을 만들어낸 것은 자연이고 사이러스는 이곳을 발견했을 뿐이다. 이곳에 있으면 그들은 안전했다. 거센 폭풍도 그들을 덮칠 수는 없었다. '전망대'에 벽돌과 목재로 집을 지었다면 이 맹렬한 폭풍을 견디지 못했을 것이다. 침니에서는 무서운 기세로 울려 퍼지는 파도 소리를 듣는 것만으로도 견디기 힘들었을 것이다. 그런데 이곳 그래닛 하우스는 바위산 내부에 있기 때문에 파도도 바람도 밀려오지 않고, 아무것도 걱정할 게 없었다.

감금 생활을 하는 이 며칠 동안, 개척자들이 아무 일도 하지 않고 보낸 것은 아니었다. 목재를 널빤지로 만들어 창고에 보관해두었기 때문에, 탁자나 걸상 같은 가구를 조금씩 보충해갔다. 재료를 아낌없이 사용해서 튼튼한 가구를 만들었다. 네브와 펜크로프는 그 가구들을 대단히 자랑스럽게 여겼다. 그들은 손수 만든 가구들이 조잡하나마, 무엇과도 바꾸지 않았을 것이다.

이어서 가구공들은 바구니를 짜는 장인으로 바뀌었다. 이 새로운 작업도 모두 잘 해냈다. 호수 북쪽 끝에 버드나무 숲이 있고, 고리버들이 많이 자라고 있었다. 우기에 접어들기 전에 펜크로프와 하버트는 이 유용한 버드나무를 많이 잘라두었기 때문에, 이때 모아둔 가지가 유용하게 쓰였다. 제품도 처음 얼마 동안은 볼품이 없었지만, 장인들은 솜씨를 갈고 닦고 머리를 쓰고 서로 의논하고 전에 보았던 제품을 생각해내고 서로 경쟁하면서 다양한 크기의 바구니와 소쿠리를 만들었다. 그것들은 그래닛 하우스의 살림살이로 창고에 보관되었다. 네브는 특제 바구니를 만들어, 거기에 구근과 솔잣나무 열매, 용혈수 뿌리 따위를 담아두었다.

8월 마지막 주에 날씨가 또 바뀌었다. 기온이 조금 내려가고 폭풍이 가라앉았다. 개척자들은 밖으로 뛰쳐나갔다. 물론 바닷 가에는 눈이 무릎 높이까지 쌓여 있었지만, 표면이 꽁꽁 얼어 있었기 때문에 쉽게 걸을 수 있었다. 사이러스와 동료들은 '전망 대'로 올라갔다.

풍경은 몰라보게 달라져 있었다. 푸른 숲, 특히 침엽수가 많은 숲이 온통 하얀색으로 뒤덮여 있었다. 프랭클린 산꼭대기에서 해안선까지 숲도 초원도 호수도 하천도 바닷가도 모두 새하얗 다. '은혜 강'은 얼음에 덮여 있고 물은 그 아래를 흐르고 있었지 만, 밀물이나 썰물이 질 때마다 얼음이 요란한 소리를 내면서 깨 졌다. 오리, 꺅도요, 고방오리, 바다오리를 비롯한 많은 새들이 꽁꽁 얼어붙은 호수 위를 날아다니고 있었다. 새는 수천 마리나 되었다. 고원 가장자리에서는 바위틈으로 폭포가 떨어지고 있었 지만, 바위에는 고드름이 잔뜩 달려 있었다. 폭포수는 마치 르네 상스 시대의 조각가가 상상력을 발휘하여 새겨놓은 괴물의 주둥 이에서 떨어지고 있는 것 같았다. 숲이 폭풍에 얼마나 피해를 보 았는지는 아직 판단할 수 없었다. 그것을 판단하려면 모든 것을 뒤덮고 있는 눈이 녹아 사라지기를 기다릴 수밖에 없었다.

스필렛과 펜크로프와 하버트는 이 기회를 놓치지 않고 덫을 둘러보기로 했다. 덫 위에도 눈이 쌓여 있어서 찾기가 어려웠다. 그리고 자신들이 덫에 빠지지 않도록 조심해야 했다. 자기가 파 놓은 덫에 빠지는 것은 부끄러운 일이고 위험하기도 했다. 그래 도 세 사람은 그런 불상사를 당하지 않고 무사히 덫을 찾아냈지 만, 덫에 걸려든 동물은 한 마리도 없었다. 하지만 덫 주위에는 많은 발자국이 남아 있었고, 개중에는 발톱 자국이 또렷이 나 있는 것도 있었다. 하버트는 고양잇과 육식동물이 지나간 흔적이 틀림없다고 단언했다. 그것은 링컨 섬에 위험한 맹수가 있을지 모른다는 사이러스 스미스의 의견을 뒷받침해주는 증거이기도 했다. 아마 이 맹수는 평소에는 '서쪽 숲' 구석에서 살고 있겠지만, 굶주림을 견디다 못해 '전망대'까지 왔을 것이다. 그래닛 하우스에 사람이 살고 있는 것도 눈치챘을까?

"그런데 그 고양잇과 맹수는 뭐지?" 펜크로프가 물었다.

"호랑이 같아요." 하버트가 대답했다.

"호랑이는 더운 지방에만 사는 줄 알았는데."

"아메리카 대륙에서는 그렇죠." 소년이 대답했다. "멕시코에서 부에노스아이레스의 대초원까지 호랑이가 관찰되고 있어요. 링컨 섬은 라플라타*와 거의 같은 위도니까, 이곳에 호랑이가 살고 있어도 그렇게 놀랄 일은 아니에요."

"그런가? 그럼 조심해야겠군." 펜크로프가 대답했다.

그러는 동안 기온이 올라가 눈도 점점 녹기 시작했다. 비가 내리자 눈은 더욱 빨리 녹아서 하얀 세계가 사라져갔다. 나쁜 날씨에도 불구하고 개척자들은 다양한 식량을 계속 보급했다. 식물은 솔잣나무 열매, 용혈수 뿌리, 뿌리줄기, 단풍나무 수액 등이고, 동물은 구멍토끼와 아구티와 캥거루 등이다. 식량을 보급하려면 몇 번이나 숲에 가야 했다. 그들은 꽤 많은 나무가 지난번 폭풍에 쓰러진 것을 발견했다. 펜크로프와 네브는 짐수레를 끌고 탄광에 가서 연료를 몇 톤이나 가져왔다. 그때 두 사람은 질그

---

* 라플라타_아르헨티나 동부, 라플라타 강 하구에 있는 도시.

릇 가마의 굴뚝이 바람 때문에 2미터쯤 파괴된 것도 보고 왔다.

그래닛 하우스에는 석탄만이 아니라 땔나무도 새로 비축되었다. 얼음이 녹은 '은혜 강'을 이용하여 몇 번이나 뗏목으로 땔나무를 실어 날랐다. 추운 계절이 계속될 가능성도 있었기 때문이다.

개척자들은 침니에도 다시 가보았지만, 폭풍이 부는 동안 그곳에 살지 않은 것을 기뻐할 수밖에 없었다. 그곳에는 거친 파도가 맹위를 떨친 흔적이 뚜렷이 남아 있었다. 거친 파도는 난바다에서 불어오는 바람을 타고 작은 섬을 넘어 침니 통로까지 맹렬히 밀어닥쳤다. 통로는 모래로 반쯤 메워졌고, 해초가 바위를 가득 뒤덮고 있었다. 네브와 하버트와 펜크로프가 사냥을 하거나 땔감을 보급하는 동안 사이러스와 스필렛은 침니를 치우는 일을 했다. 제철소와 용광로는 모래에 파묻혀 보호를 받은 덕분인지 거의 손상을 입지 않았다.

땔감을 보충한 것은 헛수고가 아니었다. 혹독한 추위가 좀처럼 끝나지 않았기 때문이다. 알다시피 북반구에서는 특히 2월에 기온이 쑥 내려간다. 남반구에서도 마찬가지여서, 북아메리카 대륙의 2월에 해당하는 8월 말이 이 기상 법칙에 따르게 된다.

8월 25일 무렵에 또다시 눈과 비가 번갈아 내린 뒤, 바람이 갑자기 남동풍으로 바뀌면서 엄청난 추위가 덮쳐왔다. 사이러스가 어림한 바로는 화씨온도계의 수은주가 영하 8도(섭씨로는 영하 22.22도)까지 내려갔을 것이다. 살을 에는 듯한 바람 때문에 이 추위는 더욱 견디기 어려워졌고, 게다가 며칠 동안이나 계속되었다. 개척자들은 또다시 그래닛 하우스에 틀어박힐 수밖에 없었다. 환기를 위해 작은 틈새만 남겨놓고 정면 출입구와 창문들을 모두 단단히 막아야 했기 때문에, 양초 소비량이 부쩍 늘어났다. 양초를 절약하기 위해 개척자들은 난롯불에서 빛을 얻을 때가 많았다. 땔나무는 아낌없이 쓸 수 있었기 때문이다. 두세 명이 해변 모래밭에 내려간 적이 몇 번 있었지만, 만조 때마다 거기에는 얼음 덩어리가 밀려 올라와 있었다. 그들은 곧 그래닛 하우스로 돌아왔지만, 줄사다리의 가로대(세장)를 잡고 올라가는 것은 여간 힘든 일이 아니었다. 이런 지독한 추위에는 줄사다리의 가로대를 잡는 손가락이 불에 덴 것처럼 얼얼하게 아팠다.

그래닛 하우스 주민들은 실내에 갇혀 심심한 시간을 보내야 했다. 그래서 사이러스는 실내에 갇힌 상태에서도 할 수 있는 일이 없을까 하고 궁리했다.

개척자들은 단풍나무에 깊은 칼집을 내어 채집한 수액을 설탕 대용품으로 쓰고 있었다. 그것밖에는 설탕을 대신할 것이 없었다. 지금까지는 그 수액을 항아리에 모아둔 채 그 상태 그대로 여러 가지 요리에 사용했다. 며칠이 지나면 수액은 흰빛을 띠게 되고 걸쭉하게 굳어서 더 달고 맛있어진다.

그런데 더 좋은 방법이 있었다. 어느 날 사이러스는, 이번에는 설탕을 정제하는 제당 기술자가 되자고 동료들에게 말했다.

"설탕을 정제한다고요? 그건 따뜻한 일처럼 들리는데요." 펜크로프가 대답했다.

"아주 따뜻한 일이지." 사이러스가 말했다.

"그렇다면 지금 하기에 딱 알맞은 일이군요!"

제당이라는 낱말을 사용했지만, 복잡한 기계 설비가 있고 종업원이 많은 공장 따위를 생각하면 안 된다. 그런 공장은 필요 없고, 아주 간단한 작업으로 정제하면 수액을 결정으로 만들 수 있다. 수액을 커다란 항아리에 넣고 가열하자 액체는 그대로 증발하고 표면에 거품이 떠올랐다. 수액이 바짝 졸아들자 네브는 나무 주걱으로 조심스럽게 수액을 휘저었다. 그러면 증발을 촉진하는 동시에 수액이 눌어붙는 것을 막을 수 있었다.

적당히 강한 불(그것은 수액에도 좋고, 그 불로 몸을 녹이는 직공한테도 편했다)로 가열하자 수액은 걸쭉한 액즙으로 바뀌었다. 이 액즙은 미리 화덕에서 만들어둔 다양한 모양의 점토틀에 부어졌다. 이튿날 액즙은 차갑게 굳어서, 원뿔 모양이나 널빤지 모양의 설탕 덩어리가 만들어졌다. 색깔은 조금 불그스름했지만 거의 투명하고 달콤한 설탕이었다.

추위는 9월 중순까지 계속되었다. 그래닛 하우스 주민들은 감금 상태를 지루하게 느끼게 되었다. 거의 날마다 그들은 밖에 나가보았지만, 너무 추워서 밖에 오래 머물러 있을 수는 없었다. 그래서 여전히 실내를 정비하는 일을 하게 되었다. 일하면서 그들은 이야기를 나누었다. 사이러스는 동료들에게 무엇이든 가르쳐주고, 과학을 실제로 이용하는 방법을 설명해주었다. 개척자들은 도서실을 갖고 있지 않았지만, 사이러스는 언제든지 읽을 수 있는 책과 같은 존재였다. 이 책은 필요한 페이지를 언제라도 열어주었고 어떤 질문에도 대답해주었기 때문에, 그들은 모두 이 책을 여기저기 골라서 읽으려고 했다. 이렇게 시간은 지나갔다. 이 선량한 사람들은 미래를 두려워하는 기미가 없었다.

그럭저럭하는 동안 이 감금 생활도 막을 내리려 하고 있었다. 따뜻한 계절이 오는 것까지는 바라지 않아도 최소한 견디기 어려운 추위만이라도 끝나기를 모두 애타게 기다리고 있었다. 하다못해 추위와 맞설 수 있는 옷이라도 몸에 걸치고 있었다면 그들은 모래언덕이나 '혹부리오리 늪'으로 원정을 떠났을 게 분명하다. 그러면 쉽게 사냥감에 접근하여 많은 수확을 거둘 수 있었을 것이다. 하지만 사이러스는 아무도 건강을 해치지 않기를 바라고 있었다. 그에게는 동료들 각자의 힘이 필요했기 때문이다. 그들은 사이러스의 충고를 받아들였다.

감금 생활에 가장 조바심을 낸 것은 펜크로프였지만, 그 다음은 토비였다. 이 충직한 개는 그래닛 하우스 생활을 갑갑하게 여기고, 이 방에서 저 방으로 오락가락하면서 갇힌 생활에 대한 짜증을 나름대로 표출하고 있었다.

사이러스가 바다와 연결되어 있는 어두운 우물, 창고 구석에 입을 벌리고 있는 그 우물로 다가가면, 토비는 묘하게 으르렁거리는 소리를 냈다. 토비는 나무뚜껑으로 덮인 그 구멍 주위를 빙글빙글 돌았다. 그리고 때로는 뚜껑을 들어올리려는 듯이 그 뚜껑 밑에 발을 끼워넣으려 하기도 했다. 그럴 때 토비가 짖는 소리는 분노와 불안을 나타내는 듯했다.

사이러스 스미스는 그런 토비의 행동을 몇 번이나 알아차렸다. 영리한 토비가 그렇게 신경을 쓰는 이 깊은 구멍 속에서는 도대체 무슨 일이 일어나고 있을까? 우물이 바다와 연결되어 있는 것은 확실하다. 그러면 우물은 섬의 땅속 깊은 곳에서 좁은 통로로 갈라져 있을까? 그것은 다른 지하 동굴과 이어져 있을까? 이따금 우물 밑바닥에 바다의 괴물이라도 와서 휴식을 취하고 있을까? 사이러스는 어떤 결론을 내려야 할지 몰랐고, 아무리 그러지 않으려고 애써도 그의 마음은 참으로 기괴하고 복잡한 설명을 생각해냈다. 과학적인 현실을 연구하는 데 익숙한 사이러스는 초자연이라고 말할 수 있는 야릇한 세계로 끌려들지 않으려고 애썼다. 그래도 달을 향해 짖는 짓은 절대 하지 않는 분별있는 토비가 후각이나 청각으로 집요하게 우물을 탐색하려 드는 것은 도대체 어떻게 설명하면 좋을까? 우물의 무언가가 개의 불안감을 자아냈을까? 토비의 행동은 스스로 생각해도 불합리할 만큼 사이러스의 호기심을 자극했다.

어쨌든 사이러스는 자신의 당혹감을 스필렛에게만 털어놓았다. 이따금 마음에 떠오른 불안을 다른 동료들에게 말할 필요는 없다고 생각했다. 어쩌면 토비의 변덕에 불과한 것을 지나치게 걱정하고 있는지도 모른다.

드디어 추위가 막을 내렸다. 비나 눈이 섞인 돌풍이 불고 또다시 소나기가 내리는가 하면 거센 바람이 불기도 했지만, 그런 불순한 날씨도 오래 계속되지는 않았다. 얼음이 녹고 눈도 차츰 사라지고 있었다. 해변에도 고원에도 '은혜 강' 둔치에도 숲에도 다시 갈 수 있게 되었다. 봄이 다시 찾아와 그래닛 하우스 주민들을 기쁘게 해주었다. 잠을 자거나 식사를 할 때 말고는 아무도 집 안에 머물러 있지 않았다.

9월 하순에는 열심히 사냥을 했다. 그래서 펜크로프는 총이 필요하다는 말을 또 되풀이하게 되었다. 전에 사이러스가 총을 만들어주겠다고 약속했다는 것이다. 사이러스는 특수한 연장이 없으면 총을 만들기는 어렵다는 것을 알고 있었기 때문에 언제나 소극적인 태도를 취하면서 그 일을 미루고 있었다. 사이러스는 하버트와 스필렛이 활쏘기의 명수가 된 것도 지적했다. 아구티 · 캥거루 · 카피바라 · 비둘기 · 능에 · 물오리 · 깍도요를 비롯하여 고기가 맛있는 동물이라면 들짐승이든 날짐승이든 두 사람이 활을 쏘아서 잡을 수 있었다. 따라서 다급하게 총을 만들 필요는 없다는 것이다. 하지만 고집센 선원은 이 의견에 찬성하지 않고, 자기 소망을 사이러스가 이루어줄 때까지 그를 졸라댈 태세였다. 게다가 스필렛도 펜크로프를 편들면서 이렇게 말했다.

"이 섬에 맹수가 있는 건 의심할 여지가 없으니까, 맹수를 퇴치하는 문제도 생각해둬야 합니다. 그 문제를 맨 먼저 처리해야 할 때가 올지도 몰라요."

하지만 이때 사이러스의 마음을 차지하고 있는 것은 총이 아니라 옷 문제였다. 지금 몸에 걸치고 있는 옷으로 이 겨울은 넘길 수 있었지만, 이듬해 겨울까지 버티기는 어려울 것이다. 그래서 아무래도 육식동물의 모피나 반추동물의 털을 손에 넣어야 한다. 그리고 이 섬에는 야생 산양인 무플론이 있으니까, 그 양들을 길들여서 개척지에 도움이 되도록 사육하는 방법도 생각하는 게 좋다. 가축용 우리나 가금(家禽) 사육장, 요컨대 이 섬 어딘가에 농장 같은 곳을 만들어야 한다. 이 두 가지 중요한 계획을 따뜻한 계절 동안 실행에 옮겨야 한다.

따라서 이 미래의 개척지를 위해 링컨 섬에서 아직 가보지 못한 미지의 지역을 조사하는 것이 긴급한 과제가 되었다. '은혜 강' 오른쪽 기슭에 펼쳐져 있는 숲, 하구에서 '뱀 반도' 끝까지 뻗어 있는 숲, 그리고 서해안 일대에 펼쳐져 있는 숲을 조사하는 것이다. 하지만 이 탐험에서 많은 성과를 거두려면 날씨가 안정되어 있는 편이 좋기 때문에 다시 한 달을 기다려야 했다.

모두 조바심을 하면서 탐험이 시작되기를 기다리고 있을 때 어떤 사건이 일어나, 섬 전체를 둘러보고 싶은 욕망을 더욱 강하게 불러일으켰다.

10월 24일이었다. 그날 펜크로프는 언제나 적당한 미끼를 놓아두는 덫을 조사하러 갔다. 덫 하나에는 부엌에서 환영받을 게 분명한 페커리 세 마리가 들어 있었다. 암컷 한 마리와 새끼 두 마리였다.

펜크로프는 뛸 듯이 기뻐하며 그래닛 하우스로 돌아와, 여느 때처럼 사냥의 성과를 자랑스럽게 내보였다.

"자, 맛있는 음식을 먹을 수 있게 됐습니다, 선생님!" 그가 큰 소리로 말했다. "스필렛 씨, 당신도 먹게 해드리죠."

"고맙네. 그런데 뭘 먹게 해주려나?" 기자가 대꾸했다.

"새끼 돼지예요."

"뭐, 새끼 돼지라고? 자네 말을 듣고 난 또 트뤼플(송로버섯) 소스를 곁들인 자고새 새끼라도 가져온 줄 알았지 뭔가."

"뭐라고요? 설마 새끼 돼지를 경멸할 작정은 아니시겠죠?" 펜크로프가 외쳤다.

"그런 건 아닐세. 하지만 때로는 식단에 변화를 주는 것도 좋겠지." 스필렛이 시큰둥한 어조로 대답했다.

"알았어요, 알았어." 사냥 성과를 칭찬해주지 않는 것이 마음에 들지 않아 선원은 퉁명스럽게 대꾸했다. "음식 투정이 심한 사람인 줄 미처 몰랐네. 일곱 달 전에 이 섬에 처음 상륙했을 때는 이런 고기를 보면 당신도 기뻐서 어쩔 줄 몰랐을 텐데!"

"그건 그래. 인간은 완전하지 않으니까 만족할 수도 없는 존재라네." 기자가 응수했다.

"됐어요." 펜크로프가 말을 이었다. "이 페커리 새끼 두 마리는 아직 3개월도 안 됐어요! 고기는 메추라기처럼 연하죠. 네브, 가세. 내가 요리를 직접 감독하겠네."

선원은 네브를 데리고 부엌으로 들어가 요리에 몰두했다.

다른 사람들은 선원이 마음대로 하게 내버려두었다. 네브와 펜크로프는 멋진 식사를 준비했다. 페커리 새끼 고기, 캥거루 수프, 스모크햄, 솔잣나무 열매, 용혈수로 만든 음료, 오스위고 차―요컨대 최고급 요리다. 하지만 맛있게 찐 페커리 고기가 요리의 주역이었다.

다섯 시, 그래닛 하우스 식당에 저녁식사가 차려졌다. 캥거루 수프가 식탁 위에서 김을 내고 있었다. 수프는 아주 맛있었다.

다음에는 페커리 고기가 나왔다. 펜크로프가 직접 고기를 잘라, 큼지막한 고깃덩어리를 동료들에게 일일이 나누어주었다.

이 페커리 고기는 정말 훌륭한 맛이었다. 왕성한 식욕으로 제 몫의 고기를 먹고 있던 펜크로프의 입에서 갑자기 "아야! 제기랄!" 하는 외침 소리가 터져 나왔다.

"왜 그러나?" 사이러스가 물었다.

"뭔가 딱딱한 게 씹혀서 이빨이 부러진 것 같아요!" 선원이 대답했다.

"저런! 페커리 고기에 돌멩이라도 섞여 있었나?" 스필렛이 말했다.

"그런가 봐요." 펜크로프가 대답하면서 이빨에 씹힌 것을 입에서 꺼냈다.

그것은 돌멩이가 아니었다. 그것은 납으로 만든 작은 총알이었다.

〈2권에 계속〉

신비의 섬 1

초판 1쇄 발행 2006년 10월 10일
2판 1쇄 인쇄 2022년 6월 14일
2판 1쇄 발행 2022년 6월 30일

지은이 쥘 베른
옮긴이 김석희
펴낸이 정중모
펴낸곳 도서출판 열림원

출판등록 1980년 5월 19일(제406-2000-000204호)
주소 경기도 파주시 회동길 152
전화 031-955-0700
팩스 031-955-0661
홈페이지 www.yolimwon.com
이메일 editor@yolimwon.com

페이스북 /yolimwon
트위터 @yolimwon
인스타그램 @yolimwon

주간 김현정
편집 조혜영 황우정 최연서
디자인 강희철

마케팅 홍보 김선규 최가인
온라인사업 서명희
제작 관리 윤준수 이원희 고은정 원보람

ⓒ 김석희, 2022

ISBN 979-11-7040-107-0 04860
979-11-7040-098-1 (세트)